Nika S. Daveron
Allein durch die Sterne

Nika S. Daveron stellte bereits im frühen Alter von 8 Jahren fest, dass das Beste am PC die Tastatur war neben dem väterlichen Gratisvorrat an leeren Blättern. Geboren im schönen Köln, lebt sie derzeit in Neuss und ist als Sales & Account Managerin tätig. Wenn sie sich nicht gerade im Sattel oder auf den deutschen Galopprennbahnen herumtreibt, glüht die Xbox oder die Maus; Computerspiele können auch schon mal den Schlaf kosten. Krach geht bei ihr durchaus als Musik durch, wenn sie sich auf Industrial-Partys die Nacht um die Ohren schlägt.

Nika S. Daveron

Allein durch die Sterne

Roman

PIPER

Mehr über unsere Autoren und Bücher:
www.piper.de

Wenn Ihnen dieser Roman gefallen hat, schreiben Sie uns unter Nennung des Titels »Allein durch die Sterne« an empfehlungen@piper.de, und wir empfehlen Ihnen gerne vergleichbare Bücher.

Für atty. Weil ich sie total liebhabe und sie mir außerdem total uneigennützig gesagt hat, was ich in die Widmung schreiben soll.

Wir produzieren nachhaltig
www.piper.de

ISBN 978-3-492-50463-8

Redaktion: Cornelia Franke
Konvertierung auf Grundlage eines CSS-Layouts von digital publishing competence (München) mit abavo vlow (Buchloe)
Covergestaltung: Emily Bähr, www.emilybaehr.de
Covermotiv: Bilder unter Lizenzierung von Shutterstock und Freepik genutzt
Printed in Germany

Kapitel 1: #nofilter

Der Tag hatte wie all die anderen in diesem Monat begonnen. Ich stolperte über die Katze. Ein Ritual, ein geheimes Erkennungszeichen, das mir sagte: »Du bist du – so was bringst nur du fertig.«

Die Katze, viel zu dick, hatte keinen Namen. Sie war irgendwann zu mir gekommen und nicht mehr gegangen, wie Katzen das eben zu tun pflegen. So ganz klischeehaft. Und ich hatte irgendwie versäumt, ihr einen Namen zu geben. Vielleicht, weil ich zu viel mit der Uni beschäftigt gewesen war. Aber sobald ich heimkehrte, kroch sie durch mein Terrassenfenster und sagte mir: »Ich verhungere gleich.« Sie war Katze. Ich brachte ihr Futter. Und Streicheleinheiten.

Katze versteckte sich ständig in der Wohnung und ich stolperte halb blind über sie. Irgendwo. Niemals zweimal am selben Ort. Was ein Kunststück war bei vierzig Quadratmetern, doch mehr hatte mein Studentenbudget nicht hergegeben. Zudem besaß ich nur noch die Ersparnisse, die ich während meines Kellnerjobs angesammelt hatte. Nicht eben viel. Dazu war ich seit ein paar Wochen exmatrikuliert. Studieren lag mir nicht, das musste ich mir eingestehen. Ich wusste nicht, was ich mit meinem Leben anstellen wollte. Also lebte ich in den Tag hinein, bediente ein paar reiche Schnösel und scherte mich um nichts. Ich ignorierte die beharrlichen Versuche meines Vaters, aus mir eine *gute Tochter* zu machen, wie meine Verwandtschaft das so gern ausdrückte, und ich pfiff auf alles, was mir keine Freude bereitete.

Katze machte mir Freude. Ihre drollige Art und ihre beruhigende Wärme waren einfach zu verführerisch. Sie war rot getigert, mit ein paar weißen Tupfen. Gelbe Augen, die ständig irgendwie schläfrig wirkten. Und eine Schnute, die jedes Instagram-Model neidisch machte. Außerdem bewegte sie sich nicht sanft und elegant, wie es andere Katzen zu tun pflegten – sie war wie ein polternder Kobold in meiner Wohnung. Oder ein sehr dickes Heinzelmännchen.

Eigentlich wollte ich mich nichts und niemandem verpflichten. Aber Katze hatte andere Pläne gehabt.

Als ich ihr an diesem Morgen ein paar Fleischerreste gab, drängte sie sich bereits schnurrend um meine Beine. Katze tat alles für Futter und mich hätte es nicht gewundert, wenn man ihr damit Kunststücke entlocken könnte.

Mein Handy vibrierte und ich nahm den Anruf entgegen.

»Hey, Ariadne. Du denkst an unsere Verabredung?«

»Ja, sicher. Bringst du meinen Schläger mit? Der liegt noch bei dir.«

»Oh … ja, muss ich suchen. Wir sehen uns, Sweetie.«

Kylie hatte diese klischeehafte Beste-Freundinnen-Art an sich, aber manchmal tat es gut, ein paar schmeichelnde Worte zu hören. Okay, Kylie nannte auch den Postboten *Honey* und die Busfahrerin *Sweetie.* Sie war laut und schrill, groß und schwarz und immer im Mittelpunkt – alle in unserem Freundeskreis drehten sich um sie wie Sonne. Aber das machte mir nichts. Es war unmöglich, ihr böse zu sein.

Wir kannten uns aus der Schule. Vom Schulsport, um genau zu sein. Badminton war ihre Leidenschaft. Meine nicht, mein Vater schickte mich dennoch hin. Weil seine Tochter sportlichen Aktivitäten nachgehen sollte, obwohl ich damals schon jahrelang in einem teuren Club Reiten ging. Vermutlich hatte mein Vater gelesen, dass Reiten kein Sport war, und schon musste ich in den Badminton-Club wechseln. Immerhin bekam ich dafür Kylie.

Das Handy piepte erneut.

Was ist denn eigentlich mit Clément? Ging da was?

Ich schickte ihr einen blöden Smiley zurück und antwortete: *Einmal und nie wieder.*

Haha, meine kleine Partymaus.

Nö. Nur jemand, der keine Lust hatte, sich festzulegen. Ich war jung. Ich hatte etwas vor. Nur keinen blassen Schimmer was. Und Clément war ... uninteressant. Einfach nichts, was mich zu fesseln vermochte. Kylie nannte mein Verhalten verfrühte Midlife-Crisis. Bekam man die mit Anfang zwanzig?

Ich stellte Katze ihr Futter hin, dass sie schmatzend verschlang, und verschwand im Bad. Ich besah mir kurz meine Frisur, ehemals ein blonder Pixie-Cut mit kurzgeschorenen Seiten, den ich normalerweise aufstellte – jetzt ein herausgewachsener Ansatz und viel zu lange Seiten. Es war wirklich Zeit für einen Friseurbesuch.

Danach machte ich mich auf die Suche nach meinen Badminton-Schuhen. Man soll ja meinen, dass man auf vierzig Quadratmetern nichts verlor. Aber ich konnte das sehr wohl.

Kurz noch ans Handy, Instagram checken. Ich war leidenschaftliche Instagramerin, folgte zig Leuten und entfolgte sie wieder, wenn sie mir zu langweilig wurden. Ein bisschen was vom Leben sehen. Ganz ohne aus dem Haus zu gehen. Außerdem konnte ich da meiner heimlichen Leidenschaft frönen: schicke Hochglanzfotos von irgendwelchen Starlets und richtigen Stars. Und Food Blogger. Ich konnte nicht genug kriegen von ihnen. Von ihren Reisen in ferne Länder, um sich dort durch die Speisekarte zu futtern. Wie wohl richtiges Chicken Masala schmeckte? – Nicht die verweichlichte Version, die man bei uns in der Stadt bekam.

Kylie und ich sahen uns stundenlang YouTube-Videos an. Weil es Spaß machte. Und weil wir uns insgeheim eine Reiseroute zurechtlegten. Nächstes Jahr wollten wir um die Welt reisen. Ob das funktionierte, stand allerdings in den

Sternen. Mit dem Kellnerjob war ich besser dran als mit der Studentennummer, nur reich wurde ich davon nicht.

Ich legte das Handy zurück und suchte weiter nach meinen Schuhen und einer sporttauglichen Handtasche. Mit Tussihandtäschchen brauchte ich nicht im Badminton-Club aufzulaufen. Wie sagte Kylie immer so schön: »Da lässt man seine Tussi vor der Tür und nimmt nur den Tiger mit rein.«

Tatsächlich hatte ich selten etwas Aggressiveres und Lauteres als unsere Badmintongruppe getroffen. Wir waren acht Frauen, die unterschiedlicher nicht sein konnten, aber miteinander und gegeneinander spielten und das mit einer Hingabe, die vermutlich uns selbst am meisten wunderte. Niemand schenkte sich etwas.

Da waren Kylie und ich, Brigitte und Rachel, Naomi und Daisy und Tina und Vivienne. Brigitte war eine hünenhafte Geschäftsfrau mit mordsmäßiger Stimme, Rachel selten da, denn sie war Offizier bei der Armée Française und vergaß gerne auf dem Platz, dass wir nicht ihre Kadetten waren. Naomi war Callcenter-Agent und hatte deswegen unregelmäßige Arbeitszeiten. Daisy, engelsgleich und blond, hatte tatsächlich Instagram-Model zu ihrem Beruf gemacht und postete hin und wieder Bilder von unserer ungleichen Gang. Tina und Vivienne hingegen waren ein Paar, das sich beim Spiel herrlich zoffte. Wie zu unserer Unterhaltung führten sie dramatische Ehekrisen auf dem Platz auf.

Fragwürdig war allerdings, wer zu so früher Stunde im Club sein würde. Wahrscheinlich die Rentnergang. Eine Gruppe alter Herren, die nur über ihre Wehwehchen klagte, statt effektiv zu spielen.

Ich strich einmal über Katzes samtiges Fell, um mich zu verabschieden, dann warf ich Handy und Wasserflasche in die am wenigsten tussige Handtasche und machte mich auf den Weg zum Badminton-Club.

Das weiße Gebäude wirkte, als gehörte es einem feinen Tennisclub. Andere Vereinsheime sahen weitaus heruntergekommener aus, das hatten wir bei Wettkämpfen schon mitbekommen. Umso mehr liebten wir unseren Club und halfen tatsächlich auch mal mit, wenn es um Renovierungsarbeiten, Spendenaktionen oder schlichtes Putzen ging.

Kaum parkte ich mein Auto, erblickte ich Kylie vor dem Eingang mit der großen Glastür. Es war unmöglich, sie zu übersehen. Sie trug ein Outfit in Sonnenblumengelb und sah phänomenal gut aus. Ihre neuen Nikes waren so gelb wie die Shorts und die Jacke.

»Da ist sie ja, die Frau mit der schlechtesten Frisur der Welt.« Sie schwang zwei Taschen über dem Arm.

Kylie trug übrigens Glatze. »Weil's praktischer ist.« – wie sie mir ständig erklärte. So frei und mutig ich immer sein wollte, eine Glatze traute ich mich nicht.

»Wen willst du heute blenden?«, fragte ich.

»Aber Ariadne, nur dich, Liebes.« Sie lachte und entblößte eine Reihe perlweißer Zähne, auf die jeder Zahnarzt stolz gewesen wäre. Dazu trug sie pinken Lippenstift. Kylie schminkte sich selten, aber Lippenstift gehörte zu ihr wie eine zweite Haut.

»Gehen wir danach auf 'nen Kaffee ins Starbucks?«

Ich zuckte mit den Schultern. »Klar. Du bezahlst. Du hast eh noch Schulden bei mir.«

Kylie kicherte. »Scheiße. Du merkst dir auch alles. Aber okay, eine Latte für die Dame. Auf Kylies Kosten.«

Ich grinste, nahm ihr meinen Schläger ab und folgte Kylie ins Innere des Badminton-Clubs, vorbei am Tresen, wo sich einmalige Gäste ihre Karte abholen konnten, wie im Schwimmbad. Wir gingen direkt den marmorierten Weg an den Trophäen vorbei und schoben unsere Dauerkarten in das Lesegerät.

»Was hast du gestern noch gemacht?«, fragte Kylie, als wir die Umkleideräume mit den Spinden betraten. Da wir bereits umgezogen waren, mussten wir unsere Sachen nur noch ins Schließfach legen. Ich steuerte, wie immer, eines der Hinteren an. Nummer 703. Es war meines – so behauptete ich jedenfalls. Weil es einen Spiegel hatte. Vielleicht hatten die anderen auch einst Spiegel gehabt, doch die waren alle abgefallen oder herausgerissen worden.

Wir hörten gedämpfte Gespräche und Gelächter. Das typische Feeling eines Umkleideraums im Sportverein. Neonlicht und kalte Fliesen. Erst wenn man die große, grüne Feuerschutztür durchschritten hatte, stand man auf einem Court. Und davon gab es in der riesigen, langen Mehrzweckhalle mit modernem blauen Boden acht Stück. Es roch immer ein bisschen muffig, denn es gab zwar eine große Fensterfront, allerdings ließen sich die Fenster nicht öffnen. Die Halle hatte ihren ganz eigenen Geruch. So wie der Umkleideraum.

»Hey, Hallo. Ich rede mit dir. Ist's mit Clément doch so gut gewesen, dass du tagträumen musst?«

»Was?« Ich öffnete meinen Lieblingsspind und nahm meine Klamotten aus der Tasche, damit sie nicht zerknautschten.

»Ich hab gefragt, ob Tina sich bei dir gemeldet hat.«

»Nee, bisher nicht. Sollte sie?«

»Nein. Aber ich hatte angefragt, ob sie nicht gegen uns antreten wollen. Wir haben lange nicht mehr Doppel gespielt.«

»Bei mir hat nichts vibriert«, antwortete ich und legte mein Handy ins Schließfach.

Die eiserne Regel. Kein Handy in der Halle. Lediglich Daisy nahm es mit, um schnell ein paar Fotos hochzuladen. Für Instagram. Bei ihr war alles für Instagram.

Hinter uns öffnete sich eine der Türen und wie durch Zauberei, vielleicht weil ich an sie gedacht hatte, stand Daisy vor uns.

»Ihr seid ja hier!«, trällerte sie und zückte prompt ihr Smartphone. »Schnappschüsschen«, rief sie und zog uns zu sich, damit wir unseren Morgensport mit einem mordsmäßigen Duck Face in den Äther blasen konnten.

»Jemand von den anderen da?«, fragte Kylie.

»Nein, ich bin ganz allein.« Daisy zog einen Schmollmund, während sie ihr Foto mit Hashtags versah. Hatte sie wirklich *#nofilter* benutzt? Nachdem sie durch zwanzig Filter gescrollt hatte?

Als sie fertig war, stopfte Daisy ihr Handy in die Tasche ihrer winzigen Sporthose und grinste mich an. Ihre Haare trug sie heute wie Daenerys aus *Game of Thrones*: fluffig, offen, mit viel Flechtzeugs. Genauso blond. Nur ihre Augen verrieten, dass sie keine Blondine war, denn die waren dunkelbraun, wie Schokolinsen.

»Willst du das anlassen?«, fragte sie mich und deutete in meine Richtung.

»Was?«

»Die Kette?«

»Oh, Mist.« Ich hatte sie gestern Abend nicht ausgezogen. Ein dicker Klumpen Schmuck. Irgendein Lavastein, den mir Margaret, meine Schwester, von Hawaii mitgebracht hatte. Ich trug ihn gerne zu meinem Kelleroutfit, weil er schwarz war. Beim Badminton konnte man sich damit allerdings selbst erschlagen, wenn er einem ins Gesicht klatschte.

Hastig griff ich nach dem Verschluss und versuchte, ihn auseinander zu zwirbeln, bevor ich die Kette einfach über den Kopf zog.

»Wir gehen die Opis vom Platz jagen, ja?«, rief Kylie und machte sich bereits mit Daisy auf den Weg zur Tür.

»Komme sofort«, rief ich hinterher, schloss hastig meinen Spind wieder auf und warf die Kette achtlos hinein.

Plötzlich war ich allein im Umkleideraum. Natürlich nicht ganz allein, ich hörte immer noch, wie zwei Mädchen sich gedämpft unterhielten, aber in Sichtweite war niemand.

Ich sperrte das Schließfach zu und flitzte rüber zur Tür. Öffnete sie ... und war wirklich allein. In der Halle war niemand zu sehen. Eine unwirkliche Stille umgab die Courts. Ich sah die Bänke, auf denen Wasserflaschen standen. Den kleinen Raum, der den Wasserspender, ein paar Tische, Ersatzteile und Schläger beherbergte. Ein paar Flecken, von Schuhen mit schwarzer Sohle, klebten noch auf dem Court.

Ich schaute zur Fensterfront. Normalerweise herrschte hektisches Treiben, weil sich der Badminton-Club mit dem Parkplatz eines Einkaufszentrums überschnitt. Auch dort bewegte sich nichts.

»Okay, Leute«, rief ich. »Das ist nicht mehr witzig.«

Meine Stimme warf ein Echo in der leeren Sporthalle.

Entschlossen machte ich ein paar Schritte vorwärts bis zum Netz. Drehte mich einmal um die eigene Achse und sah doch nichts. Oder vielmehr niemanden. Was war hier los? Ich ging rüber zum Geräteraum mit dem Wasserspender. Schlug gegen den Tank. Es gluckerte. Ein Geräusch in dieser völligen Stille.

Scheiße ... hatte ich Drogen genommen? Ja, es war ein bisschen später geworden, weil ich mit den anderen Kellnern aus der Schickimicki-Bar noch Cocktails getrunken hatte. Vielleicht hatte mir jemand was in den Drink gemischt? Irrte ich halbblind durch die Halle, aber die anderen sahen mich genau?

»Hilfe?«, rief ich zaghaft fragend.

Nichts geschah. Spätestens jetzt hätten sie doch mitbekommen müssen, dass etwas mit mir nicht stimmte ...

»Hallo?«

Okay, Ariadne, sagte ich zu mir selber. *Glückwunsch. Jetzt bist du verrückt geworden.* Mit einem Mal erfasste mich die Angst. Mit quietschenden Schuhen rannte ich zurück zur Tür und öffnete sie. Stille. Kein emsiges Schnattern mehr im Umkleideraum. Stattdessen Leere. Auf Zehenspitzen, weil mir meine eigenen Geräusche unangenehm waren, schlich ich zu meinem Spind. Mein Handy. Kylie anrufen. Wie rasend klickte ich auf meine Anrufliste, fand Kylies Handynummer und rief an.

Ein Vibrieren aus dem Nachbarspind war die Antwort.

»Nein …«, wisperte ich.

Wie konnte das sein? Wo war sie hingegangen? Wollten sie mich auf den Arm nehmen? Hatten sich alle irgendwo versteckt? Ich lief ruhelos im Umkleideraum auf und ab und schlug mir gegen die Stirn. Natürlich: Daisy. Die hatte ihr Handy dabei. Ich flitzte zurück in die Halle, während ich ihre Nummer wählte. Freizeichen. Aber kein Klingelton. Keine Vibration. Als wäre Daisy nie hier gewesen.

Wenn sie mich verarschen wollten, dann war ihnen das gelungen. Und vor allem war es nicht lustig.

»Okay, schön. Dann geh ich halt!«

Wütend stampfte ich zurück in den Vorraum. Madame Tibeaux saß ebenfalls nicht am Empfang. Ihr Computer war nicht gesperrt, ich konnte sehen, dass sie auf Amazon nach Pumps gesucht hatte. Aber wo zum Teufel war sie hin? Wie hatten sie das nur hinbekommen?

»Hallo?«, rief ich noch einmal.

Ich rannte los, erreichte die Glastür und stieß sie auf. Und dann fiel mir die eigentümliche Stille auf, die über der Stadt lag. Niemand war da. Und es fuhr auch niemand mit dem Auto über die vierspurige Straße. Das hieß allerdings nicht, dass es keine gab. Sie standen einfach dort. Wie stumme Denkmäler, die jemand aufgebaut hatte, um mich zu verängstigen. Denn mit einem Mal spürte ich wirklich Angst. Ich war allein. Das hier war kein Scherz. Ich war allein und man hatte mich zurückgelassen.

»Kylie? Daisy?«, brüllte ich sinnloserweise. »Jemand da? Hallo?«

Fassungslos wischte ich mir über das bereits verschwitzte Gesicht. Scheiße, was war das für ein kranker Mist? In welchem Stephen King-Film war das noch mal vorgekommen? Langoliers? Ich raste zum Parkplatz. Mein Atem ging unkontrolliert und ich hatte das Gefühl, kaum noch Luft zu bekommen. Ich musste nach Hause. Fuhr mein Auto überhaupt noch?

Ich öffnete meinen alten Seat, stieg ein, steckte den Schlüssel auf und der Motor startete. Für einen Moment fühlte ich Erleichterung durch meine Adern fließen, bis mich die Sinnlosigkeit des Unterfangens mit voller Härte traf. Die Straße war voller Autos. Ich konnte sie nicht wie von Zauberhand verschwinden lassen.

Der nächste Gedanke war noch erschreckender. Hatte ICH die Menschen verschwinden lassen? Schließlich war ich noch übrig. Fieberhaft wählte ich Nummern in meinem Handy. Rief meine Schwester, Arbeitskollegen, Freundinnen, Clément, sogar meinen Vater an, kurzum mein ganzes Telefonbuch. Niemand ging dran.

»Mist, Mist, Mist«, fluchte ich und schlug auf mein Lenkrad, sodass es laut hupte. Ich machte den Wagen aus. Scheiße! Ich schwankte zwischen Wut, Angst und, ja ... was genau? Dieses unbestimmte Gefühl von: Das muss ein Traum sein. Das kann nur ein Traum sein. *Warum sollten alle Menschen außer dir verschwinden?*

Schließlich stieg ich aus und ging zum Einkaufscenter. Die Schiebetüren öffneten sich automatisch und eine nette Musik klimperte mir entgegen.

Der erste Laden zu meiner Linken war ein Schuhgeschäft. Ich steuerte es sofort an. Aber da war niemand. Weder hinter dem Tresen, dessen Kasse offenstand, noch im Geschäft noch in der Apotheke gegenüber. Niemand.

»Hallo?!«, brüllte ich aus vollem Hals.

Das Plätschern der Zierbrunnen und die Klaviermusik blieben die einzige Antwort.

Schließlich griff ich nach ein paar Schuhen. Der Alarm musste jemanden anlocken. Ich nahm die teuren (und hässlichen) Sportschuhe und warf sie durch die Tür. Mit aller Kraft. An den Antidiebstahlsensoren vorbei. Aber nichts geschah. Das brachte mich so in Rage, dass ich wahllos Schuhe aus der Ladentür warf, bis der ohrenbetäubende Alarm ausbrach. Ich stand schwer atmend neben einem Berg aus Schuhen und wartete darauf, dass die Polizei oder der Sicherheitsdienst kam.

Der Alarm ging wieder aus.

»ICH KLAUE JETZT DIESE SCHUHE!«, schrie ich.

Niemand hielt mich auf. Als ich mit einem Paar schwarzer Sneaker aus dem Laden spazierte, schlug der Alarm nochmals an, sodass ich sie wütend wegwarf.

Wieso? Wieso war ich allein? Was hatte ich der Menschheit getan, dass ich mit einem Mal völlig isoliert war? Als Einzige übrig. Zurückgelassen. Gott, ich hörte mich schon vollkommen geisteskrank an. War es das? Hatte ich zwischen Wut und Angst und hysterischer Panik und dieser absoluten Ratlosigkeit den Verstand verloren? Dabei war ich eine toughe Frau, die sich nicht vor Spinnen gruselte und problemlos allein klarkam. Und jetzt stand ich, kurz vorm Heulen, in einem leeren Einkaufscenter und warf Schuhe durch die Gegend.

Es war sinnlos, einen Blick in die Apotheke zu werfen, doch ich tat es trotzdem: nichts. Auf einem Bildschirm wurde allerdings ein Werbespot für ein Medikament gegen Fußpilz abgespielt. Vermutlich von einem Server. Und der lief auch ohne Menschen. Zumindest bis ein Fehler auftrat.

Dann kam der nächste Gedanke: Was, wenn der Strom ausging? Wie lang dauerte es, bis eine Stadt keinen Strom mehr hatte, wenn es keine Menschen mehr gab? Ich musste nach Hause. Sofort. Die sieben Kilometer bis zu meiner Wohnung würde ich laufen. Scheißegal, was es mich kostete.

Auf dem Heimweg änderte ich meine Meinung. Margaret. Ich musste zu Margaret. Meine Schwester war zwar in Indien, aber ihr Freund war zuhause. Julien hatte die Reise nicht angetreten, was zu Streit zwischen den beiden geführt hatte. Auf dem Weg zu ihrem Appartement im Süden der Stadt, dachte ich auch an meinen Vater, doch den Gedanken verwarf ich schnell. Wir hatten nicht das beste Verhältnis, außerdem lebte er in einem Vorort von Paris und war selten zuhause. Genaugenommen war ich mir nicht mal sicher, wo er derzeit wohnte. Sobald er eine neue Freundin hatte, wechselte er den Ort. Margaret und ich hatten beschlossen, das einfach zu ignorieren. Er meldete sich bloß, wenn wir nicht das taten, was er wollte. Also ständig – in meinem Fall.

Es dauerte eine Weile, bis ich mich durch die dicht an dicht stehenden Autos gedrängelt hatte, denn einige standen so ungünstig, dass ich immer wieder ausweichen musste. Sie parkten auf dem Gehweg, wo auch Fahrräder herrenlos herumlagen. Ich fuhr ein Stück mit einem davon, gab aber nach ein paar hundert Metern auf. Zu eng waren die Bürgersteige und zu dicht lagen hier Roller, Kinderwagen und andere Fahrräder herum. Vor allem auf die E-Roller hegte ich schnell einen Groll. Scheinbar fuhren viele Menschen damit herum – jetzt lagen sie sinnlos auf dem Asphalt und raubten mir den letzten Nerv.

Als ich schließlich Margarets Appartement im Erdgeschoss einer hübschen Wohnanlage erreichte, hätte ich am liebsten geweint. Die akkurat gestutzte Hecke lag noch genauso da wie vor ihrer Abreise, die kleine Windmühle im Garten drehte sich in der lauen Brise und ich hatte das Gefühl, dass alles in Ordnung kommen würde, wenn Julien mit mir Margaret anrief.

Die absolute Abwesenheit der Menschen ließ mich nichts Gutes erahnen. Wieso war ich allein? Warum war ich noch da? Ich stolperte vorwärts, fühlte mich regelrecht ausgelaugt, als ich endlich an der Tür klingelte. Und wartete. Und wartete. Ich klingelte noch einmal.

Schließlich schlug ich fluchend gegen die Haustür, aber niemand kam. Julien war fort. Doch Margaret hielt sich in einem fernen Land auf. Vielleicht war sie verschont geblieben?

Ich ging unbehelligt durch den Eckgarten eines fremden Appartements und betrat die Terrasse meiner Schwester. Die Tür stand offen und ich konnte in ihr Wohnzimmer sehen. Nichts. Oder? Stimmen! Ich hörte Stimmen, also rannte ich hinein, um enttäuscht auf den laufenden Fernseher zu starren. Als wäre Julien nur kurz Zigaretten holen gegangen und hätte vergessen, ihn auszuschalten.

Der Geruch von kaltem Rauch und Kaffee lag in der Luft. Tatsächlich befand sich auf dem Wohnzimmertisch ein halb aufgegessenes Frühstück.

»Julien? Margaret?«

Ich hatte nur Margarets Handynummer und wusste, dass sie nicht oft darüber zu erreichen war, denn sie arbeitete in Indien an einer Schule. Margaret war zwar keine Lehrerin, doch sie brachte Kindern lesen und schreiben bei und in ihrer Freizeit kümmerte sie sich um Spiele, Theateraufführungen und andere Dinge, die es dort sonst wohl nicht gab. Sie besaß zwar auch einen Festnetzanschluss in Indien, Julien hatte mir jedoch die Nummer nicht geschickt. Er war ziemlich faul und vergesslich, was sicher ein Grund dafür war, dass Margaret allein nach Indien aufgebrochen war. Ich hatte allerdings auch versäumt, ihn deswegen anzuschreiben, von daher hatte ich ebenfalls Schuld. Zum Teil.

»Hallo?«, rief ich ratlos.

Dann begann ich, in der Wohnung umherzulaufen. Küche, Bad, Schlafzimmer. Niemand da. Das Schlafzimmerfenster stand genauso offen wie das im Wohnzimmer und die Vorhänge wehten friedlich im Wind.

Scheiße. Ich holte mein Handy hervor und rief meine Schwester an. Aber außer einem Freizeichen bekam ich nichts zu hören, bis es schließlich knackte. Für einen kurzen, hoffnungsvollen Moment dachte ich, dass meine Schwester abhob, doch eine künstliche Mailbox-Stimme verkündete: »Hier ist der Anschluss von …«

Ich ließ mich entkräftet auf Margarets Teppich sinken und starrte auf den Fernseher, wo gerade ein Tampon-Werbespot lief. Warum war ich hier? Und alle anderen nicht mehr? Oder befand ich mich in eine Art Koma? In einem Traum? Einem sehr unangenehmen Traum natürlich?

Ich versuchte ein weiteres Mal, meine Schwester anzurufen. Als sich die Mailbox meldete, sprach ich darauf: »Margaret, scheiße, ruf mich an, wenn du das hörst. Hier geht irgendein kranker Mist vor sich und ich habe keine Ahnung, was es ist … ich bin so allein.«

Klang es melodramatisch? Ja. Klang es panisch? JA, VERDAMMT NOCH MAL! Ich hatte irgendwie die Menschheit verschwinden lassen. Und das war nicht cool. Es war furchterregend.

Kapitel 2: #iamalive

Niemand war mehr da. Ich blickte in Autos, ich sah in Geschäfte. Ich schrie, bis ich heiser wurde. Ich schlug gegen Scheiben, warf Mülleimer um und tobte. Aber niemand reagierte auf mich.

Als ich meinen Schlüssel ins Schloss schob, hatte ich Seitenstechen und einen metallischen Geschmack im Mund. Ich war nie eine große Läuferin gewesen und jetzt rächte es sich bitterlich, in dieser einsamen, weiten Stadt, die vollkommen stillstand.

Auch mein Handy schwieg. Niemand hatte zurückgerufen. Wie spät war es bei Margaret in Indien? Ich wusste es nicht. Auf sie baute ich meine Hoffnung. Vielleicht war dieses merkwürdige Phänomen bei ihr nicht ausgebrochen. Je öfter ich darüber nachdachte, desto logischer erschien mir das. Also hatte ich sie noch dreimal auf dem Heimweg angerufen, schickte ihr eine Sprachnachricht in WhatsApp und verwünschte sie unentwegt dafür, dass sie nicht ans Telefon ging. Margaret spürte sonst immer, wenn ihre kleine Schwester sie brauchte. Sie war schließlich die Große. Die, die mich vor den Schlägen der Nachbarskinder beschützt hatte, die mit mir den Weg zur Schule geübt hatte, damit ich sicher ankam. Und die, die als Einzige in meiner Familie Verständnis dafür zeigte, dass ich die Uni hingeschmissen hatte. Dass ich frei sein wollte. Mein Ding machen wollte, obwohl ich keine Ahnung hatte, was mein Ding war. Weder im Beruf noch nicht im Liebesleben. Mein Vater nannte es: nicht erwachsen werden wollen. Margaret nannte es: normal. Das war der feine Unterschied zwischen ihm und Margaret. Es tat mir gut, dass sie hinter mir stand. Dass ich nichts anfing, nur um Leute zufrieden zu stellen, denn meinen Vater kümmerte es nicht, ob mein Job mich erfüllte. Nur, ob der Job prestigeträchtig war.

Als ich meine Wohnung betrat, hoffte ich so sehr, dass Margaret auf meinem Festnetz angerufen hatte. Aber der Anrufbeantworter zeigte den letzten Anruf gestern Abend an. Von Clément. Hatte nichts draufgesprochen, ich konnte nur sehen, dass er mit dem Handy angerufen hatte.

»Scheißteil«, verfluchte ich das Telefon und ließ mich vor der Kommode auf den Boden sinken. Die Tränen stiegen mir ungefragt in die Augen und ich vergrub meinen Kopf in den Armen. Trockene Schluchzer ließen meinen Körper erzittern. Das alles war zu viel. Wieso hatte man mich hiergelassen? War das der Tag des Jüngsten Gerichts? Stand nicht so was in der Bibel? Dass all die Gottesfürchtigen gen Himmel auffahren und die Sünder zurückbleiben? War ich die einzige Sünderin auf dieser verdammten Welt?

Hustend wischte ich mir die Tränen ab. Mir war schlecht, mein Kopf schmerzte und ich wollte nicht allein sein.

Und dann hörte ich es: »Miau.«

»Katze?«, rief ich hysterisch. »KATZE?«

Ihr speckiger Körper walzte sich vom Wohnzimmer in den Flur, wo ich vor der Kommode kauerte und meine Katze nur anstarren konnte.

Behaglich schnurrend schmiegte sie sich an meine Beine und ich zog ihren warmen Körper zu mir auf den Schoß. Katze war noch da. Sie und ... Ich sprang auf und rannte mit Katze auf dem Arm zur Terrasse.

Etwas, das mir vorhin nicht aufgefallen war, nahm ich nun sehr wohl wahr: Ich war nicht allein. Es gab noch Tiere. Ich hörte Vögel zwitschern. Ich sah zwar keinen, aber dank des gespenstisch lauten Gezwitschers fühlte ich mich schlagartig besser.

Katze zwängte sich aus meinem Griff, sie mochte es nicht sonderlich, wenn man sie hochnahm, und sprang auf das Gras.

»Mein Gott«, sagte ich zu ihr. »Wir sind die letzten Lebewesen hier.«

Katze antwortete natürlich nicht, stattdessen fläzte sie sich im Gras umher. Ihr Schnurren war so laut, dass es sich anfühlte, als vibriere der Boden. Ich ließ mich neben ihr auf dem schmalen Grasstreifen nieder, der zu meinem Garten gehörte, und sah gen Himmel.

Die Sonne schien. Ein viel zu warmer Tag im Juni. Normalerweise hätte ich nach dem Training mit Kylie im Starbucks herumgelungert und nichts getan. Nichts Bestimmtes. Ich hätte heute Abend frei gehabt, also hätte zur Auswahl gestanden: Netflix oder Club? Was mir besser gefallen hätte.

Mit einem Mal hatte ich einen Geistesblitz: Ich stürmte zurück in die Wohnung und holte mein Handy nach draußen. Voller Empfang. Noch ungefähr 70 % Akku. Ich öffnete Instagram. *Du bist auf dem aktuellen Stand.*

Ich suchte wahllos Accounts raus, klickte sie an. Alles älter als zwei Stunden. Suchte Leute, die teilweise alle zwanzig Minuten irgendetwas posteten. YouTube, Twitter, Facebook. Es geschah nichts Neues mehr. Keine neuen Bilder. Keine neuen Posts.

Meine Hoffnung, dass Margaret nicht in dieser unwirklichen Welt gefangen war, schwand. Und dennoch postete ich überall folgenden Eintrag: »Ist noch jemand da? – Is somebody still there?« Ich ließ Google Translate den Satz auf Russisch, Chinesisch, Spanisch, Koreanisch, Japanisch und Deutsch übersetzen.

Dazu nahm ich noch ein paar Hashtags: *#iamalive #somebodythere* und hängte mich an alle trendigen Hashtags, die ich finden konnte.

Wenn noch jemand da draußen war, würde er mich finden?

Die Leere und absolute Stille war für einen Moment unerträglich, sodass ich zurück in meine Wohnung ging. Radio! Wenn jemand noch da war, dann konnte ich ihn vielleicht hören. Ich hastete in mein unaufgeräumtes Badezimmer und stellte das kleine Duschradio an. Rauschen. Piepen. Musik.

Ich blieb neben der Duschkabine stehen und wartete ungeduldig, bis das Lied beendet war. Wurden Radiosendungen aufgezeichnet? Lief Musik vom Band? Wie funktionierte das genau?

Ich hörte Katzes Schnurren, als sie mir ins Badezimmer folgte und sich mit einem lauten Miauen ankündigte. Nach dem Motto: *Hallo?! Beschäftige dich mit mir.*

Ich strich ihr über den Rücken, woraufhin sie einen Buckel machte und ihren Schwanz aufrichtete. Hoffentlich lief sie nicht weg. Was würde ich ganz allein tun? Das wollte ich mir nicht ausmalen. Wie ironisch. Ich, die ihre Freiheit so liebte und ständig für sie einstand, war nun vollkommen frei – doch ich wollte es nicht für den Preis des Alleinseins.

Wann kam noch gleich die Stauschau? Ich sah auf die Uhr. Unterbrach man eine Playlist für die Nachrichten manuell? Ich verfluchte mich dafür, dass ich so wenig wusste, aber wer hätte denn so eine Situation vorausahnen können?

Ich versuchte, meine Gedanken abzustellen und mich auf die Musik zu konzentrieren. *Summer Wine* von Nancy Sinatra und Lee Hazlewood. *Wie passend*, dachte ich sarkastisch. Ich fühlte mich ungefähr so wie Lee Hazlewoods Charakter im Lied. Ein falscher Schritt und auf einmal wachte ich woanders auf, aller Dinge beraubt, die mir wichtig waren. Ich trat mit den Füßen gegen den Wäschekorb. Durch das gekippte Fenster hörte ich einen Hund jaulen. Scheinbar waren noch andere Haustiere in der Nähe. Allerdings würde der arme Kerl verhungern, wenn er in einer der Wohnungen über mir eingesperrt sein sollte.

Zwar hatte unsere Hausverwaltung Tiere generell verboten, aber es scherte sich niemand darum. Mir waren schon mehrfach Nachbarn mit Hund entgegengekommen.

Nur, um etwas zu tun zu haben, stand ich auf, nahm das Radio aus seiner Halterung und entschied, den Hund zumindest rauszulassen. Mit was brach man eine Tür auf? Hatte ich noch nie tun müssen. Und eine Einbrecherin war ich auch nicht.

Schließlich holte ich aus der Küche ein bisschen Werkzeug und montierte meinen massiven Handtuchhalter ab, dabei zog ich mir nicht nur eine fiese Schramme am Finger zu, sondern quetschte ihn auch. Ob mein Handtuch auf dem Boden lag oder nicht, störte sowieso niemanden außer mir.

Katze folgte mir unterdessen mit ihren glühenden Augen und schimpfte ein bisschen, weil ich ihr keine Aufmerksamkeit schenkte.

»Ich komme gleich wieder«, versprach ich ihr und gab ich ihr noch ein wenig Katzenfutter in den Napf, über den sie sich umgehend hermachte. Danach bereitete ich mich auf den ersten Einbruch meines Lebens vor. Für einen Hund, den ich nicht kannte. Ich klebte mir das Radio mit Tape an die Hüfte und riss, als ich es richten wollte, erst einmal ein Loch in mein T-Shirt. Anschließend stopfte ich mein Handy in die Hosentasche, hob den Handtuchhalter auf und ging dann ins Treppenhaus.

»Hallo?«, rief ich prüfend.

Ein Winseln. Irgendwo oben. Ich nahm zwei Stufen auf einmal und flitzte hinauf. Vor einer Wohnung verkümmerte eine Topfpflanze. An manchen Türen gab es Klingelschilder oder Dekoration. So was wie: »Hier wohnen Alice und Nathan.« Mit Herzchen. Lediglich die Tatsache, dass der Flur oben offen war, machte ihn einladender, weil man einen Ausblick auf die Straße hatte. Große Magnolienbäume säumten sie und machten sie im Frühling zu einem wunderschönen Ort, vollkommen unpassend zum grauen Stadtbild.

Außerdem stand gegenüber ein verschnörkelter, aber gepflegter Altbau, der einfach hübsch anzuschauen war. Vermutlich standen die Nachbarn hier auf dem offenen Gang, rauchten sich eine und genossen die Aussicht.

»Hey, Hund!«, rief ich. »Wo bist du, Fiffi?« Ich hatte keine Ahnung, was mich erwartete. Ein kleiner Hund? Ein großer? Ob er es gut aufnahm, wenn ich einfach in sein Territorium eindrang? Aber wenn schon alle Menschen beschlossen hatten, mich und ihre Tiere allein auf dieser Welt zurückzulassen, wollte ich ihm wenigstens eine Chance geben.

»Huuuuund«, rief ich wie blöde.

Da, wieder das Jaulen! Ich lief zur letzten Tür am Ende des Flurs. Ein Fenster, das zum Gang hinausging, war gekippt und dahinter hörte ich ein Winseln, das zum Kläffen wurde.

Scheinbar ein Badezimmerfenster, denn es bestand aus Milchglas und ich konnte den Hund dahinter nicht sehen. Er war sicherlich nicht in ernster Gefahr zu verhungern, doch in ein paar Tagen würde ihm das Wasser ausgehen und dann würde er elendig verrecken.

»Hey, Hundi, ich komme jetzt rein«, versuchte ich so beruhigend wie möglich zu sagen.

Ich hatte als Kind einen Hund besessen, weil mein Vater gelesen hatte, dass dies gesund für die Entwicklung sei. Margaret und ich liebten Filou sehr, sogar als er alt und somit unserem Vater zu anstrengend wurde. Margaret und ich waren untröstlich gewesen. Schließlich hatten wir den Teppich geputzt, auf den Filou gemacht hatte, und ihn so oft wie möglich ausgeführt, damit kein Malheur passierte. Wir hatten auch unser Taschengeld gespart, damit er zum Tierarzt kam – aber eines Tages hatte Vater ihn weggegeben. An einen Bauern, sagte er. Da hätte er es besser. Wie lächerlich. Wir glaubten ihm kein Wort. Wir lebten in einer Großstadt, sogar als Kinder wussten wir, dass es keinen Bauernhof in der Nähe gab.

Wie ich vor dem Fenster stand und das herzzerreißende Jaulen hörte, kamen mir abermals die Tränen. Nicht nur, weil ich an Filou dachte. Aus dem Radio dudelte *Shadows on the Wall* von Mike Oldfield. Weiterhin keine Nachrichten. Obwohl die volle Stunde geschlagen hatte. Vermutlich würde die Playlist entweder durchlaufen oder irgendwann abrupt enden. Aber es war der einzige Sender, der überhaupt noch Musik spielte.

Vorsichtig hob ich meinen Handtuchhalter und steckte ihn durch das gekippte Fenster.

Der Hund bellte lauter, kläffte hoch und schrill. Es klang zumindest nach einem kleineren Tier. Vielleicht ein Terrier. Filou hatte immer tief und basslastig geklungen. Kunststück, bei einem Mastiff. Ich vermisste sein sabberndes, faltiges Gesicht plötzlich sehr.

»Schön zurückgehen, Hundi, ja?« Ich hatte ein wenig Angst, dass das Fenster auf ihn stürzte.

Ich lehnte mich gegen den Handtuchhalter. Nichts geschah. Offensichtlich waren gekippte Fenster nicht so einfach zu öffnen, wie ich es mir vorgestellt hatte. Ich warf mich mit aller Macht gegen den Handtuchhalter und dann krachte das erste Scharnier.

Das Kläffen des Hundes wurde schriller, er schien sich fürchterlich aufzuregen.

Meine Schulter schmerzte höllisch, als ich mich das zweite Mal gegen den Hebel warf und das Fenster aus den Angeln fiel. Nur noch die Unterseite hielt den Rahmen an seinem Platz. Ich schaute hindurch und erblickte einen Dackel, der mich hysterisch anbellte.

»Hey, Kleiner.«

Erst jetzt fiel mir ein, dass ich ihn mit Futter hätte bestechen können. Außerdem kam mir ein weiterer Gedanke. Vielleicht konnte der Hund sein Frauchen oder Herrchen wittern. Wäre es möglich, dass er mich zu anderen Menschen führte? Katze konnte (und wollte) so etwas natürlich nicht, aber ein Hund?

»Hör mal, Kleiner, wenn ich jetzt einsteige, wirst du dann lieb sein?«, fragte ich ihn.

Der Hund legte den Kopf schräg und wedelte dann mit dem Schwanz. Ich wertete das als gutes Zeichen und zwängte mich durch das Fenster. Der Hund kam näher und sprang an der glatten Badezimmerwand hoch. Er wirkte eher erfreut als aggressiv, sodass ich mich traute, von der Fensterbank zu steigen. Tatsächlich sprang er nur mein Bein hoch und schleckte über meine nackte Haut, denn ich trug immer noch die Sporthose.

»Okay, okay«, sagte ich lachend, weil er mich kitzelte. Es war ein Rauhaardackel mit borstigem Fell und fröhlichen Knopfaugen. »Du hast sicher Hunger, oder?«

Der Hund folgte mir schwanzwedelnd aus dem rosa gefliesten Badezimmer.

Der Flur war aufgeräumt und liebevoll dekoriert. Hier wohnte jemand mit Kindern, Kindermäntel hingen an der Garderobe. Als ich die Küche betrat, standen dort die Reste eines üppigen Frühstücks. Allerdings lagen Teile davon auch auf dem Boden, vermutlich hatte der Hund der Verlockung nicht widerstehen können. Sein Napf war nämlich leer.

Ich füllte eine Schale mit Wasser und stellte sie auf den Boden.

Während der Hund gierig schleckte, sah ich mich in der Wohnung um. Familienbilder an den Wänden, ein Foto von einer Oma in Schwarz-weiß, ein Bild von einem anderen Hund, einem Labrador.

Ein paar Legosteine auf dem Fußboden im Wohnzimmer. Der Fernseher lief und ein Trickfilm war auf lautlos geschaltet. Was für eine seltsame Welt. So ganz ohne Menschen.

In der Küche hörte ich den Hund schmatzen. Und ich fühlte mich ebenfalls hungrig, also ging ich zurück und schob mir eins der schon etwas harten Brötchen in den

Mund. In ein paar Tagen wäre das Essen eh ungenießbar. Zumindest konnte ich hierhin zurückkehren, wenn mein Kühlschrank sich leerte. Obwohl ... ich konnte auch einfach in den Supermarkt spazieren und mir nehmen, was ich wollte.

So falsch das klang – es hatte seinen Reiz. Mit einem Mal verstand ich, warum so viele Menschen plündern gingen, wenn die öffentliche Ordnung in sich zusammenbrach. Die Verlockung war groß. Ich konnte Wände besprühen, Sachen zerstören, mich mit Schmuck behängen, nackt durchs Einkaufscenter spazieren – ja, ich war frei. Hatte ich nicht immer frei sein wollen? Vielleicht konnte ich den Zustand zum ersten Mal genießen. Weil kein Telefonat mit meinem Vater lauerte. Es gab keine Nein-Sager mehr in meinem Leben. Wer mich einengte, wer mich in eine Richtung drängte – den hatte ich bereits entfernt. Und jetzt war auch noch der letzte hartnäckige Bremsklotz weg. Nicht nur mein Vater, sondern die gesamte Menschheit, die mir sagte: »Du musst dies tun, sonst. Oder: Tu jenes, damit nicht ...«

Mit einem Mal fühlte ich mich nicht mehr schlecht, sondern richtig gut.

»Hey, Kleiner«, rief ich dem Hund zu. »Willst du mitkommen?«

Ich erblickte eine Kinderzeichnung am Kühlschrank. »Mama, Papa, Sammy, Jessy und Tobi.« Tobi war der Hund. Jedenfalls sagte der Pfeil das.

»Tobi«, sagte ich und der Hund hob den Kopf, sah mich erwartungsvoll an. Ich öffnete ein paar Küchenschränke, stöberte nach dem Hundefutter.

Das Radio plärrte einen Song von ABBA. Ich wusste nicht, wie er hieß.

Als ich das Trockenfutter gefunden hatte, nahm ich mir einen großen Einkaufskorb, den die Familie für Altpapier nutzte, leerte ihn aus und packte alles hinein, was ich für den Hund finden konnte.

»Kommst du mit?«, fragte ich ihn.

Tobi lief mir schwanzwedelnd hinterher, was ich als ein »Ja« wertete.

»Aber du musst lieb zu Katze sein«, mahnte ich ihn.

Probeweise griff ich nach der Türklinke der Haustür. Sie war offen. Und ich nicht länger eingesperrt.

Kapitel 3: #iamunstoppable

Ich war also hier. Und die anderen nicht mehr. Kein Anruf von irgendwem. Nicht von meiner Schwester, nicht von meinem Vater, nicht von Kylie. Niemand war da. Niemand sah meine Nachrichten auf Social Media. Obwohl ich mehrere schrieb. Öffentlich. Aber die vielgenannte Filter Bubble würde es unmöglich machen, dass jemand völlig Fremdes meine Posts sah. Trotzdem postete ich etwas. Jede wache Stunde. Manchmal mit Foto, manchmal mit Standort. Ich fotografierte Katze und Tobi, die sich zwar nicht mochten, jedoch nicht aufeinander losgingen.

Ich begann rauszugehen. Mir ging das Katzenfutter aus und ich hatte Hunger auf Fisch. Keine Ahnung, warum. Aber mir war danach, ein opulentes Mahl in der Küche zuzubereiten, Musik anzumachen und zu tanzen. Und vor allem zu trinken. Also nahm ich meinen geklauten Korb und ging das erste Mal raus. Ich war keine schlechte Köchin, auch wenn ich als Kellnerin angestellt war, hatte ich mehrfach in der Küche ausgeholfen und mir einiges angeeignet.

Dazu war mir in der Nacht der Gedanke gekommen, dass es vermutlich noch andere Tiere wie Tobi gab, die in Wohnungen vergammelten. Sicher würde ich sie nicht alle retten können. Aber ich empfand es als unfair, sie dort zum Sterben zurückzulassen.

Das wurde mein Tagesgeschäft. Ich stieg in Wohnungen ein und ließ Meerschweinchen und Kaninchen frei. Ich ließ Katzen ins Freie und brach Türen auf, um Hunde zu befreien. Dabei zog ich mir allerhand blaue Flecken und

Schnitte zu, sodass ich bald eine Menge Pflaster aufbrauchte und aussah wie eine Mumie. Zumindest an den Fingern. Manchmal nahm ich Tobi mit, manchmal ließ ich ihn zuhause. Ich spazierte ins Tiergeschäft und stahl eine Leine, als er bei der ersten Kaninchenbefreiung versuchte, eins von ihnen zu jagen.

Tatsächlich kamen auch viele Tiere ohne meine Hilfe zurecht, denn ich sah zunehmend Katzen umherstreunen, seitdem keine Autos mehr herumfuhren. Es war schönstes Juniwetter und die Vögel zwitscherten in den Magnolienbäumen meiner Straße, wann immer ich nach draußen kam.

Danach folgten Streifzüge durch Supermärkte. Da die Kühltruhen noch intakt waren, nahm ihr mir nur das Beste. Ich musste zugeben, dass ich ein bisschen beeindruckt war, wie gut die Stadt ohne Menschen funktionierte. Die Kühltruhen in den Supermärkten summten, automatische Schiebetüren öffneten sich problemlos und ich kaufte ein. Nur eben ohne Geld.

Ich schaufelte kiloweise Lachs in meinen Einkaufskorb, den ich abends mit Katze und Tobi teilte. Ich kaufte teure Soßen und nahm die guten Fleischstücke aus der Kühlabteilung, bevor sie abliefen. Abends briet oder kochte ich meine Einkäufe und probierte verschiedene Gerichte aus, die ich auf Kochblogs fand. Zum Glück gab es die noch. Immerhin war es erst wenige Tage her, dass die Menschen ausgestorben waren, ohne mir Bescheid zu geben. Außerdem legte ich Fleisch auf die Straße, um die Streuner zu füttern.

Ich schleppte das Radio mit mir herum, drehte an den Knöpfen und suchte Sender. Es blieb am Ende nur der Oldiesender, der scheinbar vom Band einen Song nach dem anderen spielte und dann wieder von vorne anfing. Ich wusste mittlerweile, welcher Song nach *Shadows on the Wall* kam.

Meine Fotos wurden kurioser. Selfies im leeren Supermarkt. Ein »Hilfe« aus Dosenravioli gebaut. Ich selbst mit Duck Face in der Kühltruhe. Tobi, der Würstchen aus einem

Glas futterte. Ein Selfie oben ohne auf dem Kassenband. Das Foto löschte ich dann doch. Ich dachte mir, falls noch jemand anderes existierte, musste er nicht von meinen Hupen überfallen werden. Lächerlich. Da war niemand. Niemand sah meine Bilder, egal, wie viele Hashtags ich versuchte. Ich betitelte alle Fotos mit *#iamunstoppable*. Das war ich auch. Ich war quasi außer Rand und Band. Ich überlegte mir jeden Tag eine neue Route, öffnete Wohnungen mit meinem treuen Handtuchhalter (sofern sie gekippte Fenster hatten) und heulte einen geschlagenen Tag über fünf tote Goldfische. Ich hätte sie nicht retten können, das war mir vollkommen klar, aber sie taten mir schrecklich leid. Niemand hatte Notiz von ihrem Tod genommen.

So würde ich ebenfalls enden. Das war mir mit einem Mal bitterklar.

An einem anderen Tag marschierte ich in eine Apotheke, nahm Opiate und lachte mich kaputt, bevor ich inmitten eines Meers aus Medikamenten einschlief, die ich alle auf den Boden geworfen hatte. Tobi wich währenddessen nicht von meiner Seite. Der kleine Rauhaardackel schien verstanden zu haben, dass er keine Wahl hatte, als mit mir herumzuhängen.

Ich hatte immer noch nicht akzeptiert, dass ich der einzige Mensch auf dieser Welt war. Jeden Tag rief ich Margaret an. Zu den unmöglichsten Zeiten, weil mein Schlafrhythmus durcheinander war. Ich heulte ihr nachts um drei auf den Anrufbeantworter, jammerte abends um zehn meiner Schwester die Ohren voll und jaulte zur Mittagszeit mit Tobi im Duett. In meiner Verzweiflung rief ich eines Tages auch meinen Vater an, aber als seine Mailboxansage trocken mit »Martell« startete, fühlte ich mich so eingeschüchtert, dass ich nichts sagte und es kein zweites Mal versuchte.

Lediglich Kylie rief ich nicht an. Ich wusste, wo Kylies Handy war, und ich wusste auch, dass sie quasi vor meinen Augen verschwunden war. Und das war gruselig.

Ich starrte ständig auf mein Handy, checkte Social Media, aber die einzig aktive Person war ich. Offensichtlich. Wie konnten Milliarden Menschen an einem simplen Dienstag verschwinden? Das wollte nicht in meinen Kopf.

Dann begann ich, so richtig zu klauen. Hey, ich war allein und fand, ich könnte auch mal schöne Sachen haben. Also ging ich in die Mall und stahl bei Gucci, Prada und Versace. Anschließend führte ich alles Katze und Tobi vor und ließ sie es bewerten. Katze fand, dass mir Prada nicht stand, denn sie gähnte unentwegt. Tobi war mit Versace nicht D'accord, sodass ich in Gucci Kleidern durch die leeren Straßen flanierte.

Abermals kam ich auf die Idee, mir ein Fahrrad zu stehlen und knackte mir eins. Nicht ohne vorher im Baumarkt einen Bolzenschneider zu klauen. Ich sagte in meinem Kopf immer »stehlen«, weil es verruchter klang. Aber ist es stehlen, wenn niemand die Regeln kontrollieren kann? Eigentlich gehörte mir jetzt alles.

Ich änderte mein Klingelschild: Ariadne Martell, Königin von allem. Dafür lernte ich, wie man die Graviermaschine im Baumarkt benutzt, anhand von YouTube-Tutorials. Allerdings hatte der Baumarkt anschließend nur noch Notstrom, weil eine Sicherung flog. Deswegen stand auch nicht wirklich: *Ariadne Martell, Königin von allem* auf dem Schild, sondern *Königin von alle*. Das klang so blöd, dass ich jedes Mal lachen musste, wenn ich nach Hause kam. Ich fotografierte es und setzte es auf Instagram.

Bis es mich ärgerte, ich zum Baumarkt zurückkehrte und die Scheiben mit Ziegelsteinen einschlug, die ich zu diesem Zweck nach draußen geschleppt hatte. Die kindische Zerstörung linderte meine Wut.

Bei einem meiner Streifzüge entdeckte ich ein Lager mit Feuerwerkskörpern. Die nahm ich mit nach Hause. Vielleicht konnte ich mich so bemerkbar machen? Ich zündete sie aber nie an, weil ich viel zu tief in meiner nächsten Phase der absoluten Freiheit steckte: Ich trank und rauchte. Alles. Bunt durcheinander. Zu den unmöglichsten Uhrzeiten, an den unmöglichsten Orten. Es ging auf den Juli zu und die Tage wurden heißer. Also lag ich eines Nachmittags im Brunnen, dessen Pumpe wohl den Geist aufgegeben hatte und trank Wodka. Nackt. Dazu sang ich *Shadows on the Wall* mit. Batterien für mein Duschradio gab es schließlich überall. Ich musste sie nur mitnehmen.

Streunende Hunde begrüßten mich nun häufiger mit lautem Gebell. Weil sie wussten, dass ich in den nächsten Supermarkt stiefelte und sie fütterte. Ich gab ihnen die Namen von den Flaschen, aus denen ich trank. Da war der Labrador, den nannte ich Jim Beam. Und der Rottweiler, der hieß Gorbatschow.

Nach einer Woche fand ich, dass ich zu abgefuckt aussah und hörte mit der Sauferei auf. Und kehrte zu den Gucci-Kleidern zurück. Aber weil es so heiß war, lief ich häufiger nackt durch die Straßen. Irgendwie war das lustig, wenn ich mich in den Fensterscheiben der Autos sah. Ariadne Martell, die NACKTE Königin von allem. Pardon, alle.

Anschließend kleidete ich mich in einem sündhaft teuren Unterwäschegeschäft neu ein und marschierte in Strapsen in die Stadtbibliothek, wo ich Bücher las, an die ich mich aus meiner Kindheit erinnerte. *Mio mein Mio, Der kleine Prinz, La Trilogie d'Arkandias, Le cheval sans tête.*

Danach lief ich in einen Elektromarkt, suchte mir CDs heraus und hörte sie auf der größten Anlage, bis mir die Ohren bluteten. Manchmal löste ich zum Spaß den Feueralarm aus, allerdings nur in unwichtigen Baby-Geschäften, aus denen ich nichts brauchte. Mir war klar, dass ich eines Tages auf gelagerte Ressourcen angewiesen war. Aber wer sollte mir in dieser Einöde ein Kind machen? Da war ja niemand.

Dann entdeckte ich im zweiten Geschoss eines Einkaufscenters den Süßigkeiten Laden. Ich futterte, bis ich mich beinahe übergab. Nie wieder Gummibärchen, so schwor ich mir. Hielt ungefähr drei Tage, dann futterte ich haufenweise saure Schlangen, trank dazu Wodka und kotzte in den Mülleimer vor der Eisdiele.

Und dann wurde es schlagartig anders. Ich hatte es nicht beachtet und auch nicht bedacht, aber frische Lebensmittel verdarben. Ganz egal, wie gut man frisches Fleisch kühlt, man sollte es nach ein paar Tagen verzehren. Ich stolperte rückwärts aus einer Metzgerei heraus, weil es in dem kleinen Laden bestialisch stank. Im Supermarkt machte ich einen Bogen um die Obstabteilung, weil der süßliche Geruch mich zum Würgen brachte. Ich mied die Frischeabteilungen und Käsetheken, denn es roch furchtbar. Ich stahl H-Milch statt frischer Milch.

Und unmerklich setzten auch die ersten Ausfälle ein. Es begann mit dem Schuhgeschäft. Von einem Tag auf den anderen blieb die Tür verriegelt. Dabei saß ich gerne in dem Laden und atmete die muffige, ledrige Luft ein, während ich sämtliche Schuhe anprobierte, bis mir ein Paar gefiel. Zwar warf ich die Scheibe schließlich ein, ging aber nie wieder in das Schuhgeschäft.

Obst? Fehlanzeige. Das gab es nur noch aus Dosen. Also schaffte ich ein Taschenmesser heran, das ich ebenfalls aus dem Baumarkt mitnahm und verpasste mir beim ersten Versuch eine Schnittwunde. Frisches Brot? Fehlanzeige. Nur noch welches mit hoher Haltbarkeit war essbar.

Und ich hatte so Lust auf Brot, dass ich mir Aufbackbrötchen stahl. Und anschließend eine Brotbackmaschine, die ich fluchend und ächzend nach Hause schleppte, denn sie passte nicht auf mein geklautes Hollandrad. Aber in dem Dickicht aus geparkten Fahrzeugen war auf der Straße anders kein Durchkommen. Es war schlichtweg kein Platz. Und wie man ein Motorrad kurzschloss, wusste ich nicht und verstand es auch nach drei unterschiedlichen YouTube-Erklärvideos nicht.

Dafür kam mir eine andere Idee: Die Polizei hatte welche. Und garantiert auch irgendwo die Schlüssel. Aber ich vertagte diesen Gedanken. Primär, weil ich nicht Motorradfahren konnte und mir dachte: *Ariadne, was passiert mit dir, wenn du dich dabei verletzt? Dann kommen die Hunde und fressen dich. So dankbar sind Tiere nicht, dass sie einen verschonen. Irgendwann kommen die Instinkte durch.*

An einem Tag lief ich bis zur Polizeistation, blieb eine Weile davorstehen, bis es dämmerte und der Mond aufging. Ich war so allein wie immer. Wenn ich auch verschwand, was passierte dann mit der Welt? Nichts vermutlich. Die Erde hört nicht auf, sich zu drehen, nur weil die unnützen Menschen verschwinden.

Ich fühlte mich grässlich, während ich nach Hause lief. Den Korb voller Dosenfutter für Hund, Katze und Mensch. Ravioli. Die konnte ich auf den Tod nicht ausstehen. Meine opulenten Mahlzeiten gehörten der Vergangenheit an. Ich hatte keine Lust mehr zu kochen. Ja, eigentlich hatte ich keine Lust, mehr zu leben. Ich hatte immer angenommen, dass ich alleine ziemlich gut klarkam. Doch es war etwas völlig anderes, wenn einem dieser Zustand aufgezwungen wurde. Ich vermisste Kylie schrecklich. Ihr Lachen, ihren albernen Humor, aber auch, dass sie mich so oft in den Arm nahm. Es war nicht dasselbe, wenn ich mit Katze oder Tobi schmuste. Ich konnte mich nicht einfach anlehnen und mir den Rücken streicheln lassen. Meine Schwester sagte nicht mehr: »Es wird alles gut.« War das noch lebenswert? Sollte ich nicht einfach den anderen Menschen folgen? Aber was wurde dann aus den zwei hungrigen Nasen bei mir daheim? Das konnte ich ihnen nicht antun.

Also lief ich auch an diesem Abend bis nach Hause, weil ich das Fahrrad im Suff irgendwo abgestellt, aber nicht wiedergefunden hatte, und erreichte meine Wohnung, als es bereits dunkel war. Ich hätte mir natürlich ein neues klauen können, aber Hölle, es war so schwer, ein passendes zu finden, denn offensichtlich war ich kleiner als der gängige Fahrradfahrer in Lille.

»Ich bin wieder zuhause«, rief ich routinemäßig und Tobis Gekläffe entlockte mir ein Lächeln. Immerhin einer freute sich.

Tobi steckte, nachdem er mich gebührend begrüßt hatte, seinen Kopf in den Korb und wedelte erfreut mit dem Schwanz, auch wenn er vermutlich nicht durch eine versiegelte Dose riechen konnte.

Katze kam aus der Küche und schmiegte sich an meine nackten Beine. Heute hatte ich wieder teuren Designerscheiß an. Einen Morgenmantel von Versace und darunter ein Kleid von Armani. Hässliche Kombination. Außerdem trug ich einen Fascinator in Zartblau.

Ich machte meinen Tieren ihre Portion fertig und stellte das Radio wieder an. Das hatte ich in den letzten Tagen nicht mehr mitgenommen, genau wie mein Handy. Meine Social Media-Posts waren auf morgens und abends beschränkt, doch ich wurde immer hoffnungsloser. Warum scherte ich mich überhaupt um dieses Stück Technik, wenn ich damit niemanden erreichen konnte?

Ich klatschte lustlos die Ravioli auf den Tisch und aß sie kalt, bis ich schließlich nach meinem Handy griff. Blöde Routine. Die kam mir immer wieder in die Quere. Ich öffnete meine Twitter-App und scrollte durch meinen Feed. Nichts Neues. Nur ich.

Und dann traf mich beinahe der Schlag.

Are you real?

Jemand hatte mir geschrieben. Heute Nachmittag, als ich sinnlos vor der Polizeistation gestanden hatte. Ich drückte auf das Profil. Ein junger Mann. Asiate. Vielleicht mein Alter. Und seine Posts unterschieden sich kaum von meinen, auch wenn ich nur die englischen Einträge lesen konnte.

Ist da jemand?
Kann das irgendwer lesen?
Hallo Welt!

Bilder, Worte. Wie bei mir. Und sie waren alle von verschiedenen Tagen. Kein Zweifel – jemand außer mir war noch da.

Hastig tippte ich: *Ja, ich bin echt. Ich bin Ariadne. Und ich bin allein in Lille.*

Oh, Gott, hoffentlich antwortete er mir. Wenn jetzt das Handynetz oder das Internet zusammenbrach, dann würde ich von der Brücke springen. Von der größten, die ich finden konnte. Wie eine Irre scrollte ich immer wieder durch Twitter, aktualisierte die App alle paar Sekunden und stellte alle Alarmsignale sämtlicher Apps laut, um den Moment, nicht zu verpassen, in dem der Unbekannte, der sich auf Twitter @ironbutterfly nannte, sich meldete.

Ich sah mir sein Profil an. Von vorher, nicht nur die letzten Einträge. Er fotografierte sich häufiger. Blond gefärbt, so wie ich. Manchmal war er mit Freunden zu sehen. Ich versuchte, die Zeichen unter seinen Posts zu deuten. Leider gab mir Twitter sowohl eine japanische als auch eine koreanische Übersetzung. Himmel, saß er ganz allein auf einer Insel fest? Er tat mir jetzt schon leid.

Wenn mir danach war, konnte ich bis Sibirien laufen oder überall entlang der europäischen Küste ins Meer springen. Er? Er kam nicht mal von seiner Insel herunter.

Wie spät mochte es bei ihm sein? Ich googelte. Irgendwas um die sieben Stunden voraus. Je nachdem, wo er sich befand. Dann war es bei ihm früh am Morgen. Wann hatte er geschrieben? Vor fünf Stunden ... verdammt.

Gedankenverloren streichelte ich Katze. Sah auf mein Handy. Starrte an die Decke. Schließlich holte ich das Ladekabel, drehte alle Alarmeinstellungen auf ultralaut und legte mich aufs Sofa. Aber ich konnte nicht schlafen. Ich war nicht allein. Ich war nicht allein auf dieser verdammten Welt! Das Gefühl war schlimmer, als betrunken zu sein, denn es ließ nicht nach. Es machte mich euphorisch, jede Sekunde ein bisschen mehr.

Kapitel 4: #youarenotalone

Ich musste mich erst orientieren, als ich erwachte. Was hatte mich geweckt? Dann fiel mir alles wieder ein. Ich war allein auf der Welt und doch wieder nicht. Plötzlich war ich hellwach, stieß mir den Kopf an meinem Bücherregal, das über meinem Sofa thronte und nahm fluchend das Handy in die Hand.

Ich bin Sanghyun. Und ich sitze in Shanghai fest.

Scheiße. Das war so klar gewesen. Der einzige Mensch auf der Welt saß auf der anderen Seite davon. Tausende und Abertausende Kilometer von mir entfernt.

Scheiße. Gibt es noch jemand anders?

Hast du Facetime?

Ja.

Ich schickte ihm meine Nummer. Ich meine, er war zwar ein Fremder, aber was sollte er mir tun? Er war weit, weit weg. Unerreichbar weit.

Der Call kam prompt. Der Mann von den Fotos. Ziemlich große Augen, eins davon war allerdings heller als das andere. Ein hellbraunes Auge mit grünen Tupfen. Auch sonst ähnelte er kaum dem Bild eines Japaners oder Koreaners, welches das Internet einem suggerierte. Seine Nase war schmaler, seine Augenbrauen dafür buschig und er hatte ein paar Bartstoppeln.

»Du bist Ariadne?«

Oh, Shit. Ich lag in meinem fleckigen Gucci-Kleid in Weinrot auf meinem Sofa und meine blondierten Haare standen furchtbar ab.

»Nein, deine Mutter«, antwortete ich säuerlich.

Wieso hatte er enttäuscht geklungen? *Ja, sorry, Arschloch, ich hab mir auch nicht ausgesucht, die letzte Frau auf Erden zu sein.*

»Ich dachte wirklich, ich wäre allein«, fuhr Sanghyun fort und ignorierte meine spitze Bemerkung.

Bei ihm war es hell, er saß auf irgendeinem Platz in einem leeren Café, ich sah die vielen Tische und Stühle um ihn herum. Aber gutes Wetter. Er trug ein T-Shirt und kurze Hosen, die Sonne blendete die Kamera. Und er hatte ein Eis in der Hand.

»Gratis«, grinste er.

»Alles ist gratis, wenn die, denen es gehört, weg sind«, antwortete ich nicht sonderlich geistreich.

»Stimmt.«

Schweigen. Worüber sprach man mit jemandem, der von nun an der einzige Gesprächspartner war?

»Du bist so weit weg«, murmelte er und schob sich den letzten Rest seines Eis' in den Mund.

»Ich weiß. Hab ich mir nicht ausgesucht.«

Wir klangen wie ein albernes Pärchen, das keine drei Tage ohne einander konnte. Was hatte die Einsamkeit aus mir gemacht?

»Kommst du bei dir gut klar?«, fragte er dann.

»Ja, bisher schon. Obwohl ich für frisches Obst langsam morden würde.«

Er seufzte. »Ich habe Gewächshäuser gefunden, allerdings habe ich den Dreh noch nicht raus, wie man die Pflanzen versorgt. Ich habe diverse Tomatenpflanzen getötet.«

»Was bist du von Beruf?«

»Momentan?«

»Nee, bevor alle Menschen verschwunden sind.«

»Nichts. Ich wusste nichts mit mir anzufangen. Meine Noten waren zu schlecht für die Uni.«

Darüber musste ich tatsächlich lachen. »Uni ist scheiße. Ich habe aufgehört. War mir zu blöd. Ich war Kellnerin, aber das habe ich auch geschmissen. Streng genommen bin ich derzeit auch nichts.«

Er grinste. Ein nettes Lächeln hatte er schon, das musste ich ihm lassen.

»Ja, solche Jobs habe ich auch gemacht. Und dann bin ich abgehauen. Reisen.«

»Das wollte ich auch machen.« Was für ein Zufall.

»Meine Eltern sprechen seitdem zwar nicht mit mir, aber hey: Ich bin noch da. Die nicht.«

Ich setzte mich ein bisschen bequemer hin und knipste ein zweites Licht an, damit er mich besser sehen konnte. Allerdings so, dass meine sexy Tennissocken, die ich mit dem Gucci-Kleid kombiniert hatte, außerhalb des Bilds blieben.

»Es tut so gut, mit einem anderen Menschen zu reden«, sagte Sanghyun schließlich.

»Geht mir genauso. Ich spreche nur mit Hunden.«

»Oh, davon gibt es hier genug. Sie laufen durch die Gassen und plündern Läden. Ich mache sie ihnen auf, damit sie nicht verhungern.« Er schaute auf einmal irritiert. »Warum sitzt du in einem Abendkleid im Dunkeln?«

»Ich wollte schon immer mal ein Gucci-Kleid«, erwiderte ich. »Die waren immer so verdammt teuer.«

Sanghyun lachte. Laut und schallend. Dann krachte sein Fuß auf den Tisch.

»Scheißteure Nikes. Ich habe alle. Auch die Limited Editions. Hat irgendein Schnösel gesammelt. Ich bin in sein Appartement umgezogen, weil's mir besser gefällt. Schlüssel steckte.«

Verdammt, auf die Idee war ich gar nicht gekommen. Warum wohnte ich noch nicht in einem Penthouse? Nächster Halt: Umzug! Aber so was von!

»Jedenfalls hat der Typ meine Schuhgröße und ziemlich grässliche Anzüge. Die trage ich nur, wenn ich Feuer lege.«

»Du legst Feuer? Keine Angst, dass es außer Kontrolle gerät?«

Sanghyun schüttelte den Kopf. »Was soll passieren? Dann geh ich eben weiter. Wenn ich schon frei bin, dann auch richtig. Aber die Klamotten stinken danach erbärmlich. Also lasse ich sie da.«

Nun, ja ... wer war ich, das zu verurteilen? Ich löste Sprinkleranlagen aus, warf mit Ziegelsteinen Fenster ein und brach Türen auf.

»Irgendwann macht es keinen Spaß mehr, frei zu sein«, sagte ich matt.

»Stimmt.« Seine Stimme klang plötzlich traurig. »Ariadne, hast du ein Festnetztelefon? Falls das Internet oder das Handynetz irgendwann ausfällt. Ich glaube, ich würde durchdrehen, wenn ich wüsste, dass du noch da bist, aber unerreichbar.«

Das war so offen und ehrlich, dass ich für einen Moment nichts erwidern konnte. Das hatte noch niemand zu mir gesagt. Gut, normalerweise war ich auch nicht das letzte Weibchen meiner Spezies.

»Ja. Schick ich dir gleich. Ich kenne meine Nummer nicht auswendig.«

»Ich schwör's dir, ich tätowiere sie mir ein. Bis vorhin wusste ich nicht, wie sehr es mir fehlt, mit jemandem zu sprechen. Aber jetzt ...«

»Ich versteh das. Weißt du, ich wollte immer frei von allem und jedem sein. Unabhängig. Aber das macht ungefähr drei Wochen Spaß. Danach wird es zum Kotzen.«

Er nickte ernst und sah zu einem Punkt hinter der Kamera.

»Ist etwas?«, fragte ich.

»Die Hunde.«

Tatsächlich hörte ich lautes, blechernes Gebell durch meine Handylautsprecher.

»Sie werden langsam aggressiv«, meinte er und stützte das Kinn auf die Hände. »Shit, ich muss aufhören, mein Akku ist gleich leer. Darf ich dich wieder anrufen?«

»Du musst«, antwortete ich.

Ich wollte nicht, dass er auflegte. Eigentlich war es mir egal, wer er war, wie er aussah – er war ein anderer Mensch. Etwas, das ich seit Wochen schmerzlich vermisste. Früher war ich deutlich wählerischer gewesen, hätte erst mal geschaut, was er mir denn bieten könnte. Wie er aussah. Und wie es um seine Interessen bestellt war. Seine Arbeitszeiten. Konnte man mit ihm lachen? Behandelte er mich wie eine Prinzessin? Wie sah es im Bett aus? Seltsam, dass der Mensch eine Spezies ist, die allein verkümmert. Obwohl er häufig seine Einsamkeit selbst wählt. Ich jedenfalls hatte nun keine Ansprüche mehr.

»Ich schreibe dir.«

»Tu das«, sagte ich, fand aber, dass es sehr kalt klang, und fügte hinzu: »Tu es wirklich. Bei meinem üblichen Glück habe ich jemanden erwartet, der kein Wort Englisch spricht.«

»Und dabei sagt man, dass die Franzosen kein Englisch sprechen. Ich bin halber Schotte, deswegen kann ich das. Meine Mom hat's mir beigebracht. Hier lernst du nicht viel.«

Ach, daher kam also der Look mit den zweifarbigen Augen. Spannend.

»Und wie kommst du dann nach Shanghai?«

»Erzähle ich dir morgen. Muss ja interessant bleiben, oder?«, verabschiedete er sich mit einem Grinsen.

»Okay, okay«, lachte ich und dann war die Verbindung getrennt.

Ich ließ mich zurück auf das Sofa sinken und hätte am liebsten mein Handy umarmt. Ich war nicht mehr allein. Sanghyun war zwar unerreichbar, dennoch fühlte ich mich ihm nah. Er verstand. Ach, selbst wenn er nicht verstanden hätte: Er war da. Und das reichte mir gerade. Das reichte mir wirklich.

Als ich abermals erwachte, war es bereits Mittag und ich hatte neue Nachrichten von Sanghyun. Die erste lautete:

Wie spät ist es eigentlich bei dir?

Die zweite war:

Ich bin ein Idiot, das hätte ich auch googeln können. Wie lang schläfst du denn?

Ich lachte und tippte: *Normalerweise nicht so lang, aber sonst rufen mich auch keine wirren Typen aus Shanghai mitten in der Nacht an.*

Hast du mich gerade wirr genannt?

Du legst Feuer und klaust Nikes.

Du klaust Gucci-Kleider und trägst dazu Tennissocken. Wer ist hier wirr?

Verdammt, ich hätte mich wirklich ein bisschen normaler kleiden sollen. Aber wen wollte ich beeindrucken? Den Typen in hunderttausend Kilometern Entfernung? Lächerlich. Außerdem trug ich schon immer Sachen für mich. Nicht für irgendwen. Ich trug, was MIR gefiel. Damit würde ich jetzt nicht aufhören.

Aus Spaß schickte ich ihm ein Foto von meinen Füßen in sexy Tennissocken.

Nachher noch mal Zeit für Facetime, Sockenkönigin?

Klar.

Dann geh ich mir mal Essen jagen.

Ich auch.

Ich stand gut gelaunt auf und bereitete ein riesiges Frühstück für Katze, Tobi und mich zu. Hartgekochte Eier, die sich dank Konservierungsstoffen offensichtlich länger hielten, Müsli, Joghurt, der zwar abgelaufen, aber noch essbar war, Käse aus dem Nachbarkühlschrank. Ich kratzte gerade die Schale leer, als mir ein Gedanke kam. Was, wenn mein Handy kaputtging? Was, wenn irgendetwas daran nicht mehr funktionierte? Dann brach mein Kontakt zu ihm ab. Und das würde mir keine Ruhe lassen. So wie Sanghyun es gesagt hatte: »*Ich glaube, ich würde durchdrehen, wenn ich wüsste, dass du noch da bist, aber unerreichbar.*«

Also sprang ich nach meinem sehr späten Frühstück auf und lief (jetzt allerdings nicht mehr ohne Handy) zum nächsten Elektromarkt. Ich hatte einen Rucksack und meinen Korb dabei und betrachtete die teuren Smartphones in den Auslagen. Vermutlich funktionierten die Vorführmodelle eh nicht mehr richtig, hatten irgendwelche Locks oder luden nicht mehr vollständig. Also warf ich zuerst verschiedene SIM-Karten in meinen Korb, um bei Bedarf das Netz wechseln zu können. Anschließend zertrümmerte ich die Vitrinen mit den wertvollen Smartphones, schnitt mir dabei allerdings in die Hand. Ich umwickelte die Wunde mit einem Seidentuch von Hermès, nicht nur Gucci hatte es mir angetan.

Der Alarm schrillte los, aber das Geräusch war mir mittlerweile vertraut. Ich war eine abgebrühte Diebin. Okay, auch nicht schwer, da ich nicht erwischt werden konnte.

Ich nahm alles mit, was mir gefiel, stopfte auch langlebigere Rentnerhandys ohne Smart-Funktionen in den Korb.

Diese mit den riesigen Tasten, wo der Akku mehrere Tage hielt. Wer wusste schon, wann ich sie brauchen würde? Dann kam mir der Gedanke, dass ich mir auch ausländische SIM-Karten mit anderen Mobilnetzen einstecken sollte, also wanderten sie in den prall gefüllten Korb.

Ich ging zurück auf die Einkaufsstraße, eine Fußgängerzone, in der ein paar Lieferwagen standen. Ein Postfahrrad lehnte dort an einer Litfaßsäule und ich warf die Briefe einfach auf die Straße und klemmte meinen Korb auf dem Gepäckträger fest. Weil mir die Konstruktion zu wackelig war, marschierte ich zurück und holte Kabelbinder. Mittlerweile hatte der Alarm aufgehört, völlige Stille legte sich über den Laden, sofern ich nicht über die Scherben der zerstörten Vitrinen schritt.

Ich spazierte an den Waschmaschinen vorbei und da sah ich es.

Ein schwarzer Schatten huschte durch die Gänge. Krallen kratzten auf dem blanken Boden. Abrupt blieb ich stehen.

Ein Hund? Was suchte er denn hier? Es war ein großes, schwarzes Tier, vielleicht ein Schäferhundmischling. Er kauerte bei den Mikrowellen und starrte mich an.

»Tut mir leid, Kumpel«, sagte ich. »Ich habe heute nichts für dich. Du kannst aber mitkommen, dann schauen wir im Futterladen vorbei.«

Der Hund knurrte und ich erstarrte in meiner Bewegung. Seit wann reagierten domestizierte Hunde so aggressiv? Schließlich bekamen sie ihr Futter vom Menschen und ich war einer. Genau genommen der letzte. Zumindest in dieser Hemisphäre.

Der Hund sträubte das Fell und starrte mich an.

»Okay, okay«, rief ich beschwichtigend. »Alles gut, das ist deine Abteilung und das hier meine, ja?«

Das Knurren setzte sich fort, sodass ich mich langsam rückwärts auf den Ausgang zubewegte. Hoffentlich verfolgte er mich nicht. Ich war so an meine neue Freiheit gewohnt, dass ich keine Ahnung hatte, wie ich mit dieser Situation umgehen sollte. Normalerweise liebten mich Tiere. Ich traf sie an verschiedensten Plätzen in der Stadt. Sie kamen kläffend und mauzend angelaufen, ließen sich streicheln und füttern. An manche erinnerte ich mich, weil ich sie aus ihrem Gefängnis geholt hatte.

Der Hund machte einen Schritt vorwärts, direkt in meine Richtung. Ruhe bewahren. Das hatte ich meiner besten Freundin geraten, wenn sie auf Filou in unserem Flur traf. Filou war schließlich eine durch und durch imposante Erscheinung und er wurde ungern von Kindern gestört, die des Nachts durch seine Flure geisterten. Und wenn sie nur zum Klo wollten.

Aber bei Filou hatte ich gewusst, dass er uns niemals anfallen würde. Der fremde Hund fühlte sich von mir bedroht.

»Ist ja gut, Junge. Ganz brav. Du musst woanders hin, wenn du was zu futtern haben willst«, erklärte ich ihm mit einschmeichelnder Stimme.

Der Hund hatte keine Lust, sich beruhigen zu lassen, denn seine Haltung wurde geduckter und sein Knurren durchdringender. Ich bewegte mich ein wenig schneller.

Plötzlich tauchten hinter ihm, zwischen den Kühlschränken, zwei weitere auf. Ein großer Rottweiler und ein Windhund. Verdammt. Ich besaß keine Waffe. Ob sie krank waren? Niemand kümmerte sich schließlich mehr um ihren Impfschutz. Sie liefen frei draußen herum. Hatten sie vielleicht die Tollwut? Oh, Gott, wieso hatte ich nie an so etwas gedacht?

Ich ließ die Tiere nicht aus den Augen. Ging rückwärts, hatte die Hände erhoben, als zielte die Polizei auf mich.

»Schon gut, Jungs. Alles eures. Ich bin gleich weg, wenn ihr mich nur gehen lasst. Ich komme auch nie wieder.«

Ich warf einen raschen Blick über die Schulter. Das geborgte Postfahrrad stand noch vor dem Eingang.

Ich sah wieder nach vorn. Der knurrende Schäferhundmischling war nähergekommen. Er lief geduckt, wie ein Wolf, kurz vor dem Angriff.

Ich wirbelte herum und rannte los. Hinter mir hörte ich das Kläffen, das Scharren der Krallen. Ich sprang auf das Fahrrad und trat in die Pedale, aber da hatte der erste Hund mich schon erreicht, der Rottweiler.

Mein Herz setzte für einen Moment aus, als er von der Seite auf mich zusprang. Mit einer ungelenken Bewegung trat ich nach ihm, wäre um ein Haar mit einem der parkenden Lieferwagen zusammengestoßen, doch der Hund schien so überrascht, dass er sich jaulend zurückzog.

Ich strampelte wie eine Besessene. Hinter mir hysterisches Kläffen, das mit einem Mal verstummte. Ich hatte die Biester abgehängt.

Als ich nach Hause kam, war ich vollkommen fertig. Mit den Nerven und auch körperlich. Das schwere Postfahrrad hatte mir den Rest gegeben, aber ich hatte zumindest meine kostbare Fracht nicht verloren. Nachdem ich alles nach drinnen getragen hatte, verschloss ich die Tür und blieb keuchend in meinem Flur sitzen, während ich mir die Wunde an meiner Hand besah. Es hatte aufgehört zu bluten, aber der Schnitt spannte und schmerzte bei jeder Bewegung. Tobi kam angewieselt und leckte mir über die Stirn und die Wangen, bis ich die Kraft fand, ihn hochzunehmen und zu streicheln. Von Katze war nichts zu sehen.

»Scheiße, deine Kumpels sind echt schlecht gelaunt«, murmelte ich in sein borstiges Fell.

Uff. Was für ein Tag. Ich ließ meine Beute im Flur zurück und ging zum Schreibtisch im Wohnzimmer, wo mein Laptop stand. Und mein Erste-Hilfe-Koffer, damit ich die Wunde mit Jod einschmierte, bevor ich mir einen ziemlich schlechten Verband anlegte. Das hielt vermutlich keinen halben

Tag. Fernseher an, Netflix und *Game of Thrones*, Staffel 3. Stimmen. Ich wollte jetzt nicht alleine sein.

Also schrieb ich Sanghyun an. Auch wenn ich nicht wusste, wie spät es bei ihm war.

Bin gerade von Hunden durch einen Elektromarkt gejagt worden. Gar nicht cool.

Zum letzten Mal online vor: 3 Stunden. Mist. Vermutlich war er schlafengegangen. Seufzend klappte ich den Laptop wieder zu. Wie gerne hätte ich mit ihm gesprochen. Wie unsicher ich mich plötzlich fühlte. Ich wollte mich wie immer durch die Stadt bewegen können. Ohne, dass ich bei jedem Geräusch Angst bekam. Und ich war auf dem besten Weg dahin, denn ich war immer schon gut darin gewesen, mich in Dinge hineinzusteigern, und das half gerade überhaupt nicht.

Das Messenger-Geräusch riss mich aus meiner aufkommenden Panik.

Bist du in Ordnung?

Ja, hab nur nen Schreck bekommen. Hab ich dich beim Schlafen gestört?

Ja. Aber egal. Hast du Skype? Dann können wir uns wenigstens sehen, wenn ich am Computer bin. Facetime macht mich wahnsinnig.

Ich nannte ihm meinen Account und startete die Software. Sanghyun wirkte ziemlich verschlafen, seine Haare standen vom Kopf ab und er gähnte ausgiebig.

»Sicher, dass du jetzt skypen willst?«, fragte ich. »Du siehst echt fertig aus.«

»Kommt vom Trinken«, meinte er und wischte sich über das Gesicht. Es schien warm bei ihm zu sein oder er schwitzte vom Alkohol. »Scheiße, ich will kein creepy Stalker sein, aber ich muss ständig dem Impuls widerstehen, dich anzurufen.«

»Geht mir nicht anders«, erwiderte ich.

Ja, es klang blöd. Ja, wir kannten uns nicht. Doch er war der letzte, gottverdammte Mensch auf Erden. Und jetzt hätte ich ihn sehr gern in den Arm genommen. Nein, mich in den Arm nehmen lassen. Weil mein Herz immer noch wie verrückt schlug, weil ich mich zum ersten Mal wirklich gefürchtet hatte in dieser leeren Welt. Am liebsten hätte ich meine Schwester bei mir gehabt. Doch jetzt hatte ich nur noch Sanghyun. Das konnte ich ihm ja schlecht gestehen. Wie klang das denn? Ich wechselte also das Thema: »Meinst du, wir sollten weiter posten? Es hat ja auch gedauert, bis wir uns gefunden haben«, überlegte ich.

»Probieren können wir es. Warte …«

Weil bei mir sämtliche Benachrichtigungen auf laut gestellt waren, schrillte es sofort los, als Sanghyun etwas auf Twitter gepostet hatte.

#stillalive

Mit Foto. Verpennter blonder Schopf und Duck Face. Ich lachte.

»Super. Also falls kein paarungswilliges Weibchen in deinem Umkreis sofort aufspringt, weiß ich auch nicht.«

Er grinste. »Nicht wahr? Ich bin momentan der Traummann jeder Frau. Einfach, weil ich da bin. Ha, wenn ich das meinem High-School-Ich erzählen könnte, als ich zu schüchtern war, überhaupt ein Mädchen anzusprechen. Warst du schüchtern als Teenager?«

»Nee, so gar nicht.« Ich biss mir auf die Unterlippe. »Eher eine von der wilden Sorte. Ich hab jeden Kerl angesprochen, der mir gefiel, und aufgehört, wenn er mich langweilte.«

»Hoffentlich langweile ich dich nicht.«

»Selbst wenn: Du bist der letzte Mann. Ich muss wohl nehmen, was ich kriegen kann.«

Sanghyun lachte laut. »Du hast eine echt charmante Art, einem jegliche Illusion zu nehmen.«

»Sorry. War nur ehrlich. Außerdem ist das eine ganz andere Situation. Zudem bin ich nicht mehr im Collège.«

»Was hast du studiert?«, fragte er.

»Design.«

»Für was?«

»Na, so richtig, Modedesign.«

»Und was macht man da?«

»Weiß nicht so genau. Ich war nicht viel dort. Ich war lieber draußen.«

»Das klingt spannend.«

»Auf dem Papier. Aber irgendwie ... ach, ich mag die Uni nicht. Als wenn dir dieser Ort das Leben aussaugt. Sicher ist man irgendwann kreativ, doch am Anfang ist es so technisch und steril und ich wollte mich nicht mit zig Vorschriften aufhalten.«

»Hin und wieder braucht man die, oder? Wie willst du sonst ein Kleid schneidern, das passt?«, warf Sanghyun ein. »Du könntest was für mich schneidern.« Er grinste in die Kamera und stand auf. »Allerdings bitte kein Kleid. Ich steh nicht darauf, meine Beine zu zeigen. Hab 'ne ziemlich hässliche Narbe am Knie vom Fahrrad fahren.«

Ich kicherte. »Zeig.«

Er krempelte ein Bein seiner Hose hoch. »Guck? Sieht scheiße aus.«

Beim letzten Mal war mir das gar nicht aufgefallen, allerdings war die Kameraqualität auch nicht die Beste gewesen.

»Was ist denn da passiert?«

»Ich wollte einem Mädchen imponieren und bin freihändig in den nächsten Lkw gefahren. Sie war eindeutig beeindruckt.« Sein Gesicht nahm einen spöttischen Ausdruck an. »Also, so sehr, wie man mit sieben von so etwas beeindruckt sein kann.« Er ließ sich wieder auf seinen Stuhl fallen. Manchmal wirkte er, als fühle er sich nicht richtig wohl in seinem Körper, und manchmal sehr lässig. Aber ich fand es süß, weil es mich an meine eigene Unsicherheit erinnerte, die mich immer wieder befiel, wenn ich mit ihm sprach.

»Also. Modedesign«, nahm er den Faden wieder auf und trank einen Schluck aus einer orangefarbenen Dose, die mich entfernt an Fanta erinnerte. »Klingt trotzdem cool.«

»Ich fand es grässlich. Und jetzt hat es sich sowieso erübrigt. Ich …«

Tobi begann zu kläffen.

»Hast du einen Hund?«, fragte Sanghyun interessiert.

»Ja. Also eigentlich nicht. Er ist von den Nachbarn über mir. Bin eingebrochen, um ihn herauszuholen.«

»Zeig mal.«

Ich rief Tobi zu mir und hielt den Rauhaardackel in die Kamera.

»Der ist ja cool.«

Tobi schleckte mir vor Freude übers Gesicht. Ich setzte ihn wieder runter, worauf er sich quer über meine Füße legte.

»Was fehlt dir am meisten, seitdem es keine Menschen mehr gibt?«, fragte ich ihn. Es war mir einfach in den Sinn gekommen.

»Uff. Wo soll ich da anfangen? Die belebten Straßen. Die Gespräche. Autofahren. Ich hab zwar keinen Führerschein, aber ein Kumpel hat es mir beigebracht. Ich bin ein bisschen gefahren, seitdem alle Menschen weg sind. Ungefähr drei Straßen weit, dann kam ich nicht mehr durch. Meine Eltern fehlen mir irgendwie, selbst wenn sie sich einen Scheißdreck drum geschert haben, wo ich war oder was ich tat.«

»Hm …«, machte ich.

Mein Vater fehlte mir gar nicht. Wir hatten uns nie nahegestanden und seit dem frühen Tod meiner Mutter behandelte er mich wie eine Angestellte. Oder ein steriles Ding. Genauso wie Margaret. Wir waren eben da und wir wurden, gemäß irgendwelcher Normen, gefördert und gefordert. Er sagte uns kein nettes Wort, er war selten zu Hause und wir gewöhnten uns daran.

»Und wenn du ein schmutziges Geheimnis willst: Die Tabledance-Bar um die Ecke fehlt mir auch.«

»Tabledance?« Ich kicherte.

Warum überhaupt? Ich war kein verklemmtes Mäuschen, Kylie und ich hatten es schon bei einem Kurs versucht und uns an der Stange gar nicht so schlecht geschlagen. Und jetzt kicherte ich wie ein pubertäres Gör.

»Klar. Wir Lieferjungs haben uns drum geschlagen, dem Schuppen Nudeln zu liefern. War natürlich kein offizieller Club, das gibt es hier nicht. Aber die Mafia betreibt dutzende Bordelle ...«

»Ich war mal mit 'ner Freundin zum Junggesellenabschied in einem Tabledance-Club. Das war spannend. Aber manche Mädchen waren echt schlecht.«

»Ich glaube, das ist nicht einfach. Das ist sogar ein Sport, oder?«, sinnierte Sanghyun.

»Nee, ist es auch nicht. Kylie und ich haben es probiert.«

»Wer ist Kylie?«

»Kylie ist ... war meine beste Freundin.«

Es war ein bedrückendes Gefühl, von Kylie in der Vergangenheit zu sprechen. Das klang nicht richtig. Und es war auch nicht richtig.

»Wie hieß dein bester Freund?«, lenkte ich vom Thema ab, weil meine Stimmung sonst ins Negative kippte.

»Chang«, antwortete er.

»Wie war er so?«

»Ein Frauenschwarm. Sah aus, als wäre er bei einer Boyband unter Vertrag. Die Mädels lieben das. Und ihn. Gefühlt hatte er jede Woche eine andere und jammerte mir dann vor, wie sehr sie ihm das Herz gebrochen hatte.«

»Den würde ich gerne mit Kylie bekanntmachen«, sagte ich leise. »Klingt voll nach einem Typ für sie.«

Kapitel 5: #youarealone

Mit Sanghyun war mein Leben auf jeden Fall besser. Zumindest drinnen. Draußen wurde es ungemütlicher. Und das lag nicht nur an den wilden Hunden, die sich rasend vermehrten. Nein, es lag auch daran, dass Lebensmittel verdarben, dass die ersten technischen Geräte versagten und ich mich langsam fragte, wie lang es noch ein Handynetz gäbe. Oder eine Internetleitung. Irgendwann geht so etwas ohne Wartung schließlich kaputt.

Sicher, ich schleppte mehr als genug Lebensmittel nach Hause, aber H-Milch schmeckte nur bedingt und ich hätte gemeuchelt für ein Spiegelei. Ein bisschen Normalität – das wäre schön gewesen. Aber die gab es nur in meiner Wohnung, wenn ich rausging, traf mich die harte Realität. Da gab es nur mich. Und Sanghyun, am anderen Ende der Welt. Immerhin war er ein sehr netter Gefährte. Er erkundigte sich nach meinem Tag, konnte endlos über belanglose Dinge sprechen, hörte immer gut zu und merkte sich vieles. Ich hoffte, dass ich für ihn genauso interessant war, zweifelte aber daran. Wie lächerlich. Ist ja nicht so, als hätte er Auswahl.

Eines Tages ging ich mit Tobi für eine längere Runde raus und hatte wahnsinniges Glück. Denn ich fand etwas, das ich vollkommen vergessen hatte: ein Kühlhaus. Und das Fleisch darin war frisch und trotzdem gefroren. Ich band Tobi im Vorraum fest und betrat dann meine persönliche Schatzkammer: Wurst, Schinken, der ganz ausgezeichnet roch und im nächsten Raum: Käse! Geil! Ich stopfte einen Laib Raclette-

Käse in meinen Rucksack, nahm mir Rinderfilet und stellte dann fest, dass ich gar keinen Raclette-Grill besaß. Trotzdem rief ich Sanghyun an und zeigte ihm per Face-Time das Kühlhaus.

»Verdammt, da bin ich gar nicht draufgekommen«, meinte er. »Ich habe die ganze Zeit Trockenfleisch gefuttert.«

»Tobi hat es gefunden, der hat eine gute Nase«, antwortete ich und stopfte Suppenfleisch in den Rucksack. Zur Feier des Tages, für Katze und Tobi. Allerdings würde Katze zetern, rohes Fleisch war ihr meistens zu lasch. Was für ein verwöhnter Gaumen.

»Und die wilden Hunde?«, fragte Sanghyun.

»Habe keine gesehen. Vielleicht haben sie irgendwas Besseres gefunden.«

»Und was machst du jetzt damit?«, wollte er wissen. Das Blond aus seinen Haaren wuchs langsam raus, das konnte man jetzt sehen. Damit wirkte er irgendwie ... wild. Ein bisschen punkig. Ich mochte es.

»Raclette«, erwiderte ich triumphierend.

»Was ist das?«

»Du kennst kein Raclette?«, fragte ich entrüstet.

»Nein. Was ist das?«

»Du belegst einen Grill mit Fleisch, Kartoffeln und Gurken und anschließend überbackst du dein Pfännchen dick mit Käse. Aber es muss ein besonderer Käse sein, sonst schmeckt es nicht.«

»Klingt wie koreanisches Barbecue. Nur mit Käse.«

»Es ist auch Grillen mit Käse«, entgegnete ich kichernd. »Aber es schmeckt super.«

»Braucht man dazu einen speziellen Grill?«

»Es ist zumindest einfacher. Keine Ahnung, ob man das in der Pfanne machen kann. Bin ich Koch?«

»Du bist derzeit die beste Köchin der Welt«, erwiderte Sanghyun.

Ich musste ebenfalls lachen. »War das die Retourkutsche dafür, dass ich gesagt habe, du seist der attraktivste Mann der Welt, weil du der einzige bist?«

»Hey, der Mann tut, was er kann, ja?«

Es tat so, so gut, mit ihm zu sprechen und zu lachen. Ich fühlte mich gleich viel sicherer und schaute nicht mehr um jede Ecke, ob dort ein wilder Hund lauerte.

Ich räumte den Rest der Sachen ein (immer im Hinblick darauf, dass sie in meine Kühltruhe passen mussten), schulterte den Rucksack und klemmte das Handy ans Fahrrad.

»Jetzt brauch ich so einen Grill«, meinte ich.

Sanghyun saß zurückgelehnt auf einem Balkon. Die Sonne brannte auf ihn herab und er trug eine getönte Brille. »Ich will das auch mal probieren.«

»Meinst du, es gibt in Shanghai Raclette-Käse?«

»Ich bin mir nicht sicher, vielleicht in einem der Hotels? Allerdings sieht es hier momentan nicht so nett aus.«

»Wieso?«

Er schwenkte sein Handy. Dichte Rauchwolken quollen in der Ferne gen Himmel.

»Irgendwas brennt da. Ich hoffe, es erreicht nicht die Innenstadt, wo ich derzeit bin. Dann müsste ich mir wirklich Gedanken machen. Ich war's übrigens nicht, nur fürs Protokoll.«

»Das müssen wir irgendwann eh«, sagte ich düster. Prompt war meine gute Laune verschwunden. »Der Strom wird nicht ewig halten. Ich bin erstaunt, dass noch nicht alles zusammengebrochen ist. Ohne Internet oder Handyempfang sind wir wirklich verloren. Und allein.«

»Mh«, machte Sanghyun und drehte die Kamera wieder zurück auf sich. »Lass uns nicht über so düstere Sachen sprechen, ja? Ich will gerade nicht daran denken.«

Ich nickte. Ging mir ähnlich. Manchmal war Verdrängen gesund. Jetzt zum Beispiel. Jetzt sollte ich einfach meine

Beute nach Hause schleppen und einen Raclette-Grill klauen.

»Ich fahr zum Elektromarkt. Heute Abend dann wieder?«

»Bei dir ist dann Abend. Bei mir ist es Nacht. Aber ja – heute Abend.« Er grinste und das Display zeigte prompt das Wahlmenü. Wie immer, nachdem Sanghyun aufgelegt hatte, fühlte ich das Alleinsein besonders intensiv. Diese Stille der leeren Stadt. Nur mein eigener Atem und Tobis Hecheln waren zu hören.

»Komm«, sagte ich zu ihm, stieg auf das Fahrrad und fuhr los.

Der nächste Elektromarkt war einfach zu finden, das Logo der Kette prangte gut sichtbar über den Häusern. Immerhin konnte ich problemlos meinen Weg durch die Autos manövrieren und die Hunde blieben mir auch fern. Dennoch stromerten sie durch die Straßen, genauso wie die Katzen. Auf den Autos lag eine leicht orangefarbene Staubschicht. Vom Saharasand. Manchmal wehte der nach Europa und tunkte alles in ein gelboranges Flackern. Trotzdem blieb ich an einem der Autos stehen, schrieb meinen Namen in den Dreck der Windschutzscheibe und meine Adresse. Man konnte ja nie wissen …

Als ich nach Hause kam, wartete Katze empört mauzend auf mich. Ich hatte vergessen, ihren Napf zu füllen, und bekam das natürlich zu spüren. Ich hob meine moppelige Gefährtin in die Höhe, drückte sie an mich, auch wenn sie das nicht leiden konnte, und vergrub mein Gesicht in ihrem dichten Fell. Wie sehr mir körperliche Nähe fehlte. Ich war ein schrecklich körperlicher Mensch, ich drückte all meine Freundinnen, tätschelte alles und jeden. Nur zu meinem Vater wahrte ich Distanz. Wahrscheinlich würde er zur Salzsäule erstarren, wenn ich ihm plötzlich um den Hals fiel.

Anschließend füllte das brave Personal, das ich für meine Katze war, den Napf und warf das Fleisch auf die Anrichte, um es gleich schneiden zu können.

Frisches Gemüse hatte ich natürlich keins mehr (nur ein paar erbeutete Tomaten, die auf einem Balkon im ersten Stock gewachsen waren), also gab es Dosenfutter. Nicht sehr lecker, aber mit Käse überbacken schmeckt alles.

Ich räumte das Suppenfleisch zum Teil in das Gefrierfach, damit Katze und Tobi später noch was davon haben konnten, und schaltete das Radio an. Rauschen auf allen Kanälen. Offenbar gab es die Playlist nicht mehr. Also, Kommando zurück, Laptop an und YouTube. *Don't fear the Reaper.* Was für ein passender Song.

Ein Vorteil daran, der letzte Mensch auf Erden zu sein, ist, dass man so laut und so schief singen darf, wie man will. Kratzt ja keinen, außer Tobi, der die Küche verließ, und Katze, die mich fassungslos musterte.

Romeo and Juliet

Are together in eternity, 40,000 men and women everyday

40,000 men and women everyday, Redefine happiness.

Ha! Witzig. Niemand *redefined* jetzt *happiness.* Sanghyun und ich waren der neue Standard für Glück. Und wenn ich vom Raclette essen glücklich würde, dann könnte die Schlagzeile lauten: »100 % der weiblichen Bevölkerung lieben Raclette! Raclette macht zu 100 % glücklich!«

Ich räumte Margarine und Gurken aus dem Kühlschrank, Silberzwiebeln und Maiskolben gab es dem Glas, dazu Dosenerbsen, Wein und Coke. Tobi schlich wieder in Hörweite, als der Kühlschrank ständig geöffnet und geschlossen wurde.

»Ihr kriegt auch was«, erklärte ich den Tieren, während ich mit dem Raclette-Käse kämpfte. Verdammtes Teil! Warum war das so hart? Und warum waren meine Messer so schief und schlecht? Im Restaurant gab es nur ultrascharfe Messer, an die war ich gewöhnt.

Ich war völlig außer Puste, als ich den Käse endlich angeschnitten hatte, köpfte den Wein und exte ein Glas.

Immerhin hatte ich mir keinen Finger abgesäbelt. Shit. Da war direkt die nächste Angst. Ich hatte mich schon einige Male übel geschnitten oder mir etwas aufgeschrammt. Was, wenn ich krank wurde? Oder Katze? Oder Tobi? Was sollte ich dann tun? Ich hatte doch keine Ahnung von Medizin. Oder Tiermedizin. Niemand wäre da, niemand könnte mir helfen. Ich meine, Menschen können auch an Lebensmittelvergiftungen oder an einer simplen Grippe sterben.

Verdrängen. Schnell verdrängen. Die Scarlett-Nummer musste her. Morgen will ich daran denken. Nur nicht heute.

Ich schüttelte mich und schaltete das Raclette ein, bevor ich Sanghyun wieder anrief. Draußen dämmerte es. Ich stellte meinen Laptop weit genug weg vom Grill und konnte so zumindest tun, als ob ich einen Gast hätte. Es war eine warme Nacht. Eigentlich perfekt, um Freunde einzuladen und für sie zu kochen. Das hatte ich ewig nicht mehr gemacht, weil ich arbeiten musste oder keine Lust hatte – jetzt bereute ich es bitterlich.

»Das ist also Raclette?«, begrüßte Sanghyun mich.

Ich nickte. »Kannst du alles sehen?«

»Ja. Auch, wie du live zehn Kilo zunimmst. Willst du den ganzen Käse essen?«

Den Laib Käse hatte ich auf der Fensterbank hinter mir abgelegt. Er hatte wirklich keine Ahnung, das waren höchsten fünf Kilo.

»Auch wenn du der letzte Mensch auf der Erde bist, ist das kein Grund, so frech zu sein«, erwiderte ich gespielt streng, aber Sanghyun begann zu lachen. In der Hand hielt er ein Bier und in der anderen eine Schale mit Nudeln.

»Instantnudeln?«, fragte ich.

»Ich war vorhin bei einem Metzger, aber das war mehr zum Kotzen. Die Kühlung ist ausgefallen. Wenn du in einen

Kühlraum kommst, wo hunderte vergammelte Schweinehälften hängen, dann reicht Instant-Ramen.«

Ich schüttelte mich. Der beißende Geruch von schlechtem Essen schlug mir auch häufig in die Nase und mir wurde jedes Mal schlecht.

Das Fleisch zischte und brutzelte bereits auf dem Grill und ich plauderte ein bisschen mit Sanghyun. Aber ich konnte ihm ansehen, dass er müde war, er war blass und seine Augen wirkten irgendwie trüb. Und die tiefen Ringe darunter taten ihr Übriges.

»Harter Tag?«, fragte ich.

»Mhm«, machte er leise und setzte sich dann in seinem Lehnsessel zurecht. »Ich beobachte immer noch das Feuer. Es scheint größer zu werden.«

»Das ist nicht gut«, antwortete ich. »Vielleicht solltest du das Haus verlassen?«

»Nein, noch nicht. Ich habe meine Vorräte hierhin geschleppt. Wenn ich erstmal anfange, bin ich ständig auf der Flucht. Vor was auch immer. Feuer, Tiere, Unwetter. Noch möchte ich so tun, als wäre das hier ein kurioser Traum.« Er schüttelte unwillig den Kopf, eine Geste, die ich öfter an ihm bemerkt hatte. Als wolle er sich selbst bestätigen. »Hast du dir schon mal vorgestellt, der letzte Mensch auf Erden zu sein?«

»Ja, klar.«

»Und? Du fandest es toll, oder? Ganz allein, tun und lassen, was man will. Dabei bedenkt nur niemand, dass die Welt, so wie wir sie kennen, nicht ohne andere Menschen funktioniert. Da chlort dir keiner mehr dein Schwimmbad, keiner bringt frische Lebensmittel heran. Und eine Woche mag es witzig sein, aber dann …«

»Ich weiß, was du meinst.« Ich konnte das so gut nachempfinden. Ja, ich hatte eine wahre Goldgrube aufgetan, als ich beim Metzger eingestiegen war. Aber wie lang würde mein Glück noch anhalten? Irgendwann würde alles verdorben sein. Spätestens, wenn der Strom aufgab.

»Langsam nervt es mich wirklich. Ich war zwar in der High-School ein schüchterner Kerl, was die Mädels anging, doch sonst war ich immer unter Leuten. Ich mag es laut und wild. Wie in Shanghai. Wo man immer jemanden trifft, der was unternehmen will.«

»Hey, was ist mit dem Verdrängen geworden?«, fragte ich, während ich ein Pfännchen mit Fleisch, Gemüse und Käse belegte und unter die Platte schob.

Sanghyun beugte sich in seinem Sessel vor. »So sehe ich ja gar nichts?«

»Ich zeig es dir, wenn es fertig ist.«

Tobi schleckte derweil an meinen nackten Beinen. Das war seine Variante zu betteln. »Du hast noch was«, schimpfte ich mit ihm und deutete auf den Napf.

»Ich glaube, ich habe es versäumt, ein Tier an mich zu binden.«

»Ach, Unsinn«, meinte ich. »Versuchen kannst du es. Es ist jedenfalls besser, als ganz allein zu sein. Ohne Tobi und Katze würde ich verrückt werden, denn ich bin das Alleinsein gründlich leid. Ich kann dich ja schlecht jede Sekunde anrufen. Obwohl ich das tun würde, da kannst du Gift drauf nehmen.«

Sanghyun lächelte traurig. »Ich weiß. Geht mir nicht anders. Momentan lese ich viel. Ich mag nicht rausgehen. Weil es mich deprimiert.«

»Geht mir auch so. Ich fühle mich draußen ... nicht mehr sicher.«

»Scheißgefühl, oder?«

»Und wie. Ich meine, der schlimmste Feind des Menschen ist eigentlich der Mensch. Ich bin früher durch jede dunkle Gasse gegangen, obwohl ich das genau wusste. Aber jetzt würde ich mich gerne verkriechen. Gleichzeitig habe ich das

Gefühl, dass ich komplett verkümmere, wenn ich drinnen bleibe.«

Sanghyuns Kamera wackelte und ich hörte ein: »Shit.« Er tauchte kurz ab. »Hab die Cornflakes Packung umgetreten, auf der die Webcam steht. Die kann man wenigstens noch essen.«

Ich zeigte ihm mein Pfännchen. »Das hier auch.«

»Ja, mach mich ruhig neidisch. Morgen fresse ich dir auch was vor. Hot Pot oder so.«

»Das würde ich gerne mal essen, Kylie hat immer davon geschwärmt. In das Restaurant hat sie ihre Eroberungen geschleppt, um zu gucken, ob sie was Scharfes vertragen.« Ich machte dabei eine anzügliche Geste und Sanghyun lachte erneut.

Und dann war plötzlich alles gar nicht mehr lustig. Mit einem merkwürdigen Seufzen erlosch das Licht in meiner Küche. Und mit ihm der Strom. Mein altersschwacher Laptop gab prompt den Geist auf, weil der Akku nicht mehr richtig lud. Das Raclette machte ein protestierendes Zischgeräusch und auch das Brummen des Kühlschranks verstummte.

Tobi stieß ein leises »Wuff« aus, von Katze hörte ich nichts. Aber was kümmerte es schon eine Katze? Für sie war es nichts anderes, als wenn ich das Licht ausmachte.

»Fuck«, fluchte ich. War das der Kollaps, den Sanghyun und ich herbeibeschworen hatten? Was, wenn das so blieb? Kein warmes Wasser, keine gekühlten Lebensmittel. Nur noch Dosenfutter? Scheiße! Das war nicht unendlich. Und Medikamente und so was ... mussten die nicht auch gekühlt sein?

Panik kroch in mir hoch. Ohne Strom kein Handy. Damit war Sanghyun unerreichbar. Was sehr schnell Realität sein konnte. Auch wenn er eine Liste von meinen Handynummern besaß, irgendwann würde ich ihn verlieren. Und dann? Dann war ich wirklich allein.

Scheiße, ich war keine Überlebenskünstlerin, die wusste, wie man Feuer machte oder sich in der Wildnis herumschlug. Ich war eine verwöhnte Vorstadttorte und hatte mein Leben lang getan, was ich wollte. Nicht, was ich musste. Mit einem Mal fühlte ich mich richtig schlecht. Und absolut überfordert.

Mein Handy vibrierte. Sanghyun. »Was ist bei dir los?«, hörte ich seine besorgte Stimme.

»Stromausfall.« Er musste gehört haben, wie schlecht ich mich fühlte, meine Stimme zitterte und klang überhaupt nicht mehr wie meine eigene.

»Dann wollen wir dein Handy nicht überstrapazieren. Hast du Kerzen?«

Beim Klang seiner ruhigen Stimme stiegen die Tränen empor. Gott, was war ich für ein Weichei. Am liebsten hätte ich mich unter der Bettdecke verkrochen und geheult. Aber ich zwang mich, tief durchzuatmen.

Ich tastete mich vorwärts, raus aus meiner Küche. Das Essen konnte ich vergessen, aber ich scheuchte Tobi und Katze trotzdem raus, damit sie es nicht fraßen. Morgen früh könnte ich es wahrscheinlich noch essen, auch wenn dann alles hart war. Ja, über so einen Schrott dachte man plötzlich nach.

»Bist du schon im Schlafzimmer?«, fragte Sanghyun.

»Nein, ich will die Viecher nicht mit dem Essen in der Küche lassen.«

Ich hörte ihn lachen und stellte den Lautsprecher an, während ich das Handy vor mich hielt, um ein bisschen Licht in meine Wohnung zu bringen. Denn es war wirklich finster. Kein Licht von draußen. Das war etwas anderes, als wenn man nur die Lampen in der Wohnung ausmachte.

Ich schlich durch das Wohnzimmer und öffnete dann die Schlafzimmertür. Sie knarzte und ich musste über einen Stapel ungebügelter Wäsche steigen, die ich einmal getragen, dann in einem Anflug von schlechtem Gewissen gewaschen hatte. Pfff ... wen interessierte es, wenn ich nicht sonderlich nachhaltig lebte? Der Einzige, der sich beschweren konnte, war Sanghyun.

»Jetzt da? Oder wohnst du in einem Palast und musst durch den Ostflügel?«

»Haha«, machte ich.

Aber es ging mir direkt besser, wenn ich mit ihm herumalbern konnte. Es nahm der Situation die Ernsthaftigkeit und den Schrecken. Wenigstens ein bisschen. Solange er sprach. Sobald er schwieg, raste mein Puls wieder auf hundertachtzig.

Ich rief nach Tobi und Katze, natürlich kam nur der Hund.

»Im Schlafzimmer angekommen?«, fragte Sanghyun.

»Ja. Ich werde mich jetzt hinlegen«, murmelte ich und ließ mich auf dem Bett nieder. Rums – Tobi war da.

Ich zog mir die Decke über die Brust und wartete darauf, dass die Panik, die mich die ganze Zeit umtanzte, verschwand.

»Bist du noch da, Ariadne?«, fragte Sanghyun.

»Ja. Tut mir leid. Ich bin wirklich fertig.«

»Hast du dir Kerzen angemacht?«

»Nein, habe ich vergessen.«

»Das hab ich dir vor fünf Minuten gesagt«, tadelte er mich mit gespielt strenger Stimme.

»Tschuldigung«, meinte ich nur.

»Bei mir geht langsam die Sonne auf. Sie kommt auch wieder zu dir, versprochen.«

»Wie viel Stunden bist du vor mir?«

»Sieben.«

Gott, noch sieben Stunden völlige Finsternis. Ob ich überhaupt ein Auge zumachen konnte? Ich hatte keine Angst vor der Dunkelheit. Sondern vor dem, was danach kam. Was sie für mich bedeutete. Für mich und meine Einsamkeit. Und mein Leben.

»Wir legen jetzt auf, okay?«, sagte Sanghyun leise. »Und du rufst mich sofort wieder an, wenn du wach bist. Aber spar deinen Strom und mach das Handy aus. Und morgen schaust du, wo in der Stadt noch Strom ist und ziehst um.«

»Okay«, flüsterte ich.

»Wir sprechen uns später, ja?«

»Versprochen?«

»Versprochen.«

Und dann war ich wieder allein. Nur Tobi leistete mir Gesellschaft. Während Katze durch das Wohnzimmer tapste. Ich hörte ihre Schritte auf dem Parkettboden. Sie hatte es gut. Ihr war alles egal. Und zur Not waren ihre Instinkte noch so intakt, dass sie auf mich nicht angewiesen war. Und ich? Ich war ein domestiziertes Tier, das ohne andere Menschen nicht überleben konnte. Das war mir mit einem Mal erschreckend klar.

Als ich erwachte, war es hell draußen. Ich hatte länger geschlafen als angenommen. Ich konnte die völlige Stille nicht mehr ertragen. Deswegen war ich in der Nacht aufgestanden, hatte den Rum geholt und eine Menge davon heruntergekippt, nur um Ruhe zu haben. Denn ich zuckte bei jedem Geräusch draußen zusammen, ich starrte beschwörend auf meinen elektronischen Wecker, wo sich nichts tat, und kraulte ansonsten wie manisch den Dackel.

Doch nun war ich wieder mit der Wahrheit konfrontiert – ich hatte keinen Strom mehr. Gut, ich konnte umziehen. Aber gab es hier überhaupt noch Strom?

Ich ging zur Küche und öffnete die Tür. Es roch nach kaltem Raclette und ich schaufelte mir mein übriggebliebenes Pfännchen einfach in den Mund, bereute es aber bitterlich, weil ich erbärmlich husten musste. Alles total hart und kalt. Keuchend und mit tränenden Augen quälte ich mich zum Kühlschrank, öffnete ihn und griff nach einem Orangensaft, mit dem ich die Pampe herunterspülte. Stellte ihn wieder zurück und erstarrte. Das Licht war an! Oh, mein Gott! Ich hatte mich noch nie über etwas so Simples wie Licht im Kühlschrank gefreut. Am liebsten hätte ich den Hund geknutscht.

Katze trottete mit ihrem dicken Bauch heran und brummelte vor sich hin, weil ihr Napf noch leer war. Lachend nahm ich sie hoch und machte probeweise den Kühlschrank auf und zu. Es funktionierte wieder. Allerdings musste ich herausfinden, bis wohin der Stromausfall gegangen war. Fleischvergiftung? Nein, Danke. Nicht, wenn ich keine Ahnung von Medikamenten oder dergleichen hatte.

»Ich gehe heute raus«, verkündete ich meinen Tieren, während ich ihnen Futter machte und mir selbst nur Dosenpfirsiche nahm.

Ab jetzt würde ich mit der Nahrung vorsichtiger sein. Wenn ich gleich rausfuhr, sollte ich überprüfen, ob in meinen bevorzugten Supermärkten die Eisfächer angetaut waren. Falls ja ... würde ich sie irgendwie markieren müssen. Ich wusste schließlich nicht, wie lang ich mich hier aufhalten würde. Oder wie lang dieser Zustand des völligen Alleinseins noch vorherrschen würde.

Immerhin, das Stadtnetz funktionierte zuverlässig. Damit hatte ich nicht gerechnet. Scheinbar war problemlos auf Notstrom umgeschaltet worden.

Ich rief also nach Tobi, der mir freudig schwanzwedelnd hinterherlief, und ging nach draußen zu meinem Fahrrad, das ich gestern achtlos mitten in die Einfahrt geworfen hatte. Hey, wer sollte es klauen?

Ich sprang auf und sauste los. Tobi wild kläffend hinterher, er liebte Fahrradfahren.

Alles war wie immer, auch wenn sich dichte Wolken am Horizont sammelten. Allerdings hatte es tagelang nicht geregnet, das konnte nur gut für die Pflanzen sein. Die hatte ich nämlich nicht gegossen, ich konnte schlecht halb Lille allein gießen. Pflanzen versorgten sich schon selbst und fanden immer einen Weg. Ich hatte bereits Löwenzahnblätter entdeckt, die aus Motorhauben sprossen.

Der erste Supermarkt lag ein paar Straßen weiter. Es war ein kleiner, familiärer Laden, direkt gegenüber eines großen Baumarkts. Dort ging ich zuerst rein, auch wenn die Schiebetüren grässlich quietschten. Aber ich brauchte Farbe, um die Supermärkte mit der unterbrochenen Kühlkette zu markieren.

Auch heute war es regelrecht schwül, die Sonne zeigte sich noch, als ich in den Baumarkt ging. Ich nahm mir eine Spraydose und eine Fußballtröte, die zuhauf an der Kasse lagen. Die Tröte allerdings aus Selbstverteidigungsgründen. Ich war mir recht sicher, dass Hunde die nicht mochten.

Es piepte, als ich mit meinem Diebesgut rausmarschierte, aber wer sollte mich aufhalten?

Am Fahrrad wieder angekommen, fiel mir ein, dass ich Sanghyun völlig vergessen hatte, also schaltete ich das Handy an, während ich zum Supermarkt rüber lief. Er ging sofort ans Telefon.

»Ist alles gut bei dir?«, war seine Begrüßung. Sorge schwang in seiner Stimme mit.

»Ja«, antwortete ich. »Der Strom ist wieder da. Du glaubst gar nicht, wie erleichtert ich bin. Daher schaue ich jetzt, welche Supermärkte betroffen waren, damit ich nichts Verdorbenes esse.«

»Gute Idee«, meinte er.

»Und wo bist du heute?«

»Unterwegs. Ich ziehe um. Das Feuer kommt näher.«

Ich schauderte. Das stand mir garantiert auch noch bevor. Alleingelassene Elektronik war verdammt gefährlich.

»Und wohin gehst du jetzt?«, fragte ich.

»Ich weiß nicht.« Stille. »Ariadne ... ich ... darf ich dir was Bescheuertes vorschlagen?«

»Ich bin immer für bescheuerte Sachen zu haben«, antwortete ich. Hoffentlich sprach er das aus, was mir heute Morgen durch den Kopf gegangen war.

»Wir sollten uns treffen. Zusammen schaffen wir das alles schon. Irgendwie. Ich würde es ... gern versuchen.«

»Ich dachte schon, du fragst nie«, stöhnte ich auf und betrat den Supermarkt. Aber ich sah gleich, dass die Kühlkette unterbrochen gewesen war. Die Eistheke im vorderen Bereich war angeschmolzen und sonderlich kühl war sie auch nicht, als ich hineinfasste. Außerdem spielte die Beleuchtung verrückt. Licht an – Licht aus. Licht an – Licht aus.

»Willst du das wirklich versuchen? Das sind unendlich viele Kilometer. Ganz allein.« Ich hörte die Sorge in seiner Stimme. Aber auch die Hoffnung. Als wäre es ein Echo meiner eigenen Gefühle.

»Wir können nicht dort bleiben, wo wir sind. Außerdem würde es uns beiden deutlich besser ergehen, wenn wir zusammen sind. Nicht nur wegen der Einsamkeit. Was passiert, wenn sich einer von uns verletzt und auf Hilfe angewiesen ist? Es ist einfach sicherer«, sagte ich. Er sollte nicht glauben, dass ich es nicht versuchen wollte. Aber wie? Darüber hatte ich mir keine Gedanken gemacht. Nur dieser eine Satz hatte sich in meinem Kopf festgesetzt. Ich musste Sanghyun sehen. Irgendwie. Ganz egal, wie weit ich dafür laufen musste. Er war der letzte Mensch auf der Welt. Und ich wollte bei ihm sein. Mit ihm ließ sich dieser Irrsinn sicher irgendwie ertragen.

»Ich ... wir reden später, ja? Ich will mal gucken, ob hier ein paar Wohnungen offen sind.« Er klang, als sei er vor seinen eigenen Worten zurückgeschreckt. Ich war nicht sicher, ob er es noch ernst meinte, doch ich ließ ihm den Freiraum. Ich selbst hätte mich nie getraut zu fragen, also sagte ich nur »Klar«, und legte auf.

Doch hatte er verstanden, wie dringend ich ihn sehen wollte? Nein, bestimmt nicht. Ich war manchmal echt dämlich.

Tobi und ich kehrten dem Supermarkt den Rücken zu, nachdem wir ihn markiert hatten, und radelten anschließend zum nächsten. Selbes Spiel. Die Eistruhen, weiter hinten im Laden, waren verdächtig feucht und es gab keine Eisschicht mehr, die die Waren überzog.

Also auch ein Kreuz für den Supermarkt. Erst im Einkaufszentrum, das ich an meinem allerersten Tag betreten hatte, schien die Klimaanlage intakt zu sein.

Der geplünderte Schuhladen lag noch genauso da, wie ich ihn beim letzten Besuch zurückgelassen hatte. Allerdings hörte ich auch Hunde kläffen. Na, wenn die Krieg haben wollten, konnten sie ihn haben. Heute würden sie mich nicht erschrecken.

Ich ging also mit Tobi eine der Feuertreppen runter (den Rolltreppen traute ich nicht, außerdem waren die auch nicht sonderlich kompatibel mit einem Hund als Gefährten).

Als ich den Supermarkt betrat und bis zu den Kühltheken durchlief, hätte ich weinen können vor Glück. Wenigstens hier war das Essen unangetastet. Dicke Eisklumpen prangten in den Ecken der Truhen und die Pizzen waren mit einer eisigen Schicht überzogen.

»Endlich haben wir mal Glück«, meinte ich zu Tobi und öffnete ihm eine Dose Hundefutter, die ich auf den Boden leerte. Zur Feier des Tages.

Allerdings hörte ich prompt fernes Gewinsel. Hinten, bei den Kassen fand ich den Urheber – zwei kleine Yorkshire Terrier, die quietschend vor mir zurückwichen.

Die beiden machten sich gierig über ihre Dose her, die ich für sie öffnete, auch wenn sie Tobi immer im Blick behielten.

Ich öffnete noch zwei weitere Dosen und wartete, bis die beiden Quälgeister sich zufrieden neben dem Kassenband zusammenrollten.

»Ihr solltet nach draußen gehen«, meinte ich zu ihnen. Aber sie verstanden mich natürlich nicht. Vielleicht waren ihre Besitzer mit ihnen im Einkaufszentrum gewesen, als sie verschwanden, und nun saßen die beiden hier fest. Über kurz oder lang würden sie hier sterben, denn die Frischwaren stanken erbärmlich und waren nicht mehr genießbar. Auch nicht für zwei gierige Hunde.

»Kommt«, rief ich ihnen aufmunternd zu. Einer stand kurz auf, aber mit Blick auf Tobi legte er sich wieder hin. Zwei Schisser.

Als ich ihnen näherkam, verkrochen sie sich unter dem Papiercontainer, der an der Rückwand des Ladens stand.

»Kommt schnell mit«, säuselte ich ihnen zu. »Draußen gibt es mehr Futter.«

Wobei ... draußen öffnete auch niemand mehr Dosen. Außer mir. Und ich konnte nicht alle Hunde der Stadt füttern.

»Ihr seid doch blöd«, rief ich ihnen zu.

Einer von beiden kläffte empört, als wolle er sich nicht so schimpfen lassen.

Ich lief noch mal zurück und holte mir eine Packung Hundeleckerlies, die ich öffnete.

Da kamen sie dann beide unter dem Container hervor und schnupperten neugierig.

»Ja, so ist's fein, ihr Schisser«, brabbelte ich diesen typischen Hundebesitzersingsang.

Ich ging mit Tobi aus dem Laden, der mir auf Schritt und Tritt folgte. Aus den Augenwinkeln sah ich, dass die beiden Yorkshireterrier mir ebenfalls hinterherliefen.

Ich öffnete die Feuertür zum Treppenhaus und lockte die beiden hinauf, indem ich ein Leckerli hochwarf. Selbes Spiel mit der Tür ins Erdgeschoss. Von da aus konnten sie sich frei bewegen und nach draußen rennen. Ich ließ die Leckerlies da und pfiff Tobi zurück. Gefühlt fraß er immer alles.

Die beiden Hunde wuselten erst misstrauisch herum, dann machten sie sich über das Futter her und ich konnte endlich gehen.

»Verwöhnte Biester«, meinte ich zu Tobi, der mich erwartungsvoll ansah, um dann schnell sein Revier zu markieren. Vor der zerstörten Apotheke. Eventuell hatte ich ihre Scheiben mit einem Baseballschläger zertrümmert. Aber wer sollte sich darüber beschweren?

Die Sonne war fort, als ich nach draußen kam und mein Fahrrad vom Boden aufhob. Die Luft roch nach Gewitter und ich beeilte mich, zurück zu meiner Wohnung zu kommen. Schließlich musste ich planen. Wie sollte ich mich durch eine leere Welt bewegen? Was war die schnellste Route, zu Sanghyun zu kommen? Woran konnte ich mich orientieren? Was brauchte ich alles? Ich war immer schon ein praktischer Mensch und jetzt, wo der Strom wieder da war, fühlte ich mich deutlich zuversichtlicher.

Ich musste bald fahren, wir mussten es vor dem Winter schaffen, aber Sanghyun saß auf der anderen Seite der Welt. Und die musste ich durchfahren. Wenigstens zur Hälfte. Denn fahren würde ich, daran bestand kein Zweifel. Ich konnte es unmöglich zu Fuß schaffen. Vielleicht mit einem Motorrad. Auf einsamen Straßen ...? War das machbar? Und was war mit Katze? Und Tobi? Sie zurückzulassen, hätte ich mir nie verziehen.

Also musste ich sie irgendwie transportieren. Lange Pausen machen, damit die Tiere nicht unglücklich wurden. Und natürlich sicher fahren.

Als ich zuhause ankam, fiel der erste Regen und ich rannte mit Tobi ins Haus. Von Katze war nichts zu sehen, aber da ich die Terrassentür immer offenstehen ließ, war sie vermutlich auf Mäusejagd.

Ich setzte mich an den Schreibtisch, öffnete den Laptop und versuchte Sanghyun zu erreichen, aber er ging nicht dran. Das allein war so ungewöhnlich, dass ich erst bestürzt mein Internet checkte und es gleich mit dem Handy versuchte.

Hoffentlich war ihm nichts passiert. Nein, ihm durfte einfach nichts passiert sein, denn ich brauchte ihn. Ich brauchte ihn wirklich. Nicht nur, weil er der letzte Mensch auf Erden war. Ich mochte diesen Menschen. Er war ein absoluter Glücksgriff. Ein Geschenk. Ich war dankbar dafür, dass ausgerechnet er der Letzte war. Nicht irgendein halbstarker Idiot. Oder einer dieser Pumper aus der Muckibude. Oder so ein versnobter Schnösel. Nein, Sanghyun war anders. Und vor allem das mochte ich an ihm.

Ich ließ ihm eine Nachricht da (*Sag sofort Bescheid, wenn du eine neue Wohnung gefunden hast*) und rief mir Google Maps auf. Verdammte 9000nochwas Kilometer ... Wow. Und wo war die Mitte?

Ich fuhr mit dem Finger die Karte entlang bis Jekaterinburg. Mitten in Russland. Aber es war ungefähr die Hälfte. Machte 4500 Kilometer für mich und 4500 Kilometer für Sanghyun.

Konnten wir das schaffen? Was, wenn einem von uns etwas geschah, während wir unterwegs waren? Aber wir konnten auch nicht darauf warten, dass wir starben. Ohne die Möglichkeit, beieinander zu sein.

Wenn ich beschließen musste, wie mein Leben weiterging, dann war für mich die Wahl einfach. Lieber an Sanghyuns Seite als allein in Lille.

Tobi sprang mir überraschend auf den Schoß und ich schrak fürchterlich zusammen, sodass ich beinahe meine Flasche umwarf.

»Du kommst mit«, erklärte ich ihm, während er den Kopf schräg legte und mich mit seinen Dackelaugen ansah. »Und die doofe Katze auch.«

Mir würde wohl nichts anderes übrigbleiben, als für Katze in einem Tierbedarf Körbe zu klauen. An eine Leine würde ich sie sicher nicht gewöhnen und auf einem Motorrad war es für sie viel zu gefährlich. Gab es noch diese altmodischen Motorräder mit Beiwagen? Die wären perfekt. Oder vielleicht ein kleines Tucktuck? Aber so was fuhr sicher niemand im Umkreis. Und falls doch, hatte ich bestimmt nicht so viel Glück, dass der Schlüssel steckte.

Draußen brach das Gewitter los und Katze kam prompt herbeigeschossen. Sie schüttelte sich und blickte empört zurück. Als wäre sie persönlich beleidigt, dass man Wasser über sie gegossen hatte.

Ich musste sie drinnen behalten, wenn ich bald abreisen wollte. Also schloss ich die Terrassentür und warf Katze ein Handtuch hin, auf dem sie es sich bequem machen konnte. Sie legte sich übrigens daneben.

Als ich zum Tisch zurückging, schallte der Skype-Ton durch mein Wohnzimmer. Sanghyun.

»Ja?«, rief ich, während ich meine Kamera einschaltete.

»Sorry, ich hab was länger gebraucht«, war seine Begrüßung.

»Macht nichts. Hauptsache, du bist noch da.«

»Ich hoffe, ich habe dich mit meiner Idee nicht überfallen.« Seine Mundwinkel zuckten, als wolle er ein Lächeln unterdrücken und er schaute auch nicht in die Kamera.

»Nein. Ich will das. Wirklich. Sanghyun, ich drehe durch, wenn ich weiter allein bin. Und wenn ich die Wahl habe, mit dir allein zu sein oder ganz allein, dann ist doch klar, was ich wähle. Nein, stopp, das klang wieder total scheiße. Ich will dich nicht nur sehen, weil du der letzte Mensch bist. Sondern weil ich dich mag. Kannst du mir das glauben?«

»Ja, das kann ich. Weil es mir ähnlich geht.« Sanghyuns Lachen klang erleichtert.

Das warme Gefühl in meiner Magengegend ignorierte ich. »Also? Was machen wir? Ich habe nachgeschaut. Es sind ungefähr 4500 Kilometer für jeden von uns. Wenn wir uns in Jekaterinburg treffen würden.«

Sanghyun nickte. Er saß vor einem fremden Hintergrund. Einer blauen Tapete mit Papierwänden, die ein bisschen schief standen. Ein Familienfoto gab es auch an der Wand.

»Wo zum Teufel bist du?«, fragte ich.

»Öh … keine Ahnung. Schickes Haus. Bisschen abseits. Hier stehen nur Villen. Hat einen Pool. Nur du fehlst.«

Gott, wie gern ich das hörte. Mein Herzschlag beschleunigte sich.

»Also – tun wir's?«

Sanghyun hob ein Glas, das verdächtig nach Bier aussah. »Ja. Ariadne, mir wäre es eigentlich lieber, wenn du bleibst, wo du bist. Und ich komme zu dir.«

»Bist du bescheuert? Irgendwelchen Macho-Scheiß kannst du dir sparen. Ich fahre dir entgegen. Ob es dir passt oder nicht. Ich bin doch kein hilfloses Frauchen.«

Er hob abwehrend die Hände. »Das war nicht böse gemeint.«

Ich atmete durch. Okay. Kühlen Kopf bewahren. Für Gefühlskram war irgendwann anders Zeit.

»Ich hab überlegt, dass ich ein Motorrad nehme«, sagte ich.

»Ist vermutlich die beste Lösung. Ich habe ein größeres Problem: Elektroautos. Sobald ich in die Provinz komme oder China verlasse, bin ich aufgeschmissen. Hier ist alles Elektro. Sogar die blöden Motorroller. Ich weiß nicht mal, ob die Tankstellen noch Benzin führen. Ich bin doch gar nicht von hier.«

»Shit«, meinte ich. »Vielleicht kannst du nach und nach wechseln. Du wirst sowieso verschiedene Städte durchfahren müssen«, überlegte ich.

Er seufzte. »Ich weiß. Ihr habt Benzin?«

»Kaum einer fährt mit Elektroautos, weil sie viel zu teuer sind. Aber alle schimpfen über die schlimme Umweltverschmutzung«, erwiderte ich.

»Wir brauchen SIM-Karten. Und sau viele Powerbanks. Wir müssen, sobald wir ein Land wechseln, neue Karten stehlen, damit wir einander immer anrufen können. Wir müssen all unsere Nummern abgleichen. Um Proviant mache ich mir nicht so große Sorgen. Aber wenn ich mir den Weg so ansehe ... dann ist es für mich kürzer durch die verdammte Wüste zu fahren als quer durch die Städte. Die Straßen werden dicht sein. Und wenn ich mit dem Motorrad nicht weiterkomme, was soll ich dann tun?«

Das klang alles entmutigend. Aber für mich war die Entscheidung gefallen.

»Wir könnten eine Liste erstellen. Was wir alles brauchen. Sanghyun, wir könnten krank werden.«

Er nickte ernst. »Das darf unter keinen Umständen passieren.«

Und während wir sprachen, füllte sich unsere Google-Tabelle mit Informationen. Proviant. Medikamente. Ausrüstung.

Kapitel 6: #herewego

Ich hatte nun eine Mission. Ich brauchte Proviant, Medikamente, einen idiotensicheren Plan. Und zwar für mich und meine Tiere. Das Vorhaben war schon kompliziert genug, trotzdem fand ich zwei Körbe für sie, die groß genug waren, aber auch Schutz boten.

Das Wichtigste war ein fahrtüchtiges Gefährt, das zu meinen Ansprüchen passte, und das hatte ich nicht.

Bis mir ein glücklicher Zufall half. Tobi und ich liefen durch die leere Stadt und vermieden die Pfützen, die der langanhaltende Regen hinterlassen hatte. Irgendwann kamen wir in völlig fremde Straßen, die ich noch nie betreten hatte. Doch wer kannte schon die ganze Stadt, in der er wohnte? Es sah hier mehr nach Vorort aus. Keine Hochhäuser, sondern hübsche Einfamilienhäuser. Und da hing ein Schild an einem Zaun: *Oldtimer-Club.*

Ich folgte neugierig der Anweisung, 200m nach rechts zu gehen und dann links, bis ich schließlich in ein Gewerbegebiet kam, durch das mich weitere Schilder lotsten. Im Gegensatz zur verlassenen Stadt waren hier die Straßen frei, der typische Anblick eines Gewerbegebiets am Sonntag, wenn niemand da war.

Ich betrat schließlich eine Lagerhalle, in der sich Dutzende Oldtimer befanden. Glänzend und funkelnd. Jemand hatte sie liebevoll gepflegt, vermutlich die Clubmitglieder. Tobi flitzte vor und rannte kläffend und schnüffelnd durch die Halle. Meine Schritte hallten laut wider und ich hatte das Gefühl, leise sein zu müssen. Als ob die Besitzer meine Anwesenheit nicht mitbekommen durften. Das war natürlich absurd, niemanden interessierte es, ob ich die Autos bemalte oder zu Schrott fuhr. Es gab ja keinen mehr.

Doch während ich durch die Reihen ging, erblickte ich am Ende der Halle etwas, das mein Herz höherschlagen ließ: Motorräder. Und zwar genau solche Modelle, die ich brauchte. Ich sah ein Dreirad mit Beiwagen. Das Ding war uralt und in feschem Braun gehalten. Fritz stand darauf. Aber es war zumindest gepflegt, das konnte ich nicht bestreiten. Die Frage war nur: Wie lang hielt dieses Schätzchen, wenn ich damit über Feld und Flur bretterte? Gefühlt waren damit schon die Nazis den Rückweg aus Stalingrad angetreten. Also die, die noch fahren konnten.

Ich schickte Sanghyun ein Foto davon und schrieb: *Könnte klappen.*

Er antwortete nicht direkt, also machte ich mich auf die Suche nach einem Schlüssel. Denn jeder Parkplatz war mit einer Nummer markiert. Aber was, wenn die Schlüssel bei den Besitzern blieben? Dann müsste ich herausfinden, wer der Besitzer des Stellplatzes 124 war und seine Wohnung suchen. Und falls er den Schlüssel bei sich gehabt hatte – war ich angeschmiert. Die anderen Motorräder taugten nicht für meine Pläne.

Mein Handy vibrierte.

Hoffentlich hält das bis Jekaterinburg, schrieb Sanghyun.

Ich wechsle sonst irgendwo das Fahrzeug, wenn ich was Besseres finde. Wir haben freie Auswahl.

Ich ging also an den anderen Ausstellungsstücken vorbei und erblickte auf der gegenüberliegenden Seite eine Tür, die an Glasfenster angrenzte. Vielleicht eine Art Verwaltung. Oder ein Pförtner. Nur gab es da ein Problem: Die Tür war verschlossen.

Ich spähte hinein, sah eine Tasse mit Pelz obendrauf (offenbar hatte jemand seinen Kaffee zurückgelassen, der wurde sehr pelzig, das war meine Erfahrung). Ein paar Papiere. Eine Zeitung vom 14. Juni. War es schon so lang her, dass ich einen anderen Menschen getroffen hatte? Kylie und die anderen in der Umkleide? Es kam mir wie aus einem fernen Leben vor und doch, als wäre es erst gestern gewesen.

Ich sah auch ein paar Monitore, vermutlich die Sicherheitskameras. Die meisten zeigten: *Kein Signal.* Lediglich eine Kamera filmte noch das offene Tor am Eingang.

Ich musste irgendwie durch diese Tür. Und sie hatte ein stinknormales Schloss.

Alle meine Einbrüche hatte ich durch gekippte Fenster begangen, das hier überstieg meine Fähigkeiten. Zumindest bis jetzt. Man wächst mit seinen Aufgaben. Das war so ein Spruch meiner Großmutter und ich glaube, sie hatte recht damit. Und Margarets Spruch dazu war: »Sag einfach, du kannst es – lernen kann man es später noch.« Der Gedanke an meine Schwester schmerzte. Wie gerne hätte ich jetzt mit ihr gesprochen oder sie einfach nur gesehen. Einen Videoabend mit ihr gemacht. Früher hatten wir das häufig getan. Margaret kam vorbei, brachte Blu-rays mit und wir schauten Horrorfilme, bis uns die Augen bluteten. Dazu gab es Wein und tausend bescheuerte Kommentare, weil wir uns nie gruselten, sondern bei den Filmen immer lachten.

»Bleib«, befahl ich Tobi und begann, mich in der Halle umzusehen. Rechts vom Eingang gab es eine Bastelecke. Mit Bühne, Heber und allem Schnickschnack. Es gab große Schraubenschlüssel, Hämmer, Nägel, Muttern – eine Werkstatt, damit die Oldtimerliebhaber ihrem Hobby frönen konnten.

Ich schleppte alles, was mir brauchbar erschien, zur Tür. Und stand dann wieder ratlos davor. Es war etwas völlig anderes, sich vorzustellen, wie man eine verschlossene Tür in einen Film aufbrach. Weil mir nichts Besseres einfiel, schlug ich gegen das Schloss. Mit dem großen Schraubenschlüssel, den jeder Mechaniker im Film herumschleppte, weil es sich nur so um einen echten Fachmann handelte.

Es geschah überhaupt nichts, außer, dass Tobi aufjaulte. Laute Geräusche waren ihm nicht geheuer.

»Alles gut«, beruhigte ich ihn. Und hieb noch einmal zu.

Immerhin war die Tür nicht mit einer Alarmanlage gekoppelt. Dieses Geräusch hatte ich mittlerweile zu hassen gelernt.

Ein dritter Schlag. Ein vierter Schlag. Und mit einem Mal merkte ich, wie sich der Verschlussmechanismus der Holztür lockerte. Ich schlug noch dreimal, bis schließlich das Holz aufplatzte. Zum Glück war es keine Sicherheitstür.

Anschließend warf ich mich mehrfach mit meinem ganzen Gewicht dagegen, bis der Rahmen nachgab und die Tür sich schließlich öffnete. Schwer atmend, aber mit einem triumphierenden Gefühl stand ich schließlich im Überwachungsraum des Clubs.

An der Wand hing ein Kasten voller Schlüssel. Alle mit dicken Anhängern, auf denen Nummern standen.

»Yes!«, rief ich zu niemand Bestimmtem und lief hastig hinüber, um die Nummer 124 aus dem Kasten zu zerren. Es war ein alter, rostiger Schlüssel, der nicht vertrauenserweckend aussah. Was, wenn er mir abbrach? Kurzschließen konnte ich die Maschine nicht. Und ich bezweifelte, dass es wie im Film funktionierte, denn seit ich ganz allein war, hatte ich eines gelernt: Filme sind dämlich. Zumindest, wenn man in ihnen Anleitungen sucht. YouTube-Tutorials waren deutlich hilfreicher.

Ich nahm trotzdem den Schlüssel und kehrte zur Ausstellungshalle zurück. Das Motorrad machte mir zumindest weniger Angst, weil ich nicht ständig mit meiner Balance kämpfen musste. Aber es sah auch schwer aus, als ich es von seinem Ständer herunterkämpfte, musste ich dies gedanklich unterstreichen. SEHR schwer.

»Komm, Junge«, rief ich Tobi zu und er kam hechelnd herbeigerannt. »Hier rein.«

Tobi schaute mich fragend an und brauchte ein paar Anläufe, bis er schließlich in den Beiwagen gehopst war.

»Wünsch mir Glück«, sagte ich zu ihm.

Ich steckte den Schlüssel ins Schloss und machte mich auf eine Enttäuschung gefasst, doch mit einem lauten Grollen sprang der Motor an. Ich hätte die Maschine am liebsten geküsst. Vorsichtig gab ich Gas, rumpelte vorwärts und streifte den Spiegel eines alten Fords. Ups.

Fluchend schob ich die Maschine mit den Füßen ein Stück zurück, um die Kurve besser zu nehmen. Es war ein schwerfälliges Ding und ich hätte gerne ein wenig damit geübt. Aber ich durfte nicht trödeln.

Trotzdem nahm ich mir vor, jeden Tag vor der Abreise ein bisschen herumzufahren. Bei mir auf der Straße standen nicht so viele Autos. Einfach nur, um ein Gefühl für die Maschine zu bekommen.

Langsam rollte ich aus der Garage und gab ein bisschen Gas, weil die Straße vor dem Oldtimer-Club so leer war. Doch, damit fühlte ich mich sicherer als mit einem klassischen Zweirad. Man legte sich nicht so in die Kurven, weil der Beiwagen stützte. Die Maschine war allerdings für jemanden gemacht, der deutlich größer war als ich. Die vorgebeugte Haltung schmerzte, aber ich sollte mich nicht über die Ergonomie beschweren. Und bei wem überhaupt?

Einen Helm müsste ich mir noch besorgen. Vielleicht auch Lederklamotten. Wenigstens Handschuhe. Immerhin wusste ich, dass es in dem unsäglichen Einkaufscenter, wo alles angefangen hatte, einen Motorradshop gab.

»Auf geht's«, rief ich Tobi zu und rauschte mit dem Motorrad von dannen.

Zuhause widmete ich mich dem nächsten Teil meiner Pläne. Strom, Strom, Strom. Ich brauchte Handys und Powerbanks. Telefonnummern aus unterschiedlichen Netzen. Ich stahl Campingkocher und Konserven bis zum Umfallen. Für die

Tiere und für mich. Dazu gab es Tütensuppen, Instant Nudeln in kleinen Paketen und Powerriegel, die ganz scheußlich schmeckten. Falls wir lange Zeit ohne menschliche Siedlungen auskommen mussten. In Russland sicherlich keine Seltenheit. Auch weil ich meine Route so legen musste, dass ich nicht die dichtbefahrenen Hauptstraßen nutzte. Wie sollte ich durch eine Brigade stehender Autos hindurchmanövrieren? Mit diesem Motorrad unmöglich.

Ich besaß mittlerweile bestimmt fünfzig aufgeladene Powerbanks und ich begann damit, sie überall im Motorrad unterzubringen.

Katze war während der Vorbereitung ziemlich ungehalten. Sie mauzte beständig, weil sie vor die Tür wollte, aber den Wunsch konnte ich ihr nicht erfüllen. Wenn ich sie zur Abreise nicht fand, müsste ich warten. Und wer wusste schon, wie viel Zeit mir blieb, bis Strom, Internet und Handyempfang dahin waren?

Ich nahm große Taschen aus dem Motorradladen mit, sah YouTube-Videos, um zu wissen, wie man sie befestigte, denn die Anleitung schien aus dem Chinesischen übersetzt zu sein. Teilweise war sie Englisch, teilweise Deutsch und nichts ergab Sinn.

Ich stopfte drei Taschenmesser in meinen Rucksack, damit ich sie nicht verlor, und stahl ein mobiles Navi, das auf keine Internetverbindung angewiesen war. Ich versuchte es auch mit einem klassischen GPS-Tracker, kämpfte jedoch mit der Bedienung. Mit nahm ich ihn trotzdem, man konnte ja nie wissen.

Und irgendwann ... fühlte ich mich vorbereitet. Ungefähr eine Woche nachdem ich das Motorrad gefunden hatte. An dem Abend saß ich mit Sanghyun vor dem Computer und wir tranken Wein.

»Es brennt immer noch«, meinte Sanghyun. »Gestern hat es richtig gescheppert, da ist irgendwas in die Luft geflogen.

Nicht mal der Regen konnte es löschen. Ich sehe die schwarzen Wolken immer noch.«

»Wird Zeit, dass du da wegkommst«, sagte ich.

Er nickte. »Was machen wir eigentlich, wenn wir uns gefunden haben?«

»Ähm ...« Darüber hatte ich mir noch keine Gedanken gemacht. Sanghyun war mein Ziel. Mein Fixstern. Mein Grund, mich zu bewegen. Aber was geschah danach?

»Dann gehen wir woanders hin«, sagte ich. »Dahin, wo es uns gefällt. Warst du mal in Italien?«

Er lachte. »Nein.«

»Dann gehen wir dahin. Ich war mit meiner Schwester einmal in Südtirol und einmal am Gardasee. Berge, Gebirgsseen. Gutes Wetter. Tolles Essen.«

»Jetzt eher nicht mehr so«, witzelte Sanghyun und trank sein Weinglas leer.

Ich grinste. »Oh, Pizza kriegen wir bestimmt hin. Mit Schimmelkäse oder so.«

»Uärgh«, machte er und schüttelte sich angeekelt.

»Na, komm. Das ist lecker. In Frankreich gibt es viele Sorten davon.«

»Weißt du, wofür ich gerade töten würde?«

»Wofür?«

»Für einen Big Mac.«

Boah ... jetzt, wo er es sagte, lief mir auch das Wasser im Mund zusammen.

»Meinst du, dass sie die Zutaten in der Kühltruhe aufbewahren? Wenn du rausgehst, könntest du Glück haben und dir einen machen. Na ja ... vielleicht ohne Salat.«

Sanghyun schien tatsächlich darüber nachzudenken. Aber dann schüttelte er den Kopf und sagte: »Nein. Wir essen einen zusammen. In Jekaterinburg gibt es einen McDonalds. Und wir gehen hin.«

Ich stützte meinen Kopf auf die Handflächen. »Okay. Bestes Date ever. Und das meine ich ernst.«

»Ich hab noch nie ein Mädchen zu McDonalds ausgeführt«, erwiderte er und schaute demonstrativ in sein Portemonnaie. »Ich hoffe du bist nicht teuer, ich hab gar kein Geld mehr. Wahrscheinlich muss ich dir einen Burger klauen.«

»Es gibt für alles ein erstes Mal.«

»Dann eben McDonalds. Wie die Dame wünscht. Geklaute Burger, wie es sich geziemt.« Sanghyun ahmte einen Knicks nach und begann dann herumzulaufen. Überhaupt schien er ungern still zu sitzen.

»Du hattest doch Bock auf einen Big Mac«, entgegnete ich lachend.

»Ja, aber es klingt netter, wenn ich sage, dass ich dich ausführe, als: Kumpel, lass uns Big Mac futtern gehen.«

»Was macht deine Suche nach einem Gefährt?«, fragte ich und wechselte damit das Thema. Auch wenn wir flirteten, sollten wir uns davon nicht ablenken lassen.

»Ich habe einen klapprigen Roller aufgetrieben. Der fährt mit Benzin und sollte mich weiterbringen, als wenn ich zu Fuß laufe. Nur mit Gepäck wird es schwer.«

»Ich habe Motorradtaschen, die funktionieren bestimmt auch am Roller«, erklärte ich ihm.

Sanghyun nickte. Er sah müde aus, das konnte ich trotz schlechter Kameraqualität erkennen.

»Scheißtag?«, fragte ich.

»Und wie.« Er fuhr sich durchs Haar, das mittlerweile ziemlich lang geworden war. Sein Pony reichte fast bis zu seinen Lippen. Somit war er beständig damit beschäftigt, seine Haare hinter seine Ohren zu streichen. »Ich glaube, ich habe alles. Außer den Taschen.«

»Meinst du, wir sollten losfahren?«, wollte ich wissen und trank den letzten Schluck von meinem Wein.

Er nickte. »Ich besorg mir morgen eine Tasche und wir fahren übermorgen. Am besten bei Tag. Wer weiß, ob es woanders noch Straßenbeleuchtung oder überhaupt Strom gibt und in völliger Finsternis traue ich den Straßen nicht.«

»Da sind doch die Sterne«, erwiderte ich. »Sie müssen jetzt wunderbar zu sehen sein.«

»Vielleicht. Aber wenn es eine dunkle Nacht wird? Keine Nachtfahrten, Ariadne. Versprichst du mir das?«

»Schön«, meinte ich. »Ich werde es versuchen.«

»Stell dir mal vor, du rasselst in ein geparktes Auto. Oder gegen sonst was.«

»Ein Flugzeug?«, scherzte ich.

»Ja, wo sind die eigentlich? So viele Flugzeuge, wie die ganze Zeit herumfliegen, die müssten doch runtergekommen sein.«

»Vielleicht sind sie es auch, wir haben es nur nicht mitbekommen.«

»Vielleicht existieren sie in unserer Welt nicht mehr. Ich habe keine Ahnung, wie so was funktionieren kann. Vielleicht ein Paralleluniversum oder so.«

Darüber hatte ich mir bisher keine Gedanken gemacht. Merkwürdig. Nun, vielleicht konnte ich das Rätsel auf meiner Reise lüften. Aber eigentlich war es mir herzlich egal, wenn die Flugzeuge blieben, wo der Pfeffer war. Ich konnte eh keins bedienen.

»Du bist nicht zufällig Pilot?«, überlegte ich kurz hoffnungsvoll. Ein Flugzeug – zumindest eine kleine Maschine, hätte unsere Reise massiv vereinfacht.

»Im Leben nicht. Ich sagte doch, ich habe nicht mal einen Führerschein.«

»Mist. Hätte ja sein können.«

»Sorry, das nächste Mal besorge ich dir einen letzten Menschen auf der Erde, der Pilot ist.« Sanghyun lächelte, als er das sagte. Das mochte ich besonders an ihm. Dass er nicht gleich eingeschnappt war. Sondern auch über sich selbst lachen konnte.

»Also übermorgen«, fasste ich zusammen. »Ohne Pilot.«

»Übermorgen. Ohne Pilot«, bestätigte Sanghyun. »Sprechen wir morgen Abend noch mal?«

»Das hoffe ich doch.«

Mein nächster Tag war merkwürdig. Denn es sollte mein letzter in Lille werden. Der Regen hatte sich, scheinbar zur Feier des Tages, verzogen und ich strich mit Tobi durch die Straßen, besorgte Katze auf den letzten Drücker ein Geschirr und lief ziellos durch die Stadt. Was wollte ich hier? Mich verabschieden? Das war nicht mehr die Stadt, die ich kannte und mochte. Obwohl ich auch ihre leeren Vorzüge genossen hatte.

Tobi lief schwanzwedelnd herum, schnupperte hier, schnüffelte da, jagte ein paar Tauben, Katzen und Kaninchen, eben alles, was plötzlich in der Stadt herumlief.

Ich schlug den Weg zu dem Brunnen ein, in den ich mich irgendwann hineingeworfen hatte, um zu trinken. Ha, ein herrlicher Nachmittag. Ja, es war lustig gewesen, Herrin über die Stadt zu sein. Zu tun und zu lassen, was mir gefiel. Doch glücklich machte es auf Dauer nicht. Der Mensch schien nicht gemacht zu sein für die völlige Isolation. Nein, Korrektur: ICH war nicht dafür gemacht. Vielleicht konnten andere so leben.

Ich sah Fahrräder, die auf dem Boden lagen, hörte das Plätschern des Brunnens in der Ferne und das Jaulen einiger Alarmanlagen. Manche von den Dingern waren richtig hartnäckig.

Tobi blieb abrupt stehen und witterte, während wir ein paar Geschäfte passierten. Manche Türen standen offen, andere waren zu. Aber bei Klamotten hatte ich mich gebührend ausgetobt.

Tobi stieß ein fragendes »Wuff« aus, rannte jedoch nicht los. Ich lief um die Ecke und erblickte zwei Rehe, die aus dem Brunnen tranken.

Ich musste lachen. Das hatte Tobi also gewittert. Die halbe Tierwelt schien sich in die Städte zu wagen. Schließlich wuchsen Grünflächen nun in die Höhe und die Tiere konnten sich ungehindert bewegen. Ich schlich ein Stück näher und machte ein Foto, um es Sanghyun zu schicken. Der organisierte sich vermutlich gerade eine Tasche.

Tobi machte die hübsche Szene zunichte. Er sprang kläffend aus der Seitengasse hervor und die Rehe jagten in Richtung Einkaufscenter davon. Hoffentlich liefen sie nicht hinein. Aber ich hatte schon genug Tiere betreut, ich konnte sie nicht alle retten. Das musste ich mir immer sagen, weil ich ständig den Impuls unterdrückte, jedes Tier anzulocken.

Sie waren es auch, die mir die meiste Angst machten. Was, wenn ich in der russischen Pampa auf Straßenhunde oder gar Wölfe oder Bären traf? Gab es so was da? Mein Wissen über die russische Tierwelt war eher ernüchternd. Außerdem war ich Weltmeisterin im *später darüber nachdenken.* Sollte sich doch die zukünftige Ariadne mit dem Problem herumärgern. Nur das Hier und Jetzt zählte. Vielleicht sollte ich mir auf dem Weg wenigstens Pfefferspray besorgen. Allerdings hatte ich so eine vage Ahnung, dass ich mich damit eher selbst außer Gefecht setzte.

Ich ließ mich auf dem Rand des Brunnens nieder. Die Sonne schien mir ins Gesicht, während mir Szenen meines Lebens in Lille vor Augen traten. Hier hatte ich mit Kylie auf einen Typen gewartet, mit dem sie sich unbedingt verabreden wollte. Der war nie aufgetaucht, wir hatten trotzdem einen Nachmittag verplempert und ständig irgendwelche Kerle angesprochen. Das war so lustig, dass wir am Ende sieben verschiedene Handynummern ergatterten und hin und her tauschten – je nachdem, wer wem besser gefiel. Leider waren wir durcheinander genommen und ich bekam am Abend danach, in einer Bar unweit des Einkaufscenters, ein Date mit einem rothaarigen Typen, der aussah, als ob er bei seiner Mutter wohnte.

Kylie zog mich heute noch damit auf. Nein ... jetzt nicht mehr. Sie fehlte mir schrecklich. Also nahm ich mein Handy in die Hand und rief sie an. Nur, um ihre Stimme auf ihrer Mailbox zu hören.

»Hallo, hier ist Kylie. Wahrscheinlich mache ich gerade etwas Tolles, deswegen bin ich nicht da. Ciao, Loser.«

Ein Piep. Ich wollte schon auflegen, aber ich wollte ihr mitzuteilen, wie es mir ging, dass ich Lille verlassen würde ...

»Kylie? ... Hör mal, du fehlst mir«, begann ich und seufzte. »Ich weiß nicht, ob du das je hören wirst. Ich wollte dir nur sagen, dass ich noch hier bin. Mit dir wäre hier alles einfacher.

Ich hoffe, du machst dir keine Sorgen um mich, da, wo du jetzt bist. Aber du wolltest immer wissen, wenn ich mich mit irgendeinem Tinder-Date treffe. Von daher ... ich treffe mich mit Sanghyun in Jekaterinburg. Er ist wirklich nett. Und der letzte Mensch auf Erden. Ich weiß, du denkst, dass es verrückt ist, aber ich kann nicht hierbleiben. Ich bin nicht fürs Alleinsein gemacht ... Hab dich lieb, Süße. Wenn du es abhörst, ruf mich an.«

Ich legte auf. Ein seltsamer Abschied. Kurz überlegte ich, meiner Schwester auch eine Nachricht zu schicken, doch mir steigen prompt die Tränen in die Augen. Wenn ich in dieser Stimmung nach Hause kam, war ich vermutlich zu niedergeschlagen, um Lille zu verlassen. Und dann? Dann war es irgendwann zu spät und Sanghyun konnte mich nicht finden. Das durfte nicht sein.

Also schrieb ich Margaret nur. *Ich hab dich lieb, Sis. Pass auf dich auf.*

Danach starrte ich stumpf über den leeren Platz. Nur um schließlich hastig aufzuspringen und in einen Kiosk gegenüber einzusteigen. Weil ich ein Eis wollte. Verdammt, Eis half immer!

Kapitel 7: #ontheroad

Mein Abend mit Sanghyun war kurz. Nicht, weil ich nicht mit ihm sprechen wollte, sondern weil ich auf dem Sofa einschlief. Als ich aufwachte, zeigte die Kamera den ebenfalls schlafenden Sanghyun. Er sah selbst mit seinen zerwühlten Haaren und dem offenstehenden Mund gut aus. Bei mir war das nicht der Fall, meine Haare standen ab und waren zudem auch noch schlecht gefärbt. (Ein spontaner Einbruch im Friseurladen war vorausgegangen.) Da ich nicht alle Haare erwischt hatte, war ich jetzt rot-braun-blond, wie die deutsche Flagge. Na ja ... im Licht zumindest.

»Sanghyun?«, fragte ich leise.

Er rührte sich nicht. Sollte ich ihn schlafen lassen? Nein ... irgendwie wollte ich das nicht.

»Sanghyun?«, versuchte ich es noch einmal.

Verschlafen öffnete er die Augen und sah sich verwirrt um, bevor sein Blick auf den Laptop fiel.

»Oh«, murmelte er. »Ich bin wohl eingeschlafen.«

Ich lächelte. »Ich auch. Heute ist der Tag. Ich fahre gleich los.«

Plötzlich sprang er auf. »Bist du sicher, dass du das schaffst? Ich kann auch zu dir kommen und du bleibst dort, wo du bist.«

»Nein. Was, wenn du krank wirst? Was, wenn du verloren gehst? Nein, Sanghyun. Ich werde meinen Weg gehen und du deinen. So ist die Chance viel größer, dass wir uns finden. Und dann essen wir diesen blöden Big Mac. Ohne Salat. Hauptsache, die verdammte Soße ist noch da. Die ist sowieso das Beste daran. Ich werde ein ganzes Glas davon draufkippen.«

Sanghyun grinste. »Okay, okay. Verstanden. Dann heißt es wohl auf Wiedersehen. Und zwar wirklich.«

»Ich werde in jedem Land die Handys wechseln und ...«

»Das haben wir alles besprochen, Ariadne«, entgegnete er und sein Gesichtsausdruck wurde ernst. »Pass auf dich auf. Wirklich. Eine Welt ohne Menschen ist trotzdem gefährlich genug ...«

»Ich weiß. Ich habe nur Angst, dass wir irgendwie aneinander vorbeigeredet haben ...«

Was nicht möglich war. Ich hatte sämtliche unserer Pläne sowohl auf diversen Handys gespeichert als auch in der Cloud und sicherheitshalber waren die Telefonlisten und Karten ausgedruckt und laminiert, damit sie nicht nass wurden ...

»Wir schaffen das«, sagte er warm.

»Ich hoffe es. Ich hoffe es wirklich.« Mir war ganz mulmig zu Mute, während ich zusah, wie er nach einer Wasserflasche griff.

»Dann mal los, Süße.«

»Hast du mich gerade Süße genannt? Das musst du dir abgewöhnen.«

»Warum?« Er lachte abermals.

»Weil das für Loser ist. Man sagt doch nicht Süße zu einer erwachsenen Frau. Das tun nur coole Checker, die noch nicht alt genug sind, eine zu heiraten.«

»Okay, aber du willst nicht so was Abgedroschenes wie Liebling, oder?«

»Gott bewahre, nein. Überrasch mich.«

»Ich bin gerade nicht kreativ. Ich überlege mir was auf dem Weg nach Jekaterinburg, okay?«

»Ich bin gespannt und ich nehme dich beim Wort. Bis dahin fällt dir etwas ein.«

Sanghyun salutierte. »Zu Befehl, Ariadne. Los, verschwinde. Je schneller wir losfahren, desto schneller sind wir nicht mehr allein.«

Ich stammelte irgendetwas Unzusammenhängendes, bevor ich mich an diesem Tag von Sanghyun verabschiedete. Irgendwie fühlte es sich schrecklich endgültig an. Doch ich schluckte die trübe Stimmung herunter, bereitete Tobi, Katze und mir ein schnelles Frühstück, bevor ich ein letztes Mal in meiner Wohnung duschte und mich dann anzog. Was für ein merkwürdiges Gefühl.

Erst legte ich Tobis Halsband an, dann Katzes Geschirr, die sich schnurrend auf dem Boden herumrollte.

»Ihr müsst beide artig sein, ja?«

Sie sahen mich erwartungsvoll an. Warum war mir zum Heulen zumute? Und mit den Tränen kamen auch die schlimmen Gedanken. Was, wenn mir einer von beiden weglief? Was, wenn einer von ihnen krank wurde? Wenn ich Sanghyun verfehlte? Es konnte alles geschehen. Ich konnte krank werden. Sterben. Wenn die Netze zusammenbrachen, dann waren wir wirklich am Arsch. Tobi schleckte meine nackten Beine, denn ich stand ratlos in meinem Schlafzimmer und starrte ein Loch in die Wand.

Ich atmete tief durch. Kein Zurück. Keine Zweifel. Die konnte ich mir nicht leisten. Zweifel würden mich zu Fall bringen. Und das durfte nicht passieren.

Ich schlüpfte in meine Lieblingshose, die ich seit Jahren besaß, und schon suchten mich die nächsten Zweifel heim. Besser eine Lederhose? Das war bestimmt sicherer … Allerdings konnte ich nicht schnell fahren, weil Katze und Tobi im Beiwagen saßen und mir vermutlich tausende Schrottmühlen den Weg versperren würden.

Ich blieb bei meiner Lieblingshose. Außerdem hatte ich noch diverse Klamotten in den Taschen, falls es kalt wurde über Nacht. Nicht unrealistisch, je nachdem, wie lange ich nach Jekaterinburg brauchte.

Es dauerte dennoch eine Weile, bis ich schließlich mit Helm und den zwei Körben nach draußen trat. Katze mauzte bitterlich.

»Tut mir leid«, sagte ich. Ich hatte zwar einige Tage mit ihr geübt, aber am Anfang fand sie den Korb immer unheimlich, bis sie sich schließlich zusammenrollte.

Vierzig Tage. Ungefähr das war unser Plan, den wir verfolgten. Das war zumindest das, was Google Maps uns ausgab, wenn wir zu Fuß gegangen wären. Und wie viele Schritte wir tatsächlich selbst machen mussten, war mir und Sanghyun nicht klar. Wer konnte schon sagen, was draußen lauerte?

Ich warf einen letzten Blick auf meine Wohnung. Hatte ich alles? Wirklich alles? Zweimal sprang ich vom Motorrad und stürmte für eine letzte Kontrolle nach drinnen. Aber die Vorbereitungen waren ergiebig gewesen. Also schwang ich erneut meinen Rucksack auf den Rücken und startete die Maschine. Das war der einzige Punkt, den ich nicht richtig kalkulieren konnte: Tankstellen. Denn das uralte Motorrad fraß eine Menge Benzin.

Das Rattern des Motors war unnatürlich laut in meinen Ohren, als ich mich abstieß und die Straße herunterrollte. Mein aktuelles Handy in der Halterung, dass mir den Weg wies. Jeder Kilometer zählte. Mein heutiges Tagesziel war Brüssel. Ich wusste nicht, wie realistisch es war. Eigentlich waren es nur schlappe hundert Kilometer, aber schon der Weg aus Lille heraus gestaltete sich sehr schwierig.

Der Wind pfiff mir ins Gesicht. Das Wetter war umgeschlagen und ich sah Wolken am Horizont aufziehen. Mein Regenzeug hatte ich vorsorglich im Rucksack und besaß auch eine Plane für den Beiwagen, damit Tobi und Katze nicht nass wurden.

Doch der Wind war anstrengend, das Motorrad schwankte die ganze Zeit und ich wollte mir nicht ausmalen, wie ich mit einem Zweirad gekämpft hätte.

Ich umrundete einen Bus, quetschte mich durch die verschiedensten Autos und erreichte dann eine schmalere Seitenstraße, wo zum Glück nicht so viele Hindernisse standen. Mit kritischem Blick aufs Handy, das mir ständig sagte: »Bitte wenden.« Morgen würde ich Maps so einstellen, dass ich automatisch Autobahnen mied. Stau war dort vorprogrammiert und wenn der Seitenstreifen unbefahrbar war, würde ich feststecken.

Ich wählte also eine Landstraße in Richtung Tournai, zumindest laut den Schildern, und fand, dass ich damit die richtige Richtung getroffen hatte.

Häuser und Vorgärten rauschten an mir vorbei, während die Wolken sich über mir zusammenzogen. Bei Regen musste ich anhalten. Eine Erkältung konnte ich mir schlichtweg nicht leisten.

Obwohl ich den Anblick mittlerweile gewohnt war, so war es aufs Neue merkwürdig, durch die menschenleeren Straßen zu fahren. Immer wieder gab ich Gas, wenn die Strecke es zuließ, aber ich musste genauso häufig bremsen und mit den Füßen meinen Weg an eng geparkten Autos ausbalancieren.

In Brüssel war ich als Kind gewesen, aber sonst? Nein. Weder mit Margaret noch mit Kylie. Irgendwie hatte es uns nie in Richtung Osten gezogen. Nur nach Westen. Nach Süden. Nizza, Cannes, Spanien, zweimal sogar Italien. Ach, das waren Zeiten gewesen. Aber jetzt? Jetzt gab es nur noch mich und Sanghyun. Ob ich mit ihm in Richtung Italien durchbrennen konnte?

Ich erspähte auf einer voll besetzten Kreuzung einen Radweg und wich mit einem Schlenker darauf aus. Die ersten Regentropfen fielen. Und mir taten jetzt schon die Arme weh. Ich war keine Abenteuerin. So viel war sicher ...

Brüssel. Stadt der Schokolade. Das wusste ich noch, als ich in die Altstadt einfuhr. Und meinen Weg durch Lieferwagen und Lkw suchte, um von dieser berühmten Schokolade zu kosten. Schokolade wurde nämlich nicht so schnell schlecht.

Am Ende saß ich in der Auslage eines Chocolatiers und schaufelte belgische Meeresfrüchte statt eines ausgewogenen Abendessens in mich herein, achtete aber penibel darauf, dass Tobi nichts davon fraß, weil Hunde keine Schokolade vertragen. Das passte Tobi überhaupt nicht, er quengelte und jammerte, während ich mit Sanghyun skypte. Der Ladenbesitzer hatte ein MacBook, mit dem ich mich einloggte und Sanghyun einen Einblick in die Pralinenauslage gewährte.

»Ich will auch was«, stöhnte er. »Ich bin in einem Nudelschuppen. Und wenn ich dir jetzt sage, wie oft ich in letzter Zeit Nudeln gegessen habe, wird dir vermutlich schlecht.«

Ich lachte. »Ich kann das Tiefkühlzeug auch nicht mehr sehen.«

»Bringst du mir Pralinen mit?«, flehte Sanghyun scherzhaft und ging sogar auf die Knie.

»Wenn sie bis Jekaterinburg halten, ja. Entweder ich fresse sie selbst oder sie schmelzen.«

»Müsste ich dir nicht Pralinen mitbringen?«

»Willkommen im einundzwanzigsten Jahrhundert. Ich glaube nicht, dass du deswegen unmännlich bist.«

»Ich halte mich nicht für unmännlich. Du kannst mich *old fashioned* nennen.«

»Über Pralinen freut sich also kein Mann? Oder Blumen?«

»Eigentlich schon.«

»Siehst du? Jeder freut sich über Blumen und Pralinen. Also, wenn er nicht gerade allergisch auf Schokolade oder Gestrüpp ist. Das hat nichts mit dem Geschlecht zu tun.«

Sanghyun grinste. »Dann sieh zu, dass du die Pralinen bis nach Russland mitschleppst.«

Ich schaufelte mir noch ein paar belgische Meeresfrüchte in den Mund. »Okay.«

Tobi jaulte neben mir, sodass ich mich gezwungen sah, ihm noch eine Portion Hundefutter zu geben.

Sanghyun saß in irgendeiner Bar, über ihm bewegte sich ein großer Deckenventilator, im Hintergrund flimmerten Neonlichter. Offensichtlich eine größere Kette für scharfe Nudelsuppen.

»Kannst du das lesen?«, fragte ich ihn und deutete in Richtung blinkender Schriftzeichen.

»Bisschen. Mein Chinesisch ist nicht sooo gut, ich spreche es, aber lesen fällt mir schwer.«

»Englisch sprichst du auch akzentfrei. Warum eigentlich?«

»Weil ich vermutlich mehr Zeit in Europa verbracht habe als in Südkorea oder China. Mein Vater ist Botschafter.«

»Ach«, machte ich.

Er wirkte ein wenig bedrückt, als er sagte: »Oder war? Keine Ahnung, wie man das jetzt nennen soll.«

»Hattet ihr ein gutes Verhältnis?«, fragte ich.

»Nein. Mein Vater hat nur seine Karriere im Kopf. Meine Mutter saß ständig zuhause und hat mich und meinen Bruder gehütet, weil mein Vater ständig mit uns hierhin und dorthin ging. Ich war schon in Deutschland und natürlich in Schottland, weil meine Mutter Schottin ist. Dort habe ich auch die meiste Zeit meines Lebens verbracht. In Busan, wo ich geboren bin, war ich, wenn es hochkommt, vielleicht zwei Jahre am Stück. Es ist mir irgendwie fremd. So wie eigentlich alles, was typisch Koreanisch ist. Und ich glaube auch, dass es das ist, was meinen Vater so an mir stört.« Sanghyun winkte ab und seufzte. »Jetzt ist's auch nicht mehr wichtig.«

»Hm«, meinte ich. »Mit meinem Vater steht es auch nicht zum Besten. Oder stand. Hauptsache, dass meine Schwester und ich das machen, was für uns *standesgemäß* ist. Immer hat er geguckt, was Kinder von irgendwelchen erfolgreichen

Menschen machten und das mussten Margaret und ich dann auch tun. Total lächerlich.«

»Ist es auch«, meinte Sanghyun. »Wir können zusammen zum Psychologen gehen, wegen Vaterproblemen.«

Ich schnaubte: »Die Genugtuung gebe ich ihm nicht. Ich habe meinen eigenen Weg genommen und damit muss der feine Herr Papa klarkommen. Oder auch nicht, jetzt ist er ja weg.«

»Mit dem Abstand weiß ich, wie schwer es meiner Mutter gefallen sein muss, immer nur dorthin zu gehen, wohin mein Vater wollte. Sie hat Jura studiert, weißt du? Aber mein Vater verdiente besser und sie wurde schwanger und dann war sie an die Rolle der Hausfrau gefesselt. Ich glaube, sie wollte nie Kinder haben, doch das erwartet wohl die Gesellschaft. Deswegen hat sie uns großgezogen, den Haushalt geschmissen und am Ende … ist sie abgehauen. Und ich verstehe sie echt.« Bitterkeit lag in seiner Stimme und für einen Moment schien er ganz woanders zu sein, seine Augen fixierten etwas außerhalb der Kamera und ich sah, wie er die Zähne zusammenbiss.

»Das klingt sehr traurig«, meinte ich.

»Oh, nein. Sie wirkt seitdem viel glücklicher. Und sie ist es auch, die mir das Reisen ermöglicht hat. Mein Vater hat ihr zwar den Kontakt mit mir verboten, trotzdem hat sie mir heimlich Geld geschickt. Meinem Bruder auch. Eigentlich sollte er in Australien sein, vermutlich ist er genauso fort wie alle anderen … ich habe jedenfalls nichts von ihm gehört.«

»Bevor ich Lille verlassen habe, habe ich meiner Schwester eine Nachricht geschickt … aber ich weiß nicht, ob sie die jemals lesen wird. Ich wollte nicht, dass sie sich Sorgen macht. Es ist vermutlich albern.«

»Vielleicht hätte ich meinem Bruder auch schreiben sollen. Allerdings haben wir uns ein halbes Jahr nicht gesprochen. Meine Familie ist ziemlich kompliziert«, murmelte Sanghyun resigniert und zuckte dann mit den Schultern.

»Du wirkst dafür so gar nicht kompliziert«, gab ich zurück.

»Einer muss ja der Normale sein. Wenn du allerdings meinen Vater fragst, bin das sicher nicht ich. Dann bin ich der faule Nichtsnutz.«

»Ich glaube, der würde sich blendend mit meinem Vater verstehen.«

»Nimm alle Klischees mal drei, die du über asiatische Väter gehört hast und dann hast du meinen, Mr Drill Instructor. Eine gute Note in deiner Matheklausur? Aber die hätte noch besser sein können. Mein Bruder und ich haben es gehasst. Ich glaube, am meisten macht es ihn wütend, dass wir gegen seine Erwartungen rebelliert haben. Andere in unserem Alter sind an der Uni, studieren Wirtschaft und so. Mein Bruder ist derzeit Surflehrer. Oder war es. Und ich? Ich reise durch die Welt.« Er rollte mit den Augen und seufzte abermals. »Und weißt du, jetzt schäme ich mich sogar ein bisschen dafür.«

»Warum?«, fragte ich verwundert.

»Weil ich nichts Produktives tue. Ich bin kein nützlicher Mensch für diese Gesellschaft.«

»Wie kommst du darauf?«

»Weil Gelegenheitsjobber das nicht sind. Ich merke es derzeit besonders, weil ich feststelle, was ich alles nicht kann. Ich bin nur mit meinen Freunden umhergezogen, habe Musik gehört und gezockt.«

»Hm«, machte ich. »Aber daran definiert sich wertvoll nicht.«

»Natürlich. Wenn du jemanden fragst: Ist ein Arzt ein wertvolles Mitglied der Gesellschaft, dann sagen alle ja.«

»Es kann nicht jeder Arzt sein.«

»Nee. War auch nur ein Beispiel. Aber jetzt kotzt mich alles an. Am meisten ich selbst.«

»Gerade bist du eines der wertvollsten Mitglieder der Gesellschaft«, sagte ich. »Für mich sogar das Wertvollste.«

Sanghyun lächelte.

Der Appetit auf Schokolade war mir vergangen. Plötzlich fehlte mir meine Familie fürchterlich. Vielleicht nicht direkt mein Vater, aber Margaret und meine Mama ... auch wenn sie schon lange tot war.

»Weißt du was?«, sagte Sanghyun schließlich. »Wir reden nicht mehr über den deprimierenden Scheiß. Das können wir tun, wenn wir uns gefunden haben. Wenn wir morgen Abend sprechen, erzählst du mir die Geschichte von deinem peinlichsten Date, okay?«

Ich nickte und kraulte Tobi hinter dem Ohr. »Okay. Aber halt dich fest, meine ist wirklich peinlich.«

»Nicht ausschmücken! Das gilt nicht.« Er gähnte. »Scheiße, bin ich müde ... Dieser dämliche Stadtverkehr, ich musste mehrfach schieben oder Fahrräder wegräumen.«

»Geh schlafen. Mach ich auch gleich.«

Ich hörte draußen etwas scheppern. Vermutlich Hunde. Brüssel war nämlich genauso leer wie Lille.

Sanghyun nickte. »Dann schlaf gut, Ariadne. Pass auf dich auf.«

»Du auch.«

Stille. Was sagte man zu jemandem, den man eigentlich nicht kennt, der aber dein Herz zum Springen bringt? Und das vielleicht nur, weil er der letzte Mensch auf der Welt ist? Nein, da wollte mir nichts Passendes einfallen.

Sanghyun winkte zum Abschied und dann zeigte mein Bildschirm *Anruf beendet* an.

Ich blieb noch eine Weile sitzen, surfte durch das Internet, in dem schon seit Wochen nichts Neues stand, bevor ich mich schlafen legte.

Mochte ich Sanghyun, weil er der letzte Mensch auf der Welt war? Oder weil ... ja, weil was? Ich kannte ihn nicht. Ich sah ihn nur auf meinem Display. Lauschte seinen Geschichten. Und ich mochte jeden Moment davon. Vielleicht verwechselte ich da etwas. Doch wer sollte mir das verübeln? Wie sollte ich in einer solchen Situation anders empfinden?

Mein nächster Trip, aus Brüssel heraus, war deutlich anstrengender als der erste Tag. Das Wetter war unsagbar miserabel, ich musste mehrfach die Plane über dem Beiwagen justieren, damit Katze und Tobi nicht allzu nass wurden, während ich vollkommen aufgeweicht auf dem Motorrad saß. Doch ich kam schnell aus der Stadt heraus und hatte das Glück, ein paar freiere Straßen anzutreffen, sodass ich bald durch die Natur sauste und begann, mich besser zu fühlen.

Das flache Land, die vielen Felder, gaben mir das Gefühl, in der Einsamkeit zu sein, ohne wirklich einsam zu sein. Eben wie eine normale Fahrt auf dem Land, bei der einem keiner auf der Straße begegnet. Ich sah Traktoren, die auf den Feldern verstaubten, Vögel, die über das Land zogen und einige Rehe, die auf einer Wiese ästen. Als sie mein Motorrad hörten, hoben sie nur die Köpfe und sahen in meine Richtung.

Ich überlegte, ob ich Tobi eine kleine Hatz gönnen sollte und entschied mich jedoch dagegen. Ich musste so oder so anhalten, aber die Rehe sollten ihre Ruhe behalten. Außerdem wollte ich bis zum Ende des Tages wenigstens die Grenze zu den Niederlanden passiert haben.

Also fuhr ich noch eine Weile weiter, bis in der Ferne ein riesiges Gebäude in Sicht kam. Google spuckte zuverlässig den Namen aus. Die Abtei Averbode. Sie erinnerte mich, wie sie so im zaghaft hervorkommenden Sonnenlicht dalag, an Hogwarts, aus den Harry Potter-Filmen. Hey, wenn das kein standesgemäßer Rastplatz war? Allerdings würde ich anschließend tanken müssen. Das Motorrad schluckte Unmengen an Benzin und fuhr gerade mal 60 km/h. Bergab vielleicht 70.

Ich blieb eine Weile im Innenhof, gerade lang genug, um Sanghyun ein Selfie zu schicken, Katze und Tobi ein bisschen Freilauf zu gewähren, den sie dankbar annahmen. Allerdings machte das Geschirr Katze übellaunig. Gegen mein Motorrad gelehnt saß ich da, streichelte sie und versprach ihr: »Wenn alles wieder normal ist, dann musst du das nie wieder tragen. Und wenn nichts normal wird ... kannst du sowieso herumlaufen, wo du willst, weil dir die ganze Welt gehört. Dich wird nie ein Auto überfahren, oder irgendjemand aus dem Garten jagen.«

Ein Schnurren war die Antwort, während sie sich auf meinem Schoß zusammenringelte. Katze müsste man sein. Der war egal, dass alle Menschen außer mir fort waren. Hauptsache, jemand öffnete Dosen und es gab Streicheleinheiten. Wahrscheinlich wäre sie auch bei jedem anderen glücklich.

Die Sonnenstrahlen wärmten meine nasse Kleidung, trotzdem zog mich nicht um, der nächste Schauer kam bestimmt. Ich packte Katze und Tobi wieder ein, auch wenn Katze sich sträubte, und fuhr weiter, bis ich das Kloster im Rückspiegel nicht mehr sah.

Die Landschaft zog an mir vorbei, ich konnte Gas geben hinter der Grenze. Fahrradwege waren perfekt, um die geparkten Autos zu umgehen, allerdings musste ich in einem Nest zweimal umkehren, weil die Straßen komplett blockiert waren. Baustelle ...

Gegen Abend erreichte ich Venlo. Ich hatte die Niederlande fast hinter mir gelassen. Um mir eine Dusche zu gönnen, wählte ich ein Haus in der Nähe der Maas und freute mich über das feine Nest. Ich konnte die Tür hinter mir zumachen und fühlte mich wie in einem dieser schmalen Häuschen in Amsterdam. Es sah aus wie das Studio eines Künstlers, der auch in seinem Atelier lebte. Ein wunderbar weiches Bett stand im Obergeschoss und ich widerstand der

Versuchung, sofort einzuschlafen. Erst duschen, dann Sanghyun anrufen. Und was Essen. Den Tag über war ich nicht hungrig gewesen, jetzt meldete sich mein Magen lautstark.

Ich ließ Katze und Tobi durch das Haus tollen, servierte ihnen Futter und Wasser, während ich selbst eine Tiefkühlpizza im Eisfach des Hausherrn fand.

Also erst Pizza, dann Dusche, dann Sanghyun. Ich zog mir einen rosa Bademantel an, den ich im Schrank fand und setzte mich mit tropfenden Haaren an den Tresen in der Küche, bevor ich Sanghyuns Skype anwählte. Es dauerte eine Weile, bis er abhob. Und er sah fürchterlich aus. Eine große Schürfwunde verunstaltete seine rechte Wange und er hatte ein blaues Auge.

»Was zum Teufel ist passiert?«

»Hab mich auf die Schnauze gelegt«, antwortete er mit einem gequälten Lächeln. »Ohne Helm zu fahren, ist scheiße.«

»Ja, ach ... hätte ich dir auch sagen können.« Zwar sah ich mit meinem Helm aus wie eine rollende Bowlingkugel, das Ding war überdimensional und hässlich, außerdem vorne offen, aber es war der einzige, der mir gepasst hatte.

»Hast du es wenigstens versorgt? Nicht, dass sich was entzündet«, erwiderte ich.

Sanghyun nickte. »Das meiste von dem Rot, was du jetzt siehst, ist Jod. Hat gebrannt wie Hölle. Ich hasse diesen Ort.«

»Wo bist du gerade?«

»Hinter Nanjing in irgendeinem beschissenen Hotel. Aber die haben Gefrierfächer. Ich hab heute schon Lachs gefuttert. Und du?«

Ich hielt den Rest meiner Pizza in die Kamera. »Nicht so fancy. Geht es dir wirklich gut?«

Er sah wirklich grauenhaft aus und er tat mir in dem Moment unendlich leid. Wie ich mich wohlfühlte, wenn ich hunderte Kilometer von daheim, Schmerzen hatte – sicher nicht gut. Manchmal war ich ein Weichei. Und das war garantiert ein Moment, wo man sich seine Mama herbeiwünschte.

»Ja. Da lag nur ein dämliches Brett quer, was ich nicht gesehen habe. Hab auf's Navi geschaut, damit ich die richtige Abfahrt nehme.«

Die uralte Holzvertäfelung verlieh dem Hotel eine düstere Stimmung. Scheinbar saß Sanghyun im Speisesaal, wo hässliche Teppiche auslagen und feines Gedeck immer noch auf den Tischen stand. Er hatte eine Schale voller Reis vor sich und die Reste seines Lachsfilets.

»Sind das Garnelen?«, fragte ich.

Er hielt den Teller in die Höhe. »Das *waren* Garnelen. Mega.«

»Irghs«, machte ich. »Find ich total eklig.« Dieses herumpulen, bis man die überhaupt essen konnte. Uargh. Da schüttelte es mich. »Ist wirklich alles in Ordnung?«, fragte ich noch einmal.

»Ja. Echt.« Sanghyuns blaues Auge ließ ihn wie einen klischeehaften Verbrecher auf seinem Fahndungsfoto aussehen. Ganz gleich, ob er lächelte.

»Du hast mir versprochen, du erzählst mir von deinem schaurigsten Date«, sagte er. »Also, schieß mal los.« Er öffnete eine Flasche. Als er sie auf den Tisch stellte, erkannte ich nur chinesische Schriftzeichen. Ob es Alkohol war? Ich wollte ihm gerne sagen, dass es vermutlich nicht gut war, mit den Verletzungen zu trinken, aber er war erwachsen und tausende Kilometer weg. Außerdem – was hatte ich ihm schon vorzuschreiben? Ich war eine fremde Frau, die keinerlei Ansprüche auf irgendetwas besaß.

»Schön«, sagte ich. »Du darfst auch lachen.«

»Das hatte ich vor.«

»Also ... das war an der Uni. Der Typ wohnte gegenüber von meiner Wohnung. Ich hatte keine Ahnung, wer er war, oder was er so tat, ich sah ihn manchmal, wenn ich aus dem

Haus ging. Aber er war süß. Also habe ich ihn angesprochen.«

»Echt? Du?«

»Ja. Wir sind doch nicht im Mittelalter. Na, jedenfalls ... er hieß Eric und er war echt toll. So auf den ersten Blick. Er ging mit mir in eine Bar, war Arzt und 35, da war ich vielleicht 20? Jedenfalls fand ich ihn richtig heiß. Ungefähr so lange, bis ich auf seinem Sofa saß und er mir sagte, dort solle ich mich besser nicht hinsetzen.«

»Warum?«, fragte Sanghyun gespannt.

»Weil ich auf einer Plastikfolie saß und er meinte: Meine Mutter ist pingelig, sie will nicht, dass jemand den Sofabezug dreckig macht.«

Sanghyun lachte jetzt schon.

»Es kommt noch besser. Ich fragte also: Warum kümmert sich deine Mutter um deine Sofabezüge? Und dann sagte er: Das ist ihr Haus, ich wohne hier mit ihr. Da war mir natürlich der Spaß schnell vergangen, aber ich wollte nicht total unhöflich sein, also machte ich noch ein bisschen Small Talk und er bot mir etwas zu trinken an. Ich schaute ihm hinterher, wie er zum Kühlschrank ging. Die hatten so eine offene Küche. Im Kühlschrank lag alles fein säuberlich beschriftet. Montag, Dienstag und so weiter. Auf manchen Schachteln stand Eric.«

Sanghyuns schüttelte sich vor Lachen und verzog gleichzeitig das Gesicht vor Schmerzen.

»Daraufhin fragte ich, ob ihm seine Mutter alles vorkocht für die Woche und er erwiderte vollkommen entrüstet: Deine etwa nicht? Natürlich sollte ich seine Mutter möglichst bald kennenlernen und ich sollte unbedingt ein Kleid anziehen, was über die Knie geht und ...«

»Das ist ja herrlich«, kicherte Sanghyun. »Scheiße, Lachen tut echt weh. Aber das klingt einfach mega komisch. Und ein bisschen creepy. Hattest du keine Angst, dass er die

Finger von seinen Errungenschaften in den Boxen zu liegen hat?«

Ich prustete »Nein, der war zwar komisch, doch nicht Serienmörder-komisch. Obwohl ... kann auch sein, dass er regelmäßig Frauen meuchelt und ich sein nächstes Opfer werden sollte. Ich habe bloß erwidert, dass er sich bitte allein mit seiner Mutter treffen solle, und bin wieder gegangen. Es war furchtbar unangenehm, ihm in den nächsten Wochen auf der Straße zu sehen. Ich habe einfach immer woanders hingeguckt. So ... und jetzt bist du dran.«

»Ich hätte noch lieber eine Geschichte gehört, wo du dich blamiert hast«, meinte Sanghyun grinsend.

»Beim nächsten Mal. Blamage ist mein zweiter Vorname.«

»Okay, dann kommt hier meine.«

»Was ist das?«, fragte ich alarmiert.

Ein Schatten hatte sich hinter Sanghyun bewegt.

»Was?«

»Bei dir ist irgendwas.«

Er sah sich um.

»Da ist nichts, Ariadne. Du hast mir 'nen richtigen Schrecken eingejagt. Mach das nie wieder.«

Irgendetwas schlich hinter Sanghyun durch den Flur.

»Ich schwöre dir, da ist etwas. Bitte sei vorsichtig.« Ich klang wie ein ängstliches Mädchen, aber das war mir egal.

Sanghyun stand auf und drehte sich um. Ging ein paar Schritte durch den Saal und verschwand aus dem Blickfeld der Kamera.

Sekunden später hörte ich es scheppern. Schritte. Dann ein Bellen. Hunde ... die verdammten Hunde. Ich hätte nie erwartet, dass ausgerechnet sie das größte Problem sein konnten, doch mein eigenes Aufeinandertreffen mit ihnen im Elektromarkt verfolgte mich wie eine böse Erinnerung.

»Sanghyun?«, rief ich sinnloserweise.

Ich sah ein paar graue, große Hunde durch den Speisesaal rennen, irgendwo schepperte es, wahrscheinlich hatten sie einen der fein gedeckten Tische abgeräumt. Kein Geräusch und keine Spur von Sanghyun. Die Hunde kamen wieder ins Bild, zwei von ihnen waren furchtbar abgemagert. Sie hielten die Nase in die Luft und witterten. Einer von ihnen stürmte auf den Laptop zu und riss sofort den Teller zu sich herunter. Knurren und Kläffen folgte, als die Hunde sich um die Essensreste stritten.

Sollte ich Sanghyuns Handy anrufen? Vielleicht verriet ich damit sein Versteck. Fuck! Was sollte man tun, wenn man tausende Kilometer weg war? Die Hunde locken?

»Weg!«, brüllte ich ins Mikrofon. Einige von ihnen spitzten tatsächlich die Ohren. Ich sah insgesamt sieben und zwei davon schauten direkt auf den Bildschirm. Sie wirkten kein bisschen eingeschüchtert.

»Haut ab!«, fauchte ich. »Weg! Kschhhh!«

Als ich begann, auf das Mikrofon zu klopfen, zog tatsächlich einer der grauen Hunde den Schwanz ein. Ein anderer kam näher. Da erkannte ich auch, dass sie gar nicht grau waren, sondern voller Staub. Vermutlich waren sie durch irgendwelche verlassenen Orte gekrochen.

»Geht weg!«, schrie ich sie an und fuchtelte mit den Händen, sodass Tobi und Katze mich erschrocken ansahen. Aber der Hunger der Hunde war viel zu groß, sie zuckten nur kurz und wandten sich dann wieder dem Essen zu. Wo war Sanghyun?

Ich sprang vom Stuhl auf und begann auf und ab zu laufen, doch alles was geschah, war, dass die Hunde aus dem Blickfeld der Kamera verschwanden. Ich hörte nichts mehr. Nur das Rauschen des Mikrofons. Hoffentlich war er in Sicherheit. *Bitte, bitte,* flehte ich stumm. Tobi kam sorgenvoll zu mir und leckte an meinen nackten Knöcheln, doch ich schenkte ihm keine Beachtung.

Schließlich hielt ich es nicht mehr aus, ich rief Sanghyun an. Es dauerte eine Weile, bis das Freizeichen ertönte. Daran war ich schon gewöhnt, es rauschte und knisterte in der Leitung, obwohl Sanghyun nicht dranging. Schließlich hörte ich eine chinesische Stimme, die vermutlich auf die Mailbox verwies. Scheiße. Hatte er es auf lautlos gestellt? Hoffentlich. Wenn er nicht dranging, gab es dafür nur einen logischen Grund: Er war in Gefahr.

»Fuck!«, fluchte ich laut.

Hoffentlich war Sanghyun in Sicherheit. Hoffentlich ging es ihm gut. Hoffentlich rief er gleich an! Rastlos lief ich im Atelier umher, warf eine der Skulpturen zornig um, sodass Katze und Tobi sich versteckten. Anschließend begann ich zu schreien. Einfach so. Laut und schrill. Scheiße, ich war dabei durchzudrehen. Krank vor Angst. Was, wenn Sanghyun verletzt war? Ich konnte ihm nie und nimmer rechtzeitig helfen. Mit Tierbissen war nicht zu spaßen, das hatte ich schon häufiger gelesen. Nicht aufgrund der Verletzung, sondern der Bakterien, die bei einem Biss übertragen wurden. Man konnte daran sterben. Oder zumindest Gliedmaßen verlieren, selbst wenn es ärztlich behandelt wurde. Die Hunde würden sicher nicht bei einem Biss haltmachen. Sie waren hungrig. Niemand fütterte sie mehr. Wahrscheinlich waren sie nie gut behandelt worden – China war nicht für seine Tierliebe bekannt. Mir war egal, dass ich in Vorurteilen dachte, ich war krank vor Sorge und ich wollte Sanghyun nicht verlieren.

Ich begann, die Treppen rauf und runterzurennen, immer das Handy im Blick. Hatte Sanghyun vielleicht sein Gepäck eingebüßt? Verdammt, warum hatte er nicht besser aufgepasst? Oder ich? Wir sollten unsere Übernachtungsmöglichkeiten umsichtiger wählen. Das hätte auch mir passieren können …

Irgendwann war ich so außer Atem, dass ich stehenblieb und aus dem Fenster starrte. Draußen war bereits die Sonne untergegangen und Teile der Straßenbeleuchtung angesprungen. Ich registrierte genau, dass einige Laternen flackerten oder dunkel blieben. Wie viel Strom wohl noch übrig war? Erneuerbare Energien schön und gut? In meiner Panik mischte sich das nächste Horrorszenario zusammen – Kernschmelzen, Stromausfälle und verstrahlte Landstriche. Frankreich besaß eine Menge AKW. In Belgien gab es die sicher auch. Aber wie hätte ich es mitbekommen sollen? Solange bei mir Strom ankam, merkte ich davon nichts, selbst wenn viele Kilometer entfernt ein Kernkraftwerk in die Luft flog. Ich hatte keine Ahnung von solchen Dingen. Ich würde sterben, bevor ich Sanghyun sah. Oder noch schlimmer: Sanghyun war bereits tot. So musste sich eine Panikattacke anfühlen. Mein Herz schlug mir bis zum Hals und mir kamen die Tränen. Mein Körper zitterte unkontrolliert. Ich hatte so was noch nie erlebt und war unfähig, mich selbst wieder zu beruhigen, sodass ich vor dem Fenster auf den Teppich zusammensank und heulte, bis ich völlig außer Atem war und mir alles wehtat.

Ich wusste nicht, wie spät es war, als Katze irgendwann ihren Kopf an mein Bein schmiegte und Zugang zu meinem Schoß verlangte. Ich hob die Hand und strich ihr über den Rücken, was sie mit einem Schnurren quittierte. Ihre behagliche Wärme ließ mich tatsächlich ruhiger werden. So schnell ging nicht alles schief, sagte ich mir. Nicht für mich. Nicht für Sanghyun.

Ich rief ihn noch einmal an, aber die Mailbox, oder was auch immer, ging ran. Vielleicht sagte die Stimme auch nur: »Der Teilnehmer ist nicht zu erreichen.«

Schließlich zog ich eine Decke aus dem Schrank rechts von mir und rollte mich zum Schlafen auf dem weichen Teppich ein.

Kapitel 8 #nosignal

Ich hasste Venlo jetzt schon. Als ich am Morgen aufstand, hatte ich keine Nachricht von Sanghyun erhalten. Darum packte ich meine Sachen, sowie Katze und Tobi und machte mich auf den Weg Richtung Essen, in Deutschland. Die Grenze war angenehm leer, sodass ich mich bald auf einem Feldweg Richtung Westen befand. Ständig behielt ich mein Handy im Auge. Aber kein Lebenszeichen von Sanghyun. Fuck …

Während ich also durch die Pampa fuhr, denn die Gegend war ziemlich spärlich besiedelt, zeigte mein Smartphone dann plötzlich: *Kein Signal.* Verdammt, ich war in Deutschland! Nicht in der russischen Walachei. Sondern im reichen Nachbarland von Frankreich, das nur so vor Errungenschaften in Wirtschaft und Technik strotzte. Und hier gab es keinen verdammten Empfang? Ich hielt in einem Kaff, dessen Namen ich nicht aussprechen konnte, an der Tankstelle. Zwei Kühe grasten auf dem Seitenstreifen und hoben die Köpfe, als sie mich erblickten. Ich stellte das Motorrad ab, ließ Tobi heraus, der sich aufgrund der Kühe misstrauisch hinter mir versteckte, und tankte.

Anschließend holte ich aus dem Tankstellenshop ein paar Getränke und Snacks. Ich fand sogar Katzenfutter – das musste Tobi jetzt ertragen. Danach versuchte ich meine anderen Handys, die sich in unterschiedliche Netze verbanden. Eins von ihnen hatte ein wenig Empfang, sodass ich Sanghyun über WhatsApp eine Nachricht schrieb. Wir hatten Gruppen mit unseren diversen Handynummern angelegt, für den Fall, dass wir tauschen mussten. Dann sah man es mit den anderen Handys trotzdem. Jedenfalls solange wir Internet hatten.

Ich war dankbar, dass ich mich wieder mit meiner App durch die Ortschaften schlagen konnte, denn den GPS-Tracker verstand ich noch immer nicht. Allerdings war ich zu weit vom Weg abgekommen und die kleine Eskapade hatte mich einiges an Zeit gekostet. Aber das war egal, ich musste erreichbar sein. Für wen eigentlich? Erneut packte mich die kalte Angst, die ich gestern im Atelier verspürt hatte, setzte Tobi rasch zurück in seinen Korb und raste los, so schnell die blockierten Straßen es ermöglichten. Immer wachsam das Navi im Auge. Und gleichzeitig auch meine Nachrichten-App.

Als ich schließlich im Ruhrgebiet ankam, wurde es richtig beschwerlich. Scheinbar war das eine riesige Metropole, immerhin wusste ich, dass in Nordrhein-Westfalen die meisten Menschen lebten. Offenbar in dieser schäbig aussehenden Stadt in der Nähe des Rheins, den ich überquerte.

Während die Sonne sich langsam senkte, dachte ich darüber nach, ob es möglich war, auch mit dem Boot nach Jekaterinburg zu kommen, aber ich hatte keinerlei Ahnung von der Schifffahrt, vermutlich kenterte ich und ertrank. Eine gute Schwimmerin war ich nämlich noch nie gewesen.

Und währenddessen sorgte ich mich um Sanghyun. Keine Nachricht? Das passte überhaupt nicht zu ihm.

Irgendwann erreichte ich eine ruhigere Gegend, wo es nicht mehr so viele Autos auf den Straßen gab. Eine lange Allee mit Einfamilienhäusern und schicken Wagen. Hier wohnten wohl besser betuchte Menschen in ihren deutschen Backsteinhäusern. Eine Haustür stand offen. Ein Roller lag davor im Gras, das Efeu rankte bereits über den Türrahmen, Kinderschuhe lagen unordentlich im Eingang. Da es am wenigsten Mühe machte, dort einzusteigen, schloss ich die Tür hinter mir und richtete mich häuslich ein. Wie immer – erst

Katze und Tobi, dann ich. Und ich würde es mir sehr gut gehen lassen, wie ich mit einem Blick ins Badezimmer feststellte. Ein Whirlpool.

Ich sammelte also den Familienlaptop (mit sehr einfachem Passwort, es war einer der Kindernamen, die überall auf selbstgemalten Bildern prangten), Wein und zwei Tüten Chips ein, bevor ich mich im Badezimmer einrichtete und Sanghyun von sämtlichen Geräten aus mit Anfragen bombardierte. Ich kam mir für einen Moment lächerlich vor, wie die nervige, hochgradig eifersüchtige Freundin.

Aber es geschah überhaupt nichts, sodass ich schließlich aufgab, den Laptop auf den Rand des Whirlpools stellte und mich hineinsinken ließ. Ich döste vor mich hin und ungefragt stiegen mir Bilder in den Kopf. Von dem Moment, den ich am meisten herbeisehnte: Wenn ich Sanghyun das erste Mal sah. Wie würden wir einander begegnen? In meiner Fantasie malte ich es mir romantisch aus. Wir küssten uns. Irgendwo in einer verschneiten Gegend, die verdächtig nach Paris aussah. Nun, das hatte ich hinter mir gelassen und den ganzen Weg zurück würde ich nicht für eine romantische Kulisse gehen. Trotzdem konnte ich beinahe seine Lippen auf meinen fühlen. Warm. Während der Rest von mir fror, denn der Schnee umtanzte mich. Ein bescheuertes Kleinmädchenkitschbild, wahrscheinlich wartet heimlich doch jede Frau auf ihren Prinzen. Der sie hochhebt, küsst und ihr sagt: »Ich lasse dich nie mehr gehen.«

Schließlich kam Tobi mich besuchen – Katze hasste Wasser und lief vermutlich im Haus herum, auf der Suche nach einer Katzenkloalternative. Ich ließ sie – ich stahl jeden Morgen neue Handtücher für ihren Korb, den ich vorher auswusch, und langsam gewöhnte sie sich an die Leine, sodass sie bei einer Pause aussteigen konnte, um sich zu erleichtern. Immerhin irgendetwas, das sich mal besserte. Bisher war nur alles schlimmer geworden.

Der Sound eines Skype-Anrufs schreckte mich auf und hastig schoss ich aus meiner bequemen Liegeposition hoch und nahm an.

»Was zum ...?«, begrüßte mich Sanghyun.

Er hatte gerade eine Großaufnahme meiner Brüste zu Gesicht bekommen ... Ich sank beschämt in die Wanne zurück und stellte den Laptop in das Fach eines kleinen Handtuchschranks am anderen Ende der Wanne, sodass er nur noch mein Gesicht am Beckenrand sehen konnte.

»Die andere Aussicht war mir lieber«, erwiderte er grinsend.

»Die hast du dir im Leben nicht verdient. Weißt du, was ich mir für Sorgen gemacht habe?«

»Tut mir leid«, sagte er leise und fuhr sich über das Kinn, bevor er mich wieder ansah. »Wirklich.« Dieses Mal war er in einem Haus untergekommen, das so richtig klassisch nach asiatischen Maßstäben ausgestattet war. Mit Holzboden und Nippes. Zwei hässliche Löwenfiguren standen im Hintergrund.

»Wo bist du? Im Museum?«

»So was in der Art«, antwortete er mit einem gequälten Lächeln.

»Was ist gestern passiert?«

»Die Scheiß-Hunde haben mich durch das Hotel gejagt, ich musste aus dem Fenster klettern.«

»Hast du dein Zeug noch?«

»Hatte ich zum Glück größtenteils auf dem Roller, aber das Handy lag noch auf dem Tisch. Und ich hab dich nicht angerufen, weil das nächste kein Netz mehr hatte. Also bin ich gefahren, um in eine andere Gegend zu kommen.«

»Ungefähr sowas habe ich heute auch erlebt. Hier in Deutschland ist der Empfang miserabel.«

»Keine Ahnung, als ich das letzte Mal in Deutschland war, war ich nicht alt genug für ein Handy. Sollte man in solchen Ländern gar nicht meinen, vielleicht ist irgendein Netz ausgefallen. Drei SIM-Karten habe ich weggeworfen, weil sie sich nicht mehr verbinden konnten.«

»Fuck«, murmelte ich. »Wir müssen uns beeilen. Was, wenn wir uns irgendwann nicht mehr besprechen können?«

»Ich versuche, auf ein Motorrad zu wechseln. Aber der Roller fährt schon 70 oder so und er ist deutlich leichter zu steuern.«

Ich nickte und wechselte das Thema. Nicht noch mehr deprimierende Gedanken. »Wie geht's deinen Verletzungen?«

»So lala«, meinte Sanghyun. »Ich habe gutes Heilfleisch.« Das stimmte nicht ganz, sein Gesicht war immer noch grün und blau und eine der Schrammen sah ziemlich übel aus.

»Hast du wenigstens einen Helm?«

»Ja, habe ich mir artig besorgt«, erwiderte er grinsend, zuckte dann aber zusammen. »Scheiße, das tut immer noch weh. Und was ist mit dir? Dir geht's richtig gut, wie mir scheint.«

Ich stellte das Geblubber mit der Fernbedienung am Rand wieder an. »Die haben es nett hier. Also die Familie Schuster, bei der ich gerade bin. Bisschen omahaft unten, sonst ganz fesch. Und der Whirlpool ist gut.«

»Sag mal, hast du je nach dem Phänomen gegoogelt?«

»Welchem?«

»Na, welchem wohl. Das Geblubber hat dich völlig benebelt. Dem Phänomen, dass außer uns keine Menschen da sind!«

»Nein«, musste ich zugeben.

Tatsächlich nicht. Darauf war ich nie gekommen. Ich hatte so sehr versucht, im Internet Zeichen von Leben zu finden, dass ich nicht nachgeschlagen hatte, ob jemand etwas Ähnliches erlebt hatte.

»Ich auch nicht. Ist mir auf dem Weg hierhin eingefallen. Aber je häufiger ich darüber nachdenke, desto sicherer bin ich mir, dass es sich um ein anderes Universum handeln muss. Wo sind die Menschen? Die Flugzeuge. Die Schiffe? Hast du schon eins gesehen?«

»Ich schaue nachher mal, was das Internet dazu sagt, falls ich nicht todmüde umfalle.«

»Falls du das nackt machst, lass die Kamera an.«

»Hey, ich wollte dir meine Möpse nicht in die Kamera halten. Ich war einfach nur froh, dass du angerufen hast.«

»Klingt das scheiße, wenn ich jetzt sage, dass ich das ziemlich süß finde?«

»Ja.«

»Du stehst echt nicht auf Süßholzraspeln, oder?«

»Nee ... irgendwie ... wenn's passt, manchmal. Sonst finde ich das eher unangenehm.«

»Du bist komisch. Ich kenne keine Frau, die Komplimente ausschlägt.«

»Ich höre gerne Komplimente. Dass ich schöne Brüste habe, kannst du mir problemlos sagen. Aber süß ist so ein Adjektiv, bei dem ich auf Kleinmädchenmodus umstelle und dann rot werde. Keine Ahnung, warum.« Ich zuckte im Wasser mit den Schultern, aber Sanghyun sah davon vermutlich nichts. »Du schuldest mir dein schlechtestes Date.«

»Okay. Leider ist das eher peinlich für mich als für Grace O'Connor, mit der ich ausgehen wollte.«

»Warum?«, fragte ich neugierig.

»Ich dachte, es wäre eine tolle Idee, mit ihr auf den Jahrmarkt zu gehen. Ich war ungefähr sechzehn und hielt mich für ziemlich cool. So cool, dass ich mit meinen Kumpels heimlich rauchte. Dabei fand ich das widerwärtig und mir wurde jedes Mal schlecht. Na, jedenfalls ging ich mit Grace auf den Jahrmarkt in irgendeinem Kaff bei uns in der Nähe. Vorher führte ich Grace natürlich bei meinen Freunden vor.«

»Manchmal denke ich, Jungs in dem Alter sind überall gleich. Klingt nach einer Geschichte, die sich auch bei uns hätte zutragen können«, antwortete ich.

»Warte, wird noch schlimmer. Mal davon abgesehen, dass es zum Fremdschämen ist, wenn ich nur daran denke, wie ich damals aussah und wie wir geredet haben. Ich wollte jedenfalls beweisen, dass ich zu den coolen Jungs in der Schule gehörte. War nicht einfach, weil ich damals ganz gute Noten schrieb und vor allem, weil ich kein Schotte war. Damit ist man schnell unten durch. Aber mit Grace, so dachte ich, ist das Thema endgültig vom Tisch.«

»Okay. Du machst es spannend. Was dann?«

»Mir war ziemlich schlecht, weil wir hinter einer der Buden eine halbe Schachtel Zigaretten geraucht hatten. Dennoch bin ich mit Grace auf die kleine Achterbahn gegangen. Und ich hasse Achterbahnen.«

»Oh, Gott, ich ahne es«, begann ich zu kichern.

»Die Kurzfassung: Ich war überhaupt nicht mehr cool, nachdem ich Grace in den Schoß kotzte und fahre seitdem nicht mehr Achterbahn. Oder Riesenrad. Was mich jetzt noch uncooler macht.«

Ich konnte nichts dagegen tun, ich musste einfach lachen. »Sorry«, quietschte ich. »Aber die Vorstellung ist einfach so mega lustig ...«

»Ich weiß. Für jeden Außenstehenden war das ein Highlight.«

»Ist Grace noch mal mit dir ausgegangen?«, kicherte ich.

»Bist du verrückt? Wärst du noch mal mit mir ausgegangen?«

»Nein«, erwiderte ich. »Kotzen ist in der Abturnliste weeeeeit oben.«

»Aha. Frage beantwortet. Grace ging übrigens drei Tage später mit Bobby McLean und machte fiese Schlitzaugenwitze. Danach war ich ganz froh, sie angekotzt zu haben.«

»Hat sie verdient«, bekräftigte ich seine Worte.

»So, jetzt hast du mich genug gequält. Ich kann vermutlich heute Nacht nicht schlafen, weil mein Hirn mir diese

Szenen immer wieder zeigen wird. Schau, Sanghyun, SO sehr hast du dich blamiert.«

»Ja. Du hast deine Schuld beglichen«, antwortete ich hoheitsvoll. »Dann darfst du jetzt schlafen gehen.«

»Ich richte mich nach deiner Zeit. Schon vergessen?«

»Das musst du nicht.«

»Aber es ist sinnvoller. Wie sollen wir uns abstimmen? Komm schon, Ariadne, du musst dir auch mal gefallen lassen, dass jemand dir entgegenkommt, weil er will, dass es für beide einfacher wird.«

»Und wenn wir einfach beide ...?«

»Nein. Ich kann sonst schon nicht viel machen.«

»Okay, okay. Ist akzeptiert.« Ich tauchte kurz im warmen Wasser unter. Haare waschen. Die waren mittlerweile völlig verklebt, denn ich schwitzte stark unter dem Helm.

»Wo bist du gerade?«

»Keine Ahnung. Ich hab das Ortsschild nicht gelesen. Ich weiß nur, dass ich auf dem richtigen Weg nach Russland bin.«

»Russland ist groß.«

»Wird schon stimmen«, meinte er.

Jetzt, wo ich Sanghyun wieder hörte und sah, fühlte ich mich mit einem Mal wohlig ruhig. Ich entkorkte den Wein abseits der Kamera, damit ich nicht unfreiwillig blankzog, und trank einen großen Schluck.

»Denk dran – wenn man vor Hunden weglaufen muss, dann hilft es, wenn man nicht so viel trinkt.«

»Ich habe mir ein hundefreies Haus ausgesucht. Na ja, bis auf Tobi.«

»Hab ich dieses Mal auch drauf geachtet. Ich habe nachher gesehen, dass die Tür zur Hotelküche offenstand. So viel zu: Hotel – na, da findest du sicher ein nettes Bett und genug zu futtern.«

Ich hörte Katze vor der Tür miauen. Sie hasste es, wenn ich ihr abends keine Aufmerksamkeit schenkte.

»Die dicke Katze?«, fragte Sanghyun.

»Die ist noch fetter geworden, weil sie nicht mehr so viel läuft wie früher. Ich bin erst ein paar Tage unterwegs, aber sie wird täglich schwerer. Das dicke Vieh.«

»Ich werde sie streicheln und fettfüttern, wenn ich sie treffe«, meinte Sanghyun.

»Du wirst nicht die arme Katze vollstopfen. Sie ist schon nicht die Jüngste. Sofern man das bei Katzen sagen kann. Ich weiß nicht, wie alt sie ist, aber sie wirkt so gemütlich.«

»Och, das macht nichts. Gegen ein bisschen Speck hat sie sicher nichts.« Er wedelte mit irgendetwas Undefinierbarem vor der Kamera herum. Vielleicht Trockenfleisch?

»Nichts da!«

»Okay, dann halt kein Fast Food für die Katze.«

»Nein. Die soll sich ihre Mäuse irgendwann wieder selbst jagen.«

»Gibt es Mäuse in Italien?«

»Was weiß denn ich?«

Sanghyun lachte. »Okay, du bist der Katzenchef.«

Wir schwiegen eine Weile.

»Findest du das eigentlich merkwürdig?«

»Was?«, fragte ich.

»Wenn ich mit dir flirte.«

»Nein.«

»Vielleicht fändest du mich unter normalen Umständen unangenehm.«

Ich war wirklich froh, dass er das sagte. Denn es traf genau meine Gedanken. Was, wenn Sanghyun mich eigentlich nicht toll fand? Und sein Interesse nur dem Fakt geschuldet war, dass ich der letzte Mensch auf der Welt war.

»Vielleicht würdest du mich auch nicht mögen. Ich könnte dir dieselbe Frage stellen.«

»Hm«, machte er. »Ausschließen können wir das nicht.«

»Nein.«

»Ignorieren wir es dann?«

»Schon irgendwie.« Und wenn er mich in Wahrheit trotzdem nicht mochte? Ich war kein Mensch, der ständig in Selbstzweifel versank. Wenn sich ein Mann im Club oder einer Bar entschied, mich anzusprechen, statt meine Freundinnen – dann hatte ich keinerlei Zweifel an seinem Interesse. Sanghyun hatte aber keine Wahl gehabt ...

»Hey, worüber grübelst du?«, fragte er mich.

»Über das, was du gesagt hast. Es ist so unangenehm, dass man denken muss – hey, der sagt dir was Nettes, weil es niemand anderen mehr gibt.«

Er nickte. »Scheißgefühl. Trotzdem glaube ich, dass du jemand bist, der auffällt. Wären wir uns irgendwo begegnet, ich hätte dich angesprochen.«

»Glaube ich nicht.«

»Doch.«

»Sprichst du sonst Frauen irgendwo an?«

»Manchmal ... okay, nein, nicht so direkt.«

»Aha. Also wären wir aneinander vorbeigelaufen.«

»Hätte passieren können. Aber die Frage stellt sich nicht, denn jetzt sind wir da, wo wir eben sind. Ich bin kein Freund von Was-wäre-wenn-Szenarien. Wir sind hier. Und zwar nur wir.« Sanghyun drehte sich zur Seite und betrachtete irgendetwas, das sich außerhalb der Kamera befand. »Ich werde mich mal schlafen legen. Mein letzter Tag war zum Kotzen und ich bin müde.«

»Kann ich verstehen«, antwortete ich.

Er nickte und winkte mir, hielt dann inne. »Das ist echt ein lahmer Abschied.«

»Was willst du machen? Den Bildschirm abknutschen?«, lachte ich.

»Na, aber es ist schwer, Auf Wiedersehen zu sagen, wenn man nicht weiß, ob man sich je wiedersieht.«

Sanghyuns Worte bedrückten mich immer noch, als ich später den Laptop abschaltete und ins Bett kroch. Ja, was wenn wir uns nie wiedersahen? Es konnte noch so viel auf dieser Reise geschehen. Und das wollte ich mir nicht vor Augen rufen.

Meine Tage waren lang und recht ereignislos, wenn man davon absah, dass ich durch Deutschland kroch. Die Straßen waren voller, als ich es mir je vorgestellt hätte, und es gab auch viel weniger Ausweichmöglichkeiten. Ich lag bereits hinter meinem selbstgesteckten Zeitplan und Sanghyun erging es nicht anders, das erfuhr ich bei unseren abendlichen Telefonaten. Er hatte einen halben Tag verplempert, weil der Roller kaputtgegangen war und er einen geeigneten Ersatz auftreiben musste. Das war deutlich schwieriger gewesen, als ich angenommen hatte.

Ich stieg also abends in irgendwelche Häuser ein und futterte deren Kühltruhe leer, während ich tagsüber schweigend durch Deutschland fuhr. Ich traf nur auf Tiere. Hunde, Katzen, Kaninchen, Rehe, Pferde und Kühe. Letztere auf der Weide. Einige ließ ich frei, denn ich fand, dass sie die Chance haben sollten, sich Futter zu suchen, wo sie wollten. Aber ich konnte nicht für jedes Tier anhalten und außerdem waren sie stark genug, um sich selbst zu befreien. Wahrscheinlich waren sie schlichtweg zu gutmütig.

Meine Erfahrung mit Pferden beschränkte sich auf meinen Reitunterricht als Kind. Und wenn ich Pferde sah, dachte ich sofort an meine Schwester Margaret, die mit mir zur Reitschule gegangen war. Ihr Lieblingspferd hieß Ribot, benannt nach einem berühmten Rennpferd. Eigentlich war es nur ein dickliches Pony mit Kulleraugen gewesen, aber Ribot hatte es ihr angetan.

Und irgendwann erreichte ich die Grenze zu Polen. Ich steuerte eine Stadt namens Steinsdorf an, während die Sonne sich herabsenkte. Alles wirkte sehr urig und normal, bis mir auffiel, dass etwas Entscheidendes fehlte: das Licht. Keine der Straßenlaternen war an.

Der Stromausfall in Lille hatte mich unvorbereitet getroffen, daher wagte ich es nicht, in völliger Finsternis die Grenze zu überqueren. Ohne Licht würde ich mich leicht verirren und darauf konnte ich verzichten. Außerdem lagen noch Litauen, Lettland und ganz Polen vor mir auf meinem Weg nach Jekaterinburg. Zudem war ich müde und hungrig.

Also suchte ich im Licht meines einsamen Motorradscheinwerfers nach einem Haus, in das ich vor allem nicht einbrechen musste. Dazu fehlte mir derzeit wirklich die Energie.

Hübsche Fachwerkhäuser standen dicht beieinander und ich hätte unter normalen Umständen auf dem kleinen Marktplatz gerne einen Kaffee getrunken.

Weil kein Haus in der Nähe offenstand, hielt ich an und machte einen Abstecher zur Eisdiele. Vielleicht konnte ich dort schlafen. Aber als ich durch die Tür trat, bekam ich prompt das kalte Grausen. Der Gestank nach verdorbenen Milchprodukten trieb mich würgend und mit tränenden Augen nach draußen. Fuck ... manchmal war ich echt dämlich.

Ich ließ den Helm ab, als ich nach einem neuen Quartier suchte. Immer noch den Geruch von vergorenem Eis in der Nase. Hier gab es schon länger keinen Strom mehr.

Schließlich fuhr ich noch ein Stück weiter und das Einzige, was ich fand, war ein verlassener Kiosk. Also packte ich Katze, Tobi, Gepäck und Schlafsack, nachdem ich alles Verderbliche vor die Tür geworfen hatte. Immerhin gab es hier abgepackte Schokolade, süße Gummischlangen und Kekse. Nicht sonderlich gesund, aber besser als die Sachen aus der Dose. Und, was mich noch viel mehr überraschte: Es gab auch Teelichter. Ich musste unbedingt morgen meine Powerbanks aufladen, heute Nacht würde ich mindestens eine aufbrauchen, wenn ich mit Sanghyun sprach.

Ich richtete mich hinter dem Tresen ein und blätterte durch die deutschen Zeitungen, die ich nicht lesen konnte. Ich wusste auch nicht, wonach ich suchte. Nach Normalität?

Oder nach einer Antwort, wann die Welt stehengeblieben war? Das wusste ich. Sehr genau.

Katze sprang auf meinen Schoß und ich kraulte ihr die Ohren, bis sie sich auf Spinnenfang begab. Wahrscheinlich war ich ihr zu langweilig.

Ich klappte den Laptop auf. Der war immerhin voll aufgeladen. Ich surfte durch meine Bookmarks, die ich mir angelegt hatte, um diesen aktuellen Zustand zu verstehen. Ich las mich in Paralleluniversen ein, aber das ging weit über meinen Verstand. Auch Sanghyun hatte bisher nichts gefunden, dass die Sache erklärte. Wie sollte man das auch nennen? Alle Menschen weg? Das brachte einen auf Apokalypse und Offenbarung. Parallelwelt? Siehe Paralleluniversum. Ganz allein auf der Welt? Ab in die Psychologie. So was Dämliches. Mir fielen keine guten Suchbegriffe ein und selbst wenn darüber etwas im Internet stand, so fand ich es einfach nicht. Außerdem kam es immer öfter vor, dass Artikel oder ganze Seiten offline waren. Und das machte mir ebenfalls Sorgen. Handynetze, Strom und Internet – die einzigen Möglichkeiten, Sanghyun zu erreichen, verabschiedeten sich nach und nach.

Ich rief Sanghyun über Skype an, doch es dauerte, bis ich ein ruckeliges Standbild zu sehen bekam.

Er war kaum zu verstehen, als er sagte: »Ariadne, warum ist es so dunkel bei dir?«

»Kein Strom«, antwortete ich mit einem gequälten Lächeln und hob eine Kerze vor die Kamera.

»Scheiße. Ich ... miserablen ...«

»Ich merk's. Wird ein kurzes Telefonat heute.«

Das Bild war erneut eingefroren.

»Ich ... Navi ... mehr.«

»Ich verstehe kein Wort. Schreib mir was im Messenger, wenn dein Empfang sich bessert.«

Ob Sanghyun das gehört hatte? Das Video brach ab und ich war wieder allein.

Ich wiederholte meine Worte im Messenger, aber es wurde nicht angezeigt, dass Sanghyun sie gelesen hatte. Hoffentlich kam er bald in eine Gegend mit besserem Internet. Sofern es die noch gab.

Draußen donnerte es. Nach einem schwülen Tag schien sich ein Sommergewitter direkt über mir zu entladen. Aber als ich hinausschaute, war da kein Regen. Vielleicht ein Trockengewitter.

Aus Langweile googelte ich Steinsdorf und erfuhr, dass es hier den sogenannten Weinberg gab, der wahnsinnige 94 Meter hoch war. Wow. Spannendes Kaff. An der außerdem erwähnten Dorfkirche war ich vorbeigekommen.

Ich wollte gerade den Laptop zuklappen, weil ich heute nicht die Nerven hatte, mich mit Paralleluniversen auseinanderzusetzen, als mein Handy klingelte. Ich ging dran und sagte: »Hallo?«

Aber Sanghyun legte wieder auf. Oder ich konnte ihn nicht verstehen. Jedenfalls war nur das Besetztzeichen zu hören, sodass ich verwundert auf mein Handy starrte. Das war keine von Sanghyuns Nummern.

Ich öffnete unsere Liste mit den Handynummern, in die wir immer alle eintrugen und auch die SIM-Karten austrugen, die nicht mehr funktionierten, doch sie stand nicht drin.

Also rief ich zurück. Freizeichen. Ziemlich lange. Niemand hob ab. Blödes Ding. Ich würde ihn morgen daran erinnern, sie einzutragen. Ich zuckte die Schultern und riss eine Packung Gummibärchen auf, die ziemlich weich waren.

Ich öffnete das kleine Fenster, an dem sonst der Außenverkauf stattfand, und schaute hinaus. Was für ein trostloser Abend. Kein Strom, kein Sanghyun. Ich nahm Tobi auf den Tresen, damit er die Nase in die Luft stecken konnte, denn ein angenehmer Wind wehte hinein. Anschließend hob ich auch Katze hoch. Zu dritt saßen wir da und sahen zu, wie der Himmel sich verfinsterte. Nicht nur, weil die Nacht hereinbrach, sondern auch, weil sich dicke Wolken auftürmten.

Als der erste Tropfen fiel, nahm die Luft einen ganz merkwürdigen Geruch an. Nach Sommergewitter.

Margaret und ich hatten es so genannt und ich wusste kein besseres Wort dafür. Früher waren wir mit unseren Eltern zusammen in den Urlaub gefahren. Nach Nizza. Wenn es geregnet hatte, waren Margaret und ich auf der Strandpromenade herumgeturnt und hatten mit offenen Mündern versucht, die Tropfen zu fangen, während die Luft voller Hitzeflimmern war und dieser eigenartige Duft über dem Asphalt lag. Ich liebte diesen Geruch, weil er mich an meine Kindheit erinnerte. Auf der Promenade im Regen tanzen – ganz ohne Sorgen. Hätte ich meinem kindlichen Ich etwas sagen können, wäre es sicher: »Genieß es, das kommt so schnell nicht wieder. Irgendwann wirst du alleine in einem beschissenen Kiosk ohne Strom in Deutschland sitzen. Mach noch viel verrücktere Sachen. Mit denen, die du liebst. Sie werden irgendwann einfach verschwinden.«

Ich rief noch einmal Sanghyuns unbekannte Nummer an – wieder nur Freizeichen. Aber ich machte mir weniger Sorgen als beim letzten Mal. Das waren nur Verbindungsprobleme. Dies war zu erwarten, wenn man von einem Ende der Welt zum anderen telefonierte. Ich probierte seine anderen Nummern, jedenfalls drei davon, bis ich aufgab. Zweimal die Mailbox, einmal Freizeichen, dann gar nichts mehr.

Stattdessen schrieb ich Sanghyun eine Nachricht. *Sitze hier im Gewitter. Ich wäre jetzt gern bei dir.*

Weil ich die Nachricht als SMS verschickte, konnte ich sie nach dem Versenden nicht löschen, was mir plötzlich wie eine gute Idee erschien. Ich wollte ihn nicht bedrängen. Nicht wirken wie jemand, der sich verzweifelt an den letzten Strohhalm klammerte.

In meinem Kopf ging ich zurück zu dem kitschigen Bild im Schnee. Es hatte sich mir in den letzten Tagen immer wieder aufgedrängt. Nur ein Kuss. Dann würde alles gutwerden. Das war mein Ziel. Mit Sanghyun dort zu stehen und ihn zu küssen wie ein verliebter Teenager.

Der Regen wurde stärker, das Wasser lief nicht mehr von der Straße ab und die Tropfen warfen Blasen auf dem feinen Film aus Regen.

»Ihr wartet hier«, sagte ich zu Tobi und Katze, schloss aber wohlwissentlich das Fenster, weil sie beide sonst hinausgesprungen wären. Ich ging durch die Tür und lief hinaus in den Regen, um mir das Gefühl zurückzuholen, das ich in Nizza auf der Strandpromenade gehabt hatte.

Aber hier war es viel kühler. Die Tropfen waren kalt und irgendwie frisch. Es roch nach Wald und Bäumen, denn um Steinsdorf herum war es grün und ländlich. Ganz anders als der Duft nach heißem Asphalt und Sand.

Ich wollte immer frei sein. Und jetzt, wo ich es war, da nagte die Einsamkeit so sehr an mir, als dass ich es hätte genießen können. Freiheit hieß auch, mit den Menschen zusammen zu sein, die man mochte. Mit ihnen zu besprechen, was man wollte. Sie zu sehen, wann man wollte.

Hey, sogar in der Bibel wollte der Mensch nicht allein sein. Deswegen erschuf Gott nach Adam auch Eva, weil er ... oh shit! Das war der Hinweis. Genau das. Vielleicht war zuerst Sanghyun da gewesen, dann ich. Aber ich glaubte nicht an Gott. Und was in der Bibel stand, war sowieso nur Unsinn, den sich ein paar verwirrte Schreiberlinge ausgedacht hatten. Es gab keine Grundlage das anzunehmen. Dennoch nahm ich mir vor, mit Sanghyun darüber zu sprechen. Es war die einzige Geschichte, die mir einfiel, um zu erklären, was hier geschehen war.

Ich bereute übrigens bitterlich, dass ich im Regen tanzte. Und zwar dann, als ich feststellte, dass es im Kiosk keine Handtücher gab.

Kapitel 9 #whosthere?

»Aber das musst du gewesen sein.« Ich saß gerade fassungslos auf einer Bank vor einem Landhäuschen, irgendwo in Polen und hörte mir Sanghyuns unfassbare Geschichte an.

»Das ist keine meiner Nummern, ich schwöre es dir.«

»Wer hat mich dann angerufen?«

»Was weiß denn ich? Ich war's nicht. Außerdem habe ich nachgeschaut, das ist eine italienische Handynummer. Wie sollte ich denn an eine italienische SIM-Karte gekommen sein, die nach Deutschland anrufen kann?«

»Weiß nicht«, antwortete ich verwirrt. »Wir haben überall geschrieben, alles versucht. Niemand war da!«

»Vielleicht spricht er keine der Sprachen, die wir beide sprechen. Vielleicht ist es eine alte Oma, die keine Ahnung hat, wie man das Internet bedient«, antwortete Sanghyun. Aber ich konnte sehen, dass er skeptisch wirkte, er runzelte die Stirn und schürzte die Lippen.

»Und die ruft mich an?«

»Ich kann's dir auch nicht erklären«, meinte er.

»Das ist alles sehr merkwürdig. Vielleicht sind wir doch nicht allein.«

»Und was würde das ändern? Selbst wenn wir zu viert auf der Welt wären, du sitzt allein in Polen, ich allein in China.«

»Wo bist du gerade?«, wechselte ich das Thema.

»Irgendwo, wo es viel Wasser gibt. Hongze-See oder so … Du weißt, wie schlecht ich Chinesisch lesen kann. Und mir gehen langsam die Proxys aus, die ich in China nutzen kann. Dämliche Great Firewall, die alle Google-Dienste sperrt.«

»Meinst du, wir sollten diese fremde Person suchen?« Ich konnte es nicht auf sich beruhen lassen. Vielleicht war da jemand genauso allein wie Sanghyun und ich.

»Kannst es gerne machen, wenn dir das lieber ist«, sagte Sanghyun und verschränkte die Arme vor der Brust. Sein Lächeln war gefroren und er sah beiseite.

»Nein, ich weiß doch gar nicht, wer das …«

»Ich hab schon verstanden«, knurrte er.

»Nein, du verstehst das offensichtlich nicht«, erwiderte ich. Verdammt, ich wäre auch sauer, wenn er mir so etwas vorgeschlagen hätte. Du, ich gehe mal eben gucken, ob nicht jemand Besseres herumläuft. Genau SO klang das.

»Vielleicht braucht er oder sie Hilfe oder …«

Er seufzte. »Wie du willst.«

»Ich sage nicht, dass wir unseren Zeitplan verwerfen. Es reicht doch, wenn wir der Person den Treffpunkt mitteilen. Vielleicht kann sie hinkommen.«

»Ich kann es mir nicht vorstellen, aber mach wie du meinst«, erwiderte er tonlos und kaute auf seiner Unterlippe herum. »Vielleicht solltest du die Nummer mal googlen.«

»Warum?«

»Mach es einfach.«

Ich wechselte den Tab und verlor so den Blick auf Sanghyun, während ich Google öffnete und die Nummer eintippte, die ich mittlerweile auswendig kannte.

Achtung, stand da. *Betrüger. Automatische Bandansage, die einem einen Lottogewinn mitteilt.* Mehrere User-Bewertungen folgten.

»Ariadne?«, hörte ich Sanghyuns Stimme durch die Lautsprecher des Laptops. »Bist du noch da?«

»Ja«, murmelte ich benommen. »Ist ein Automatismus … offenbar hat er eine meiner Nummern aufgeschnappt.«

»Ich will nicht sagen, dass ich das erwartet habe, aber …«

»Ich dachte, vielleicht sind wir nicht allein. Und jemand braucht Hilfe.«

»Du brauchst Hilfe. Ich brauche Hilfe. Können wir uns darauf konzentrieren? Das ist schon kompliziert genug.«

»Sanghyun, ich konzentriere mich auf uns. Aber ich lasse niemanden einfach zurück.«

»Da ist niemand«, beharrte er auf seiner Meinung. »Es sind nur noch wir beide.«

»Das klingt, als würde es dir gefallen.« Ich hatte das gar nicht sagen wollen, es kam einfach aus mir herausgeblubbert. Manchmal hatte ich das Talent, das absolut Falsche zu sagen. So auch jetzt.

»Spinnst du? Ich riskiere hier Kopf und Kragen und du wirfst mir vor, dass mir das gefällt und ich daraus meinen Vorteil ziehen will? Hältst du mich für einen Idioten, der einfach nur einen wegstecken will und seine Felle davonschwimmen sieht? Leck mich doch …«

Und damit legte er auf. Ich rief ihn erneut an, aber sein Skype war aus. Fluchend knallte ich meinen Laptop auf die Bank und lief ein paar Schritte im leeren Hof herum.

Das leicht heruntergekommene Gebäude erinnerte mich an einen Bauernhof, selbst wenn ich keine Tiere entdeckt hatte. Nur ein paar herrenlose Gänse, die sich nicht um mich scherten. Doch die Stube war behaglich, es gab einen Ofen und was noch viel besser war – es gab Strom und das Eisfach präsentierte sich frisch und furchtbar kalt.

Dennoch konnte ich mich nicht über mein gutes Nachtlager freuen. Ich hatte ziemlichen Mist gebaut. Sanghyun und ich befanden uns in einer Scheiß-Situation. Und ich hatte noch beschissener auf seine Sorgen reagiert. Kein Wunder, dass er stinksauer war und aufgelegt hatte. Wir beide hatten unsere Sorgen geäußert – dass wir uns nur zueinander hingezogen fühlten, weil wir eben die letzten Menschen auf dieser Welt waren. Und ich hatte auf Sanghyuns Angst einen Stepptanz aufgeführt. *Toll, Ariadne. Hast du gut gemacht. Du hast es geschafft, dass sogar der letzte Mensch auf der Erde dich scheiße findet. Typisch!*

Fluchend lief ich weiter, immer im Kreis durch den Hof. Gänse schnatterten auf einer Weide in der Ferne. Die Sonne ging unter und ein automatisches Licht im Hof sprang an. So allein hatte ich mich schon lange nicht mehr gefühlt.

Irgendwann ging ich nach drinnen, versuchte Sanghyuns Handynummern anzurufen, aber er hob nicht ab. Scheiße. Ich war einfach dämlich. Hoffentlich hatte ich ihn nicht so sehr verärgert, dass er nie wieder mit mir sprach. Wie sollte ich ihn dann finden?

Mein nächster Tag war noch miserabler als der vorherige. Ich hörte kein Wort von Sanghyun, ganz egal, wie häufig ich ihn anrief. Oder auf welches Handy. Ich fuhr trotzdem los, machte viele Pausen, um Tobi und Katze Auslauf zu gönnen, blieb schließlich gegen Nachmittag in einer größeren Stadt hängen und hatte keinen Antrieb mehr weiterzufahren. Wenn Sanghyun mich nicht mehr sehen wollte, welchen Sinn hatte diese Reise noch?

Ich steuerte das Stadtinnere an und fand einen hübschen Neubau über einer Bank, bei dem ich über einen Balkon ins Innere steigen konnte. Das Motorrad ließ ich unten stehen, hangelte mich hinauf und öffnete die Türen von drinnen, damit Katze und Tobi hineinkonnten.

Meinen Abend verbrachte ich mit Trinken und Bibelzitaten. Auch wenn Sanghyun nicht mehr mit mir sprach, vielleicht konnte ich etwas herausfinden. Wenigstens irgendetwas Sinnvolles tun. Aber weil ich Wodka trank, war es nur ein bitteres Vergnügen, das ich mit mir selbst hatte: »*Und Gott der HERR sprach: Es ist nicht gut, dass der Mensch allein sei; ich will ihm eine Gehilfin machen, die um ihn sei.*« Klaro. Gehilfin. Die brauchte man. So dringend, wie Schampus und Schnittchen. Konnte der nichts allein, der Adam?

Und Gott der HERR machte aus Erde alle die Tiere auf dem Felde und alle die Vögel unter dem Himmel und brachte sie zu dem Menschen, dass er sähe, wie er sie nennte; denn wie der Mensch jedes Tier nennen würde, so sollte es heißen.

»Tobiiii«, rief ich und der Dackel kam prompt. Zuvor hatte er auf einem Teppich gekaut und die Schuhe des Hausbesitzers zerknabbert. Aber ich ließ ihn. Wer sollte sich beschweren?

»Hast du gehört? So wie ich dich nenne, sollst du heißen. Dann heißt du jetzt nicht mehr Dackel, sondern Dickel. Weil du so dick bist.«

Tobi schien sich zu freuen, denn er wedelte mit dem Schwanz und sprang an meinen Beinen hoch.

Ich setzte ihn auf meinen Schoß und las ihm noch ein Stück aus der Bibel vor, die ich über eine Webseite aufgeschlagen hatte. Da hieß es: »*Und der Mensch gab einem jeden Vieh und Vogel unter dem Himmel und Tier auf dem Felde seinen Namen; aber für den Menschen ward keine Gehilfin gefunden, die um ihn wäre.* Bestimmt, weil die seine Avancen nicht erwidert haben und der Rest Ferkelei wäre.«

Tobi quietschte vor Vergnügen, als ich seine Schnauze küsste und sein struppiges Fell durchwuschelte.

Da ließ Gott der HERR einen tiefen Schlaf fallen auf den Menschen, und er schlief ein. Und er nahm eine seiner Rippen und schloss die Stelle mit Fleisch.

Ich hatte heute weder viel gegessen noch getrunken, der Wodka knallte jetzt schon rein. Und das flaue Gefühl wollte auch nicht verschwinden. Also las ich weiter, um mich durch alberne Kommentare irgendwie besser zu fühlen. »*Und Gott der HERR baute eine Frau aus der Rippe, die er von dem Menschen nahm, und brachte sie zu ihm.*« Rippen. Rippchen. Wie im Steakhaus? Ich las noch den letzten Absatz: »*Da sprach der Mensch: Das ist doch Bein von meinem Bein und Fleisch von meinem Fleisch; man wird sie Männin nennen, weil sie vom Manne genommen ist.*«

Männin! Herrlich. Ich sagte das Wort ein paar Mal laut. Okay, das klang nach keiner logischen Erklärung, sondern nach einer saudoofen Trösterreligion, die dazu von frauenfeindlichen Kerlen verfasst wurde – wie damals üblich. Männin fand ich aber (in meinem halbtrunkenen Kopf) so lustig, dass ich es mit Kajalstift auf die Fenster schrieb. Ob in den anderen Kapiteln der Bibel auch von »Männinnen« die Rede war?

Wie gerne hätte ich Sanghyun das Wort gezeigt und mit ihm darüber gelacht, aber ... Ich seufzte. Er wollte nicht mit mir sprechen. Das musste ich akzeptieren. Also rezitierte ich den letzten Abschnitt des Kapitels – mit dramatischer Stimme: »*Darum wird ein Mann seinen Vater und seine Mutter verlassen und seiner Frau anhangen, und sie werden sein ein Fleisch.*«

Hä? Jetzt doch keine Männin? Hatte der Adam ja nicht sonderlich viel zu sagen gehabt. Erst behauptet Gott, er dürfe alles benennen, und dann war's doch die »Frau«. Vielleicht war ihm auch aufgegangen, wie blöd das Wort Männin klang ...

»*Und sie waren beide nackt, der Mensch und seine Frau, und schämten sich nicht.*« Ich schnaubte verächtlich. »Soll ich Sanghyun nackt anrufen, oder was?« Hm ... hatte ich schon. Okay, ich war nackt angerufen worden. Fast dasselbe. Aber half sicher nicht in meiner Situation.

Es war mitten in der Nacht, als mein Telefon klingelte. Ich schreckte aus meinem Halbschlaf auf und musste mich erst orientieren. Wo war ich? Wie viel Uhr? Wann? Wieso?

Müde streckte ich meine Hand aus und zog mein Handy zu mir. Ich lag auf einem Ehebett mit furchtbar kratzigen Wolldecken, neben mir schnarchten Tobi und Katze und ich war irgendwo in Polen. Und mein Handy klingelte.

»Ariadne?«, hörte ich Sanghyuns Stimme, als ich den Anruf annahm.

»Ja«, murmelte ich müde.

»Es tut mir leid, was ich gesagt habe. Aber ich hab das schon tausend Mal erlebt. Immer wenn ich eine Frau kennenlerne, fällt ihr ein, dass jemand anders viel spannender wäre als ich.«

»Nein, mir tut es leid. Ich wollte nicht so was Gemeines sagen ... Das war nicht fair von mir und ich meinte es auch nicht so.« Ich war wieder hellwach.

»Wir sollten uns nicht streiten«, meinte er. »Das bringt gar nichts.«

»Ich weiß, dass es eine Scheiß-Situation ist. Für uns beide. Ich meine, ich würde mich wahrscheinlich nicht anders fühlen, wenn du mir offenbarst, dass da noch jemand ist und du erstmal denjenigen ansteuerst. Weil ich eh nie wichtig war und jemand anders vielleicht besser ...«

»Nein, das stimmt so nicht. Eigentlich ist es nur richtig, wenn man jemandem helfen will. Das ist ... sehr nett von dir.«

»Nett?«

»Mir fällt gerade kein besseres Wort ein. Sorry. Ich wollte gleich losfahren, aber nicht, bevor ich mich nicht bei dir gemeldet habe ...«

»Jetzt schon?«

»Ich konnte nicht schlafen.«

»Ich auch nicht wirklich.«

»Versuch es zumindest. Bei mir ist es schon hell, ich mache mich auf den Weg. Bis heute Abend. Und ... wirklich ... tut mir leid, was ich gesagt habe.«

Mann, jetzt schämte ich mich noch viel mehr. »Ich will dich nicht verlieren«, sagte ich leise.

»Ich will dich erst mal finden«, antwortete Sanghyun und legte auf.

Jetzt fühlte ich mich vollends elend. Was war ich nur für eine dumme Kuh gewesen? Aber wie sollte man so was gutmachen, wenn man zigtausend Kilometer voneinander getrennt war. Warum blubberte manchmal alles aus mir heraus, was besser dringeblieben wäre?

Ich stand auf, was Tobi mit einem Gähnen quittierte. Katze schlief seelenruhig weiter, worum ich sie wirklich beneidete. Ich ging zurück ins Wohnzimmer. Ich wollte mich nicht so schrecklich einsam fühlen. Oder wenigstens nicht mehr daran denken. Wenn ich Sanghyun verlor, war ich vollkommen allein auf der Welt.

Ich ärgerte mich, dass mein eigenes Handy, also das, was ich vor dem Verschwinden der Menschheit benutzt hatte, im Motorrad-Beiwagen lag. Gerne hätte ich jetzt durch Kylies Sprachnachrichten gescrollt. Wie ein Hörbuch aus der Vergangenheit.

Also ging ich zur Anlage der Familie. Offenbar Klassikliebhaber, denn ich fand altmodische CDs und Schallplatten. Natürlich hätte ich mir irgendein Lied im Internet anmachen können, aber ich nahm behutsam eine der Schallplatten in die Hand, öffnete den Deckel des Schallplattenspielers und legte sie auf. Smetana – die Moldau.

Der Sound war großartig. Echte Musikliebhaber, denn ich entdeckte in jeder Ecke des Wohnzimmers teure Lautsprecher. Und das Plätschern des kleinen Flüsschens, der irgendwann zum großen Strom wird, klang so lebendig wie noch nie.

Ich mochte klassische Musik. Ich hatte zwar kein Instrument gelernt, aber Margaret hatte Geige gespielt, während ich nur dasaß und ihr zuhörte. Ich ging zu jeder ihrer Orchestervorführungen und fragte sie anschließend, wie die Stücke hießen, damit ich sie zu Hause noch einmal hören konnte. Daher war die Moldau für mich nicht unbekannt. Oder die ungarischen Tänze von Brahms. Vielleicht nicht das, was man bei einer Partymaus in meinem Alter erwartete, aber ich fühlte mich wunderbar getröstet, als die Musik anschwoll und das Thema spielte.

Ich drehte richtig laut, dass die Wände wackelten, öffnete die Balkontür und ließ die Nachtluft hinein. Der Wind wehte mir um die Nase, während das Orchester seine wunderbare Melodie wiederholte. Lauter und drängender.

Während ich einfach dastand und versuchte, den Rest der Welt zu vergessen, der mich vergessen hatte.

Eine neue Nummer weckte mich. »Hallo?«, rief ich sofort. Stille. Knistern. Nichts. Aber dieses Mal hatte ich meine Lektion gelernt. Ich googelte artig danach: *Abzocke, wollen angeblich Stromkosten sparen und an deine Bankdaten kommen.*

Haha. Stromkosten. Über die hätte ich zu gern gesprochen. Mit irgendwem. Ich hätte ihnen meine Bankdaten gegeben, kein Problem. Kreditkarten hatte ich mittlerweile Dutzende, schließlich war ich in so viele Häuser eingestiegen, dass sogar Robin Hood neidisch wäre. Ich sperrte die Nummer nicht, trotzdem fand ich es seltsam, dass ich solche Anrufe bekam. Auf einem Handy, dessen Nummer nicht im Internet hinterlegt war. Immerhin hatte ich die SIM-Karte aus einem Elektromarkt geholt. Aber vielleicht war es eine alte, freigewordene Nummer.

Müde drehte ich mich auf die Seite und stand schließlich auf, um zu duschen. Mit Tobi, der ziemlich vernarrt in Wasser war – zumindest, wenn es aus einem Duschhahn kam. Leider hatten die polnischen Musikliebhaber so eine furchtbare Dusche mit Vorhang. Ich hasste diese Dinger. Wenn der klamme, kalte Stoff sich an meinem Bein festsaugte, schüttelte es mich jedes Mal.

Als ich fertig war, frühstückte ich, nahm Katze und Tobi an die Leine und ging nach draußen, wo mich ein grauer, kalter Himmel empfing. Das gute Wetter verabschiedete sich wohl langsam.

Tobi erleichterte sich an einem Baum, anschließend schlenderten wir drei zum Motorrad, das ich unter dem Balkon abgestellt hatte. Ich packte beide Tiere in ihre Transportkörbe, zog mir den Helm auf und ließ die Maschine an. Nur ein Stottern und dann ein sterbender Laut. Noch ein Versuch. Dasselbe.

Fuck! Was nun? War mir das Benzin ausgegangen? Nein, der Tank war noch halb voll. Hatte ich kein Öl mehr? Vielleicht, aber brauchten so alte Maschinen Öl? Und wenn ja, wo füllte man das rein? Und welches Öl überhaupt?

Ich zog den Helm wieder aus und warf die Suchmaschine an. Nach einigen Fehlversuchen kam ich auf eine Seite, die mein Modell beschrieb – auf Russisch. »Spasibo«, knurrte ich. »Nix verstehen.« Ich versuchte es mit einer Übersetzer-App, allerdings spuckte die so viel Kauderwelsch aus, dass ich nicht schlau daraus wurde: *Schrauben Sie Tankdeckel weg und rollen Sie Schwalbe. Ja, danke!*

Mist, Mist, MIST! Ich brauchte dieses Motorrad. Es war die einzige Möglichkeit, durch die geparkten Autos zu kommen und Katze und Tobi dabei mitzunehmen. Allein auf der Kreuzung vor dem kleinen Platz stauten sich drei Lieferwagen und belegten fast die gesamten Spuren.

Ein schnelleres Motorrad konnte ich sicher nicht fahren, dieses Modell war schon schwierig gewesen. Und selten. Ich hatte keins zu Gesicht bekommen, seitdem ich Lille verlassen hatte.

Fluchend holte ich die Transportkörbe wieder raus und ließ Katze und Tobi frei. Katze konnte man mit Leckerlies locken, es musste nur laut genug rascheln. Hoffentlich. Selbst wenn, ich saß hier fest. Zu Fuß bis nach Jekaterinburg? Das schaffte ich nie. Wie viel Kilometer waren es noch?

Schimpfend betastete ich alles am Motorrad, aber ich hatte bedauerlich wenig Ahnung von solchen Geräten.

Schließlich rief ich Sanghyun an, doch der nahm nicht ab. Vermutlich hörte er sein Handy auf dem Roller nicht. Und wie hätte er mir auch helfen sollen? Ein uraltes Motorrad reparierte sich nicht aus der Ferne.

Ratlos öffnete ich den Tankdeckel. War vielleicht die Anzeige defekt? Ich leuchtete mit meinem Handylicht hinein, sah kaum etwas.

Seufzend stellte ich meinen Rucksack ab und schärfte Tobi ein, hier zu warten. Was für ein sinnloses Unterfangen, er würde garantiert auf Streifzug nach Leckereien gehen. Unterdessen rollte Katze sich auf den Stufen vor dem Haus zusammen, denn ein paar Sonnenstrahlen hatten sich dorthin verirrt.

Ich öffnete meine Karte auf dem Handy und lief los. Irgendwo musste eine Tankstelle sein. Und hoffentlich auch ein Kanister. Ich hatte hin und wieder welche gesehen, wenn ich an Werkstätten vorbeikam, aber heutzutage bewahrte niemand mehr so etwas in der Tankstelle auf. Ich lief an einem Supermarkt vorbei, wo kein Licht mehr schien, an einem Tiergeschäft, in dem lauter tote Vögel und Kaninchen in den Käfigen lagen und an einem Marktstand, wo alles vergammelt war. Was für eine trostlose Welt, die mit einem Mal deutlich bedrohlicher wirkte.

Fliegen summten um den Marktstand herum, ich wich dem Gestank aus und lief auf der Straße weiter, wo zwei uralte Autos standen. Eins in Silber, eins in schmutzigem, staubigem Rot. Gegenüber befand sich ein Blumenladen. Die Sträuße waren verwelkt, allerdings standen sie immer noch im Wasser, sodass ein fauliger Gestank über die Straße zog. Ich hielt die Luft an und lief ein bisschen schneller. Eine Katze huschte vor mir davon, sie war grau getigert und wirkte scheu. Ein paar Krähen machten sich über die Überreste von irgendetwas her, das auf der Straße verendet war. Vielleicht ein wilder Hase.

Als ich endlich das vertraute Zeichen einer Tankstellenkette in der Ferne sah, war ich sehr erleichtert. Doch ich musste mir vor Augen halten – ab jetzt würde es hässlicher und härter werden, sobald es keinen Strom mehr gab, der die Ordnung halbwegs aufrechterhielt. Ich beschleunigte meinen Schritt und bog in die Tankstelle ein. Zwei geparkte Autos, ein funkelnagelneuer Lexus und ein Sprinter. Die Schiebetür des Shops schien zu spinnen, denn sie ging mit einem lauten *Pling* immer wieder auf.

Ich sah mich um. Kein Kanister. Natürlich nicht. Wenn ich einen brauchte, war er nicht da.

Also ging ich in den Laden und sah mich dort um. Zum Glück gab es ein Hinterzimmer, wo ich tatsächlich einen einsamen roten Kanister fand. Nicht viel, aber es würde zumindest reichen, um bis zu dieser Tankstelle zu fahren und vollzutanken. Sofern das überhaupt das Problem mit meinem Motorrad war.

Ich tankte den Kanister voll, schob mir eine halbe Tafel Ritter Sport aus dem Shop in den Mund und machte mich wieder auf den Rückweg. Dieses Mal ließ ich mich anders navigieren, um den Gestank zu meiden.

Ich war bald außer Atem, der Kanister war schwerer als gedacht, und ich hörte aus der Ferne den grollenden Donner, der ein Gewitter ankündigte. Ausgerechnet jetzt gab es irgendwelche Sommerstürme. Ich hatte ja so ein Glück.

Als ich den Marktplatz erreichte, begann es zu regnen. Ich rannte die letzten Meter und stellte mich im Hauseingang unter, bis ich realisierte, dass meine Taschen noch im Motorrad waren. Also sprintete ich erneut in den Regen, warf alles in den Hauseingang und fing mir ein empörtes »Miau« von Katze ein.

Ich stieß die Tür auf und rief beide Tiere zu mir. Solange es regnete, konnte ich sowieso nichts machen, also würde ich etwas von dem Tiefkühlgemüse essen, das bei den Musikliebhabern in der Eistruhe lag.

Ich hatte ziemlichen Hunger, auch wenn mir eben noch schlecht gewesen war. Heute Morgen hatte ich nicht gefrühstückt, in der bescheuerten Annahme, ich hätte später noch genug Zeit. Mann, war ich dämlich. Ich musste nehmen, was ich bekam. Nicht alles auf später schieben.

»Wird wohl nichts mit Losfahren«, sagte ich zu Katze.

Sie sah mich erwartungsvoll an.

»Ja, du kriegst noch eine Dose.«

Für Futter konnte man sie immer begeistern.

»Vielleicht können wir später weiterfahren«, plapperte ich in die Stille hinein, weil ich manchmal einfach Stimmen brauchte. Und wenn es nur meine eigene war.

Mein Motorrad war hinüber. Oder zumindest irreparabel. Warum hatte ich so etwas Dummes wie Modedesign studiert? Das brauchte kein Mensch auf der Welt. Gewiss, ich konnte Knöpfe annähen. Ein vollkommen nutzloses Talent. In dieser merkwürdigen Zwischenwelt war es unmöglich, mich mit dieser sinnlosen Fähigkeit besser durchzuschlagen als ein Kleinkind. Hätte ich schießen können, oder Dinge reparieren – es wäre alles einfacher gewesen. Aber ich verstand null von Technik, oder davon, wie man auf Tiere schoss, was ich bald bitterlich bereute. Denn ich sah vom Balkon ein streunendes Hunderudel, das sich auf dem Platz breitmachte. Angelockt von irgendetwas, das ich im Motorrad gelassen hatte. Bestimmt einer der Kauknochen, die ich für Tobi dort lagerte.

Als die Luft rein war, lief nach draußen, schob und zerrte am Motorrad, aber es geschah überhaupt nichts und zu allem Überfluss brach ich in meiner wütenden Verzweiflung den Schlüssel ab. Jetzt war es endgültig hin.

Deprimiert schlich ich wieder nach oben – gerade noch rechtzeitig, denn es regnete wieder wie aus Eimern.

Also blieb ich in der Musikliebhaberwohnung und wartete, bis es wieder Abend wurde, bevor ich Sanghyun anrief.

Ich saß mit einer Decke auf den Balkonmöbeln und musste ziemlich elend ausgesehen haben, denn Sanghyun sagte zur Begrüßung: »Was ist passiert?«

»Ich komme nicht weiter«, sagte ich leise.

»Was? Warum nicht?«

»Mir ist das Motorrad verreckt. Und ich brauche doch irgendwas … wegen der Tiere.«

Ich war Sanghyun unendlich dankbar, dass er nicht auf Katze und Tobi schimpfte. Ja, sicher wäre ich ohne sie besser dran gewesen. Aber allein der Gedanke, dass ich einen von ihnen zurückließ, machte mich so unglücklich, dass ich kaum atmen konnte.

»Scheiße«, meinte Sanghyun nur. »Was ist mit solchen Postfahrrädern? Das sind häufig E-Bikes und die haben große Taschen oder Körbe.«

»Ich werde mich morgen mal umsehen. Jedenfalls bin ich noch in derselben Wohnung wie gestern.«

»Ist manchmal so«, antwortete Sanghyun. »Niemand hat gesagt, dass es einfach werden würde.«

»Ja, aber ich fühle mich gerade besonders schrecklich und allein.«

»Du bist nicht allein. Ich bin da. Und dein Hund. Und deine Katze. Du hast mehr Gesellschaft als ich.«

»Du weißt, was ich meine. Ich würde jetzt sogar mit meinem Vater essen gehen. Dabei habe ich das immer gehasst. Er ging regelmäßig mit mir in ein schickes Restaurant, schimpfte dabei über meine Manieren und horchte mich aus. Was mein Studium mache und mit wem ich mich träfe. Alles in der Hoffnung, dass ich endlich seine Erwartungen erfülle.«

Sanghyun lachte. »Sieh es mal so, das sind Dinge, die du sicher nicht vermissen wirst, ganz egal, was du sagst. Du vermisst nur die Normalität.«

Ich rang mir ein müdes Lächeln ab. »Vielleicht. Wenn ich genauer drüber nachdenke, vermisse ich nur das gute Essen.«

»Siehst du, das ist meine Ariadne.« Irgendwie klang es schön, wie er das sagte. *Meine Ariadne.* »Ich habe deinen Namen gegoogelt«, meinte er dann.

»Warum?«

»Weil dein Name seltsam klingt. Ich kenne Ariane. Aber nicht Ariadne. Na ja ... jetzt kenne ich sie. Ariadne hat Theseus den Faden geschenkt, damit er sich im Labyrinth des Minotaurus nicht verirrt und zu ihr zurückkehrt. Ziemlich passend.«

»Außer, dass ich einen Orientierungssinn wie ein Stück Käse habe ...«

Sanghyun lachte. »Trotzdem holst du mich sicher nach Jekaterinburg. Das weiß ich einfach. Der Faden ist unsichtbar. Aber er ist da.«

Ich betrachtete Sanghyun genauer. Er wirkte heute sehr optimistisch und die gelbliche Färbung an seinem Kinn verriet, dass seine Prellungen langsam verheilten. Auch der Schnitt war gut verkrustet. Im Gegensatz zu meinen neuesten Wehwehchen, denn ich hatte mir die Hände am Motorrad gehörig aufgeschlagen und besaß eine schöne Sammlung an blauen Flecken und Macken.

Oder er wollte nach unserem Streit besonders nett sein. Trotzdem tat es mir gerade richtig gut. Jetzt, wo ich an allem zweifelte.

»Wo bist du gerade?«

»Auf dem Weg nach Norden. Irgendwo in einem kleinen Nest. Hier gibt es massig Hunde, ich musste echt aufpassen, damit mir nicht derselbe Scheiß wie letztens passiert.«

»Hier auch. Ich weiß nicht, ob die schon immer herum gestreunert sind, oder erst, seitdem es keine Menschen mehr gibt, aber ich will ihren Weg nicht kreuzen.«

»Lass es lieber«, stimmte Sanghyun zu.

Er lehnte sich zurück, verschwand kurz aus dem Bild, dann wurde die Übertragung wackelig und ich sah, dass er sich auf einem Bett zusammengerollt und den Laptop vor sich gestellt hatte.

»Erzähl mir was«, sagte er. »Was Lustiges. Dein Tag war heute schon miserabel genug.«

»Eigentlich bist du mal dran. Du weißt viel mehr über mich als ich über dich.«

»Schon, nur hast du ein viel spannenderes Leben. Erzähl mir was von einer Klassenfahrt.«

»Uff …«, meinte ich. »Klassenfahrt. Du hast ja Sonderwünsche.«

»Ich habe nur eine einzige gemacht. Wir sind in irgendein Nest in der Eifel gefahren, wo wir uns Steine angeschaut haben. In Schottland durfte ich nicht mit, weil mein Vater woanders hin versetzt werden sollte, dann hat es sich verzögert und ich saß blöd zuhause herum, während alle meine Klassenkameraden den Spaß ihres Lebens beim Zeltlager hatten. Danach war ich wieder der Außenseiter, weil ich die coolen Sachen nicht mitmachen durfte und alle Insiderwitze machten …«

»Wir waren auf Segelfreizeit«, erwiderte ich.

»Kannst du denn segeln?«

»Nein. Das haben die anderen auch schnell spitzgekriegt, als ich einen Katamaran umgekippt habe. Die kann man übrigens nicht so einfach umkippen, das ist schon eine Kunst.«

»Und? Was ist passiert?«

»Dann hat sich der Mast in eine Sandbank gebohrt und der Segellehrer musste warten, bis die Flut kam, um den Katamaran zu bergen.«

Sanghyun lachte. »Wie hast du das geschafft?«

»Keine Ahnung. Wir sind nachts in die Küche eingebrochen und haben den Kochwein leergesoffen. Wahrscheinlich war ich betrunken und deswegen ist das blöde Schiff umgefallen.«

»Warum zum Teufel den Kochwein?«

»Wir waren sechzehn und bekamen nichts im Supermarkt. Der Wein war gratis. Leider haben wir auch diverse Kochmützen geklaut, mit denen wir am nächsten Tag im Speisesaal saßen. Da kam unser Lehrer rein und fragte, wer in die Küche eingebrochen ist. War klar, wer es war. Meine

Freundinnen und ich haben den Anpfiff unseres Lebens bekommen und nach dem Segeldesaster durften wir am nächsten Tag nicht mit aufs Wasser.«

»Pff, Spielverderber.«

»Fanden wir auch, bis wir feststellten, dass kein Lehrer im Haus war. Also haben wir eine wilde Party veranstaltet, bis die Nachbarn die Polizei gerufen haben.«

»Klingt wirklich wild.«

»Sag ich ja. Wir hatten immer irgendeinen Grund für eine Party. Und wenn nicht, haben wir uns selbst einen gemacht. Nichtgeburtstag, Baldgeburtstag, Letztensgeburtstag, und so weiter. Und manchmal haben wir auch Unsinn gefeiert. Regenwurmtag, Butterbrottag – wir hatten immer was. Und gesungen haben wir. Laut und falsch.«

»Ich hätte nicht gedacht, dass du singen kannst.«

»Hey, was soll das denn heißen?«

»Du klingst nicht so«, antwortete er grinsend. »Du hast zwar eine nette Stimme, aber du klingst nicht wie eine Sängerin.«

»Du kennst wohl viele«, ärgerte ich zurück.

»Ich kannte tatsächlich mal eine.«

»Kannte?«

»Ja, sie ist gestorben, als ich dreizehn war. Sie hatte so eine richtige Singsangstimme, wenn sie sprach. Hat mir erklärt, dass eine voll ausgebildete Stimme immer so klingt. Und deine klingt eben nicht so.«

»Ich singe dir in Jekaterinburg was vor, dann läufst du den ganzen Weg nach Shanghai zurück. Ich bin recht textsicher bei Bonnie Tyler.«

»Okay. Vielleicht fordere ich das ein, bevor wir uns treffen, dann kann ich immer noch umdrehen. Siehst du, jetzt lächelst du wieder.«

»Ja, bis mir wieder einfällt, dass ich mir einen fahrbaren Untersatz besorgen muss.«

»Denk nicht dran.«

Heute war alles so trostlos gewesen, dass ich es wirklich nicht mehr ertragen konnte. Ich hatte nie gewusst, dass einem die Einsamkeit so sehr aufs Gemüt schlagen konnte. Doch wenn Sanghyun da war, fühlte ich mich nicht mehr einsam. Selbst wenn er so weit weg war.

»Weißt du, was mir eingefallen ist?«, fragte ich. »Ich habe diese Geschichte, dass nur zwei Menschen auf der Erde sind, schon mal gehört.«

Sanghyun blickte mich gespannt auf, er hatte sich zur Kamera gebeugt, als würde ich ihm gleich ein großartiges Geheimnis verraten. »Wo?«

»In der Bibel. Adam und Eva.«

Er sah mich verwundert an. »Wirklich?«

»Ja. Du kennst das doch ... oder nicht?«

»Klar, ich lebe ja nicht hinter dem Mond. An so einen Unsinn glaube ich jedoch nicht.«

»Ich auch nicht. Trotzdem ist es das Einzige, was mir dazu einfällt. Adam war allein und dann kam Eva, damit er nicht mehr allein sein musste.«

»Warum hat Gott uns dann Tausende von Kilometern getrennt?«

»Was weiß denn ich? Ich glaube nicht mal an Gott. Also der hätte sicher eine bessere Eva gefunden.«

»Dito«, meinte Sanghyun. »Ich bin nicht mal getauft.«

»Oh, ich schon. So richtig schön katholisch, weil meine Tante das wollte. Nicht, dass ich ein Heidenkind werde.«

»Du triffst dich mit einem«, entgegnete Sanghyun.

»Macht nichts, meine Tante ist eh weg. Bin nur nicht aus der Kirche ausgetreten, weil ich schlichtweg zu faul war.«

»Und außer den beiden nichts? Warum bin ich da nicht draufgekommen?« Er schlug sich vor die Stirn.

»Na, weil du ein Heidenkind bist.«

Ich zog die Decke nach oben, weil es auf der Bank langsam kalt wurde. Immerhin gab es hier neumodische Gartenmöbel mit Matratzen und Kissen, ein bisschen wie ein Sofa. Nur für draußen.

»Vielleicht gibt es keinen Grund dafür«, mutmaßte Sanghyun. »Adam und Eva. So ein Bullshit.«

»Vielleicht hat Gott den Reset-Knopf gedrückt.«

»Haben Sie schon versucht, es ein und auszuschalten?«, scherzte Sanghyun.

»Ungefähr so, ja.« Ich schloss für einen Moment die Augen. »Ich bin so müde. Was für ein Scheißtag. Warum geht dieses blöde Motorrad kaputt? Ich bin technisch in etwa so unbegabt wie Gott. Ich kann auch nur Sachen ein- und ausschalten. Mein Vater hat Fachleute geschickt, wenn irgendwas in meiner Wohnung kaputt war. Da habe ich blöd zugeschaut, wie die meine Spüle oder mein Klo repariert haben.«

»Ich kann das auch nicht. Niemand in meiner Familie ist handwerklich begabt. Wenn der blöde Roller den Geist aufgibt, muss ich den nächsten suchen. Zum Glück steckt fast überall der Schlüssel. Nur leer sind sie häufig. Und manchmal gibt es keine Ladestationen, dann muss ich zu Fuß gehen, bis ich wieder eine finde.«

»Ich würde China gerne mal sehen«, antwortete ich schläfrig.

»Wir können auch Richtung China reisen. Aber wofür? Außerdem hast du mir Italien versprochen.«

Ich lächelte müde. »Ja. Wahrscheinlich ist Italien schöner. Und wärmer.«

»Warm ist es hier auch. Viel zu warm, wenn ich das mal sagen darf. Ich bin so froh, dass diese Bude eine Klimaanlage hat. In der Stadt hat jede noch so winzige, noch so gammelige Wohnung eine. Aber auf dem Land wird es schwieriger, ich bin durch zwei Dörfer gekommen, die keinen Strom mehr hatten.«

»Das habe ich auch erlebt. Ich bin ja schon froh, Deutschland hinter mir gelassen zu haben, wo man so miesen Empfang hat. Sogar Polen ist besser.«

Wir schwiegen eine Weile. Zumindest dachte ich das.

»Du schläfst ja schon«, sagte Sanghyun.

»W ... was?«

»Ich hab's genau gesehen.«

»Entschuldigung«, murmelte ich.

»Wofür? Du siehst ziemlich süß aus, wenn du schläfst. Schlaf ruhig. Ich bleib noch ein bisschen, schau dir dabei zu und ...«

Den Rest des Satzes hörte ich nicht mehr.

Kapitel 10 #horsesofinstagram

Mein nächster Morgen war eigentlich gut, bis mir einfiel, dass mein dämliches Motorrad nutzlos im Hof stand und selbst, wenn es sich heimlich über Nacht erholt hätte, war der Schlüssel immer noch abgebrochen. Dieses verdammte Ding raubte mir echt den letzten Nerv.

Ich ließ Tobi und Katze mit Futter und Wasser in der Wohnung zurück und machte mich auf die Suche nach einer Alternative. Ich lief durch die leeren Straßen, mit einem Fahrradlenker bewaffnet, den ich aus einer Werkstatt mitgenommen hatte. Scheinbar war das Geschäft aufgegeben worden. Es gab nur ein paar Zementsäcke, einen Betonmischer und besagten Fahrradlenker, dabei hatte ich wirklich auf die Werkstatt gehofft.

Nach einer Weile fand ich in einer heruntergekommenen Seitenstraße ein kleines Motorrad mit drei Rädern, das eigentlich ganz lustig aussah und auch recht schmal war. Aber es gab keinen Schlüssel und damit fiel es aus der engeren Auswahl raus.

In der Ferne bellten und jaulten die Hunde, jedoch zeigten sie sich nicht.

Schließlich verließ ich den städtischen Kern und erreichte einen Hof. Der Geruch nach totem Tier war übermächtig. Bestimmt war Vieh in den Ställen gefangen gewesen und elendig darin verhungert. Eigentlich wollte ich nicht näher herangehen, aber ein Geräusch erregte meine Aufmerksamkeit. Es kam von rechts. Falls noch ein Tier lebte, wollte ich es nicht hilflos zurücklassen. Immerhin waren nicht alle

Hunde wild und aggressiv und vor domestizierten Tieren fürchtete ich mich nur bedingt.

Ich steuerte den Stall neben dem Silo an und der Gestank von Verwesung schlug mir ins Gesicht. Aber ich hörte es wieder. Es klang wie ein Rumpeln. Irgendetwas oder irgendwer war dort drin.

Ich hob meinen Fahrradlenker, zog mir mein T-Shirt über die Nase und versuchte, nur durch den Mund zu atmen. Dennoch musste ich mehrfach würgen.

Scheinbar handelte es sich um einen Stall. In den Boxen lagen Pferde in verschiedenen Verwesungsstadien. Die Fliegen summten über sie hinweg, bei den meisten war das Fell kaum noch sichtbar. Zum Glück waren die Fenster im Gebälk der Stallung geöffnet.

Was für ein fürchterlicher Ort. Ich wusste selbst nicht recht, warum ich mich durch die lange Boxengasse wagte, aber am Ende sah ich wieder Licht. Und dahinter sattes Grün. Scheinbar mündete der Stall an einer großen Weide.

Als ich endlich nach draußen trat, machte ich einige Schritte auf den weißen Zaun zu, bis ich schließlich tief durchatmete. Was für ein widerlicher Gestank. Ich würde meine Klamotten wegwerfen müssen. Bestimmt roch alles danach.

Ein Pferd. Ein lebendiges Pferd stand rechts von mir an einem Eisentor und schlug mit dem Huf dagegen. Ansonsten sah es völlig normal aus. Na, kein Wunder. Die Weide war groß und ich erkannte einen Tränkenwagen in der Ferne. Wenn der gut gefüllt war, würde es dem Tier nicht unbedingt schlecht ergangen sein. Außer, dass es seine Artgenossen vermisste.

Ich vermutete, dass es sich um einen Haflinger handelte. Er war ein kleines Pferd, sodass ich über seinen Rücken hätte hinwegschauen können.

»Hey«, rief ich ihm zu.

Er wieherte ohrenbetäubend und kam sofort zu mir gerannt. Vermutlich hatte er seit Ewigkeiten keinen Menschen mehr gesehen, war aber daran gewöhnt, dass man ihm sein Futter brachte.

Na, wenigstens freilassen konnte ich ihn. Ich ließ also meinen Lenker sinken und ging zum Tor. Der Haflinger lief artig hinter dem Zaun neben mir her und wartete, bis ich das schwere Eisentor aufgeschoben hatte.

»Na, dann ab mit dir«, sagte ich und klopfte ihm den Hals.

Aber das Pferd lief nicht davon. Es stand ziemlich erwartungsvoll vor mir und schnüffelte an meinem Ärmel.

»Ich hab leider nichts zu fressen, du kannst dir selbst was suchen. Das ist besser als alles, was deine Kumpels hatten.«

Der Haflinger wollte mich nicht verstehen, also wedelte ich mit meinem Fahrradlenker herum. Das brachte ihn dazu, kurz ein paar Schritte anzutraben, bevor er sich erneut herumdrehte und mich wieder musterte.

Nun gut, dann eben anders. Dieses Mal ging ich um das Stallgebäude herum, doch als ich mich umsah, erblickte ich das Pferd, das ebenfalls starr vor der Stalltür stehengeblieben war und unwillig auf der Stelle tänzelte, bis es sich schließlich für denselben Weg entschied wie ich.

Aber nicht wie ein Pferd, das sich unwohl fühlte oder wild und verängstigt war. Nein, es trottete einfach hinter mir her. Ich blieb stehen. Pferd blieb stehen. Ich ging weiter, Pferd ging weiter.

Ich wedelte es mit den Händen weg – es guckte mich nur an.

»Bist du schon so verweichlicht, dass du lieber bei einem Menschen bleibst? Bestimmt sind noch Artgenossen da draußen, sind ja nicht alle eingesperrt. Und über die Zäune kommen manche auch.«

Das kannte ich von meinen Reitstunden früher. In Margarets und meinem Reitstall hatte es ein Pferd gegeben, das ständig über die Zäune sprang. Unsere Aufgabe war es, Kamiro wieder einzufangen, was wir mit Hingabe taten. Wir stritten uns immer, wer ihn auf dem Rückweg führen durfte.

»Was ist denn?«, fragte ich das Pferd. »Willst du nicht?«

Der Haflinger schaute mich nur mit seinen dunklen Augen an. Gefühlt war er nicht der Cleverste. Eher so ein Kinderpony. Ganz lieb und nett. Nicht wie die Sportpferde, die Margaret und ich reiten mussten, mein Vater hatte darauf bestanden, dass wir nur das Beste vom Besten bekamen und so ein schnödes Kinderpony? Nein. Dabei liebte Margaret ihren Ribot, der eben genau das war. Mein Vater beschwerte sich jedoch bei der Reitlehrerin, dass seine Töchter nicht die grässlichen Ponys reiten sollten, das strahlte nichts aus. Und weil Margaret und mir dieser Leistungsdrill nicht gefallen hatte, der in der Reitschule herrschte, waren wir nicht mehr gerne hingegangen. Die Pferde mochten wir dafür umso mehr. Dann kam das Badminton und wir wurden im Reitclub abgemeldet.

»Na, schön, ich gucke mal, ob ich was zu Fressen für dich finde.«

Ich verplemperte meine Zeit, so viel war klar. Und ich war einfach zu tierlieb, um das Pony stehenzulassen.

Also lief ich schnurstracks auf ein anderes Gebäude zu, das sich als Büro entpuppte. Allerhand Zettel hingen an der Wand, die ich natürlich nicht lesen konnte, weil sie auf Polnisch waren. Es gab zig Schleifen, wie man sie auf Turnieren gewinnt, auch Kinderzeichnungen und Pferdefotos. Und einen Plan, vielleicht einen Futterplan, davon konnte ich ein paar Namen lesen. Einer war Merowinger.

In dem Büro gab es zwei Fenster. Eins zeigte einen anderen Teil des Hofs, das nächste eine Reithalle. Ich trat zurück. Begutachtete die Zettel und erkannte, dass es sich um eine Reitschule handeln musste. Es gab sogar eine Pinnwand mit den Pferden. Lucy, unaussprechlicher, polnischer Name, Fire, noch so ein unaussprechlicher Name, Rebekka, Azrael und Merowinger. Das musste der Haflinger sein, der vor der Bürotür stand und interessiert hereinschaute.

Offenbar waren das die Reitpferde für die Kinder. Futter gab es hier allerdings keins, sodass ich die andere Tür rechts wählte. Ich erblickte eine große Tonne, die bei genauerer Betrachtung leer war. Ein paar verschlossene Eimer gab es noch und eine leere Futterkarre, wie wir sie auch in unserem alten Stall gehabt hatten.

Ich griff einen der Eimer und öffnete ihn. Immerhin – Futter. Es war zwar nur Hafer ohne alles, doch wenn der Haflinger Hunger hatte, spielte das vermutlich keine Rolle. Ich sah vorsichtshalber in die anderen Eimer, einige enthielten verschimmeltes Obst oder grüne Pampe, die ich nicht identifizieren konnte. Also füllte ich einen Teil des Eimers in eine Schüssel und ging zurück ins Büro, wo Merowinger, der Haflinger, immer noch lauerte.

Er wieherte erfreut, als er den Hafer roch und drängelte ungeduldig auf mich zu, als ich die Schale abstellte.

Laut schmatzend verschlang er die ganze Portion und brummelte anschließend zufrieden, bevor er sich von mir abwandte und begann, aus einer Pfütze im Hof zu trinken.

Ich beobachtete ihn eine Weile, bis mir eine Idee kam. Bestimmt fand ich hier einen Sattel für ihn.

Was für saudämliche Ideen ich manchmal hatte. Jetzt tat mir der Hintern weh, Katze drehte mir den Hintern zu und Tobi ... na ja, der wackelte eben mit dem Hintern. Wenigstens einer war glücklich. Als ich in dem Kuhkaff mit drei Häusern und einer Tankstelle Rast machte, war mir klar, dass es ein schlechter Abend werden würde.

Ich musste Merowinger in einem Vorgarten parken, verzichtete aber darauf, ihn anzubinden. Ich nahm ihm Sattel und Trense ab und falls er den Zaun überwinden sollte, dann war das halt so. Nach einem Tag war ich mir nicht sicher, ob ich mir mit ihm Arbeit und Weg ersparte.

Merowinger war ein langsames Tier, das kein Problem damit hatte, meine Taschen zu tragen, die ich vom Motorrad ans Pferd schnallte. Das war es nicht. Aber er war störrisch, verfressen und mein Hintern tat mir sehr bald sehr weh. Außerdem konnte Tobi zwar hinterherlaufen (oder vorneweg), doch Katze konnte es nicht. Also hielt ich sie im Arm, während wir uns langsam vorwärtsbewegten. Katze hatte überhaupt keine Lust darauf, versuchte mehrfach zu entkommen und kratzte mich genauso oft …

Dreckig, verschwitzt und desillusioniert stolperte ich in ein ärmliches Haus, das ich nur gewählt hatte, weil es Gras für Merowinger gab. So hatte ich mir ungefähr Häuser in der Nachkriegszeit vorgestellt und als ich eintrat, erkannte ich meinen fatalen Fehler gleich. Kein Strom. Also hielt ich mich von der Küche fern, steuerte das Bad an, um mir wenigstens etwas zu trinken zu gönnen und den Tieren den Napf vollzumachen. Kaltes Wasser, statt warmer Dusche, Dosenravioli kalt und Leitungswasser, statt irgendeines Getränks. Ich wollte nicht in die Küche gehen, um nachzusehen, ob noch verschlossene Flaschen da waren. Den Gestank hätte ich in diesem Moment nicht ausgehalten.

Ich war vollkommen ausgelaugt und zweifelte an so ziemlich allem, daher stellte ich Tobi und Katze nur Wasser und Futter hin, bevor ich die Raviolidose öffnete. Aber ich kam gar nicht dazu, sie zu essen, ich schlief direkt ein.

Das Telefon weckte mich. Sanghyun.

»Wo bist du?«, fragte er. Ich konnte die Besorgnis in seiner Stimme hören.

»Keine Ahnung. Irgendwo in Polen. Mein fahrbarer Untersatz ist sehr langsam. Ich muss eingeschlafen sein, entschuldige. Hier gibt es keinen Strom und …«

»Was für ein fahrbarer Untersatz?«, unterbrach er mich.

»Ein Pony.«

»Nicht dein Ernst.«

»Doch. Er ist faul, langsam, aber er trägt mein Zeugs. Das ist besser, als das Gepäck zu Fuß zu schleppen. Vielleicht finde ich ein neues Motorrad, wo alles reinpasst, bis dahin muss ich wohl ihn nehmen. Also, wenn mir nicht vorher der Hintern abfällt.«

»Und das klappt mit deinen anderen Tieren?«, wollte er wissen.

»Zumindest mit Tobi, der findet das Pony sehr lustig. Katze hasst reiten.«

»Kannst du sie nicht nebenherlaufen lassen?«

»Wahrscheinlich ist sie dann weg.«

Sanghyun seufzte. »Katzen sind kompliziert. Ich will dir nicht sagen, wie du das lösen sollst, das musst du selbst wissen.«

Ohne Katze und auch ohne Tobi wäre ich vermutlich schneller dran. Wie sollte ich dann jedoch die Einsamkeit ertragen? Oder den Fakt, dass ich damit das Letzte verloren hatte, was ich von Zuhause besaß, wenn man mal von ein paar Kleidungsstücken absah. Und das wollte ich nicht. Ich konnte nicht mal den Grund benennen. Wahrscheinlich, weil ich immer alles in meinem Leben so machen wollte, dass es meinem Vater missfallen hätte. Und Katze wäre ihm ein Dorn im Auge gewesen. Umso mehr mochte ich sie. Ich mochte alles, was mein Vater nicht leiden konnte. Darin waren meine Schwester und ich uns sehr ähnlich. Deswegen war Margaret nach Indien gegangen – und ich hatte mein Studium geschmissen.

»Die Wege sind mittlerweile freier«, wechselte ich das Thema. »Mit Pony sowieso, der ist intelligent genug, Hindernissen aus dem Weg zu gehen.«

»Ich hoffe, du fällst nicht runter.«

»Nur, wenn mir der Hintern irgendwann so wehtut, dass ich nicht mehr sitzen kann. Ich hatte vergessen, wie anstrengend reiten ist.«

»Kannst du reiten?«

»Sonst hätte ich sicherlich kein Pony gewählt. Viel zu gefährlich. Wenn es will, kann es dich töten. Oder du kannst aus eigener Dummheit oder Unwissen unter seine Hufe geraten und sterben. Ich kann niemandem empfehlen, das nachzumachen, aber um eine Vorbildfunktion muss ich mir wohl kaum Gedanken machen, es guckt ja niemand zu.«

»Doch, ich. Zeig mal dein Pony.«

»Siehst du, so sehr habe ich mir dieses ewige Fotografieren schon abgewöhnt. Ich hab nicht mal ein Foto gemacht.«

»Dann mach mir morgen eins.« Ich hörte Sanghyun lachen. »Ein Pferd ... ich glaub's nicht.«

»Er ist sehr lieb. Wenn du auch lieb bist, lasse ich dich mal reiten.«

»Klar.«

Katze sprang neben mir aufs Sofa und begann sich an meinem Arm zu reiben und zu schnurren. Dankbar streichelte ich ihr mit der anderen Hand übers Fell und drückte sie an mich. Wenigstens war sie nicht mehr sauer über den unfreiwilligen Ritt. Am liebsten hätte ich sie einfach in ihre Kiste gesteckt und wäre weitergeritten. Egal wohin. Aber das war Tierquälerei. Merowinger schaukelte wie ein Schiff, wenn er durch die Landschaft trottete und sich hierhin und dorthin drehte.

Mir war klar, dass es darauf hinauslaufen würde: Geh mit oder suche dir ein anderes Leben.

»Was ist? Du bist so still«, sagte Sanghyun.

»Harter Tag«, murmelte ich.

Das ging ihn nichts an und die Entscheidung wollte ich nicht bei ihm abladen. Was er wohl über meine bescheuerte Angewohnheit, Tiere zu sammeln, dachte? Nachher hielt er mich für eine verrückte Tiermessie-Tante, die alles rettete, was bei drei nicht auf dem Baum war. Ich war ein bisschen übertierlieb. Okay. Aber keine verrückte Veganerin, die niemals ein tierisches Produkt angefasst hätte. Ich hatte eh nicht die Wahl, was es zu essen gab. Das, was haltbar war, das, was nicht verdorben war – meine neuen Kriterien für Nahrung.

Katze hatte ich eben schon lange. Und wollte mich nicht von ihr trennen. Tobi ... nun, den hatte ich nicht so lang und wollte ihn trotzdem nicht verlieren.

»Wollen wir Schluss machen für heute und morgen Abend wieder sprechen?«, fragte Sanghyun.

»Ja. Sorry, es liegt nicht an dir. Ich bin gerade mit den Gedanken sonst wo und fühle mich echt miserabel.«

»Wenn du möchtest, kannst du mit mir darüber reden. Ist nicht so, als würdest du einen besseren Zuhörer finden«, scherzte Sanghyun.

»Tobi hört auch sehr gut zu. Er gibt nur nicht sonderlich kluge Ratschläge«, ärgerte ich ihn.

»Schlaf gut, Ariadne.«

»Du auch. Tut mir leid ...«

»Muss es nicht. Jeder hat mal keine Worte, jeder ist manchmal zu müde zum Sprechen.«

»Danke«, flüsterte ich.

»Bis morgen.«

Ich legte mich wieder hin, doch meine Augen waren im Zwielicht auf Katze gerichtet, die sich vor mir zusammengerollt hatte und selig schlummerte.

Als ich am nächsten Morgen aus dem verfallenen Häuschen trat, war ich zumindest etwas optimistischer. Katze hatte ihren Napf leergefressen und lief mir schon im Haus interessiert hinterher. In der Nacht war mir der Gedanke gekommen, Leckerlies in Merowingers Satteltaschen zu stopfen. Solange sie ihn nicht ansprang, war das sicher in Ordnung. Allerdings glaubte ich nicht, dass dieses Pony irgendetwas erschreckte. Dafür war er viel zu faul.

Tobi sprang kläffend um mich herum, als ich die Tür öffnete, wartete aber, bis Katze zuerst nach draußen ging, denn die schlug ihm sonst mit den Tatzen auf den Hintern und Tobi erschreckte sich jedes Mal.

Merowinger war noch da. Immerhin etwas. Er stand neben seinem leeren Wassereimer, den ich mit der Gießkanne füllte, und schaute mich fröhlich an. Offensichtlich hatte er sehr gut geschlafen und störte sich nicht daran, dass ich stundenlang auf ihm geritten war. Dabei hatten Margaret und ich im Reitclub gelernt, dass ein untrainiertes Pferd auch Muskelkater bekommt. Aber wie man genau ein Pferd trainierte, damit es Kondition und Muskeln aufbaute, wäre Stoff für fortgeschrittene Stunden gewesen.

Bei der nahenden Apokalypse hatten wie eh keine Zeit dafür.

Während ich sattelte, behielt ich Katze im Auge. Sie stromerte hierhin und dorthin und ließ sich schließlich neben einem Grasbüschel nieder, wo sie die Augen schloss. Katze müsste man sein. Dann schlief man zwanzig Stunden und der Tag war gelaufen.

Ich lud die Taschen wieder auf Merowinger und wartete einige Sekunden. Die Sonne war bereits aufgegangen und ein heißer Tag kündigte sich an. Die Luftfeuchtigkeit war enorm hoch, ich fühlte mich jetzt schon klebrig und verschwitzt.

Tobi sprang aufgeregt um mich herum. Er freute sich auf den nächsten Ritt und den damit verbundenen Spaziergang. Ich konnte schlecht schätzen, wie alt er war, aufgrund seiner Energie gehörte er wohl nicht zum alten Eisen. Wie alt Katze wirklich war, vermochte ich ebenfalls nicht zu sagen, sie war ja eines Tages einfach in meine Wohnung geschneit. Wie Katzen das halt zu tun pflegten.

Ich öffnete eine Box mit Leckerlies, was Katze dazu brachte, den Kopf zu heben und die Augen zu öffnen.

»Meinst du, du kannst mit uns laufen?«, fragte ich sie.

Ein Gähnen war die Antwort.

Ich öffnete das Gartentor und stieg auf Merowinger. Ein Pfiff und Tobi stand Beifuß. Katze tat überhaupt nichts.

»Komm, Mäuschen«, flehte ich sie an. »Ich kann dich nicht wieder tragen. Ich weiß, dass du das nicht willst.«

Ich ließ Merowinger ein paar Schritte gehen, bis ich wieder auf der Straße stand, die unerklärlicherweise voller Handtücher war. Vielleicht hatte jemand die Wäsche zum Trocknen draußen gehabt und die hatte sich durch den Ort verteilt.

Ich ließ ein paar Leckerlies zu Boden fallen. Katze hob erneut den Kopf.

»Bitte, bitte«, jammerte ich. »Sei keine störrische Katze, geh einfach mit. Ich will dich nicht zurücklassen.«

Katze schaute mich an. Sie hatte immer schon die Angewohnheit gehabt, mir in die Augen zu sehen, obwohl man immer sagte, dass Tiere direkten Blickkontakt nicht mochten. Ganz langsam erhob sie sich und schlenderte zu den Leckerlies. Streckte sich auf dem Weg noch einmal, und kauerte sich dann hin, um einige Brocken zu fressen.

Ich wartete, bis sie fertig war. Tobi traute sich nicht heran, er hatte mehrfach eine Tatze auf die Nase bekommen und ließ Katzes Futter seitdem unberührt.

»Fertig?«, fragte ich sie, als sie über den leeren Beton schleckte. Fordernd sah sie mich an und stieß ein Miau aus.

»Du musst mitkommen, wenn du mehr willst.«

Vorsichtig lenkte ich Merowinger an einem liegenden Fahrrad vorbei und ritt los. Drehte mich um. Katze und Tobi standen ratlos nebeneinander. Tobi setzte sich als Erster in Bewegung. Katze blieb.

»Bitte«, murmelte ich.

Und schließlich, ganz langsam, stellte Katze den Schwanz auf und schritt hoheitsvoll hinter uns her. So hoheitsvoll, wie es nur eine Katze konnte. Ich atmete tief durch.

Kapitel 11: #fuckthis

Drei Tage ritt ich durch Bauerndörfer irgendwo in der Pampa. Ich machte mir nicht die Mühe, die Namen zu lernen, weil ich sowieso nie wieder zurückkehren würde, und außerdem waren sie so verdammt kompliziert, dass ich sie mir nie merken würde.

Irgendwann kam ich in eine komplett ländliche Gegend. War ich falsch abgebogen? Doch mein Navi zeigte zuverlässig gen Nordosten, also folgte ich. Es war immerhin früher Nachmittag und so schnell ging die Sonne nicht unter. Aber ich hatte schon gemerkt, wie nervös ich wurde, wenn die Spuren von Zivilisation fehlten. Plötzlich begann ich, mich umzusehen, als ob jemand hinter mir her wäre, und horchte auf jedes noch so kleine Geräusch. Irgendwie hatte ich angenommen, dass es keine Wildnis mehr auf dieser Welt gab, wenn man von der Sahara, dem Himalaya oder dem Nordpol absah. Das hier war Polen. Ein EU-Land. Nicht irgendein obskurer Staat in Afrika.

Außerdem gab es einen Wanderweg, der scheinbar von Menschen genutzt wurde, denn hin und wieder fand ich ein Kinderfahrrad, einen Tretroller und ein Bobbycar. Vielleicht ein beliebtes Familienausflugsziel.

Die Luft war frisch und feucht, wie seit Tagen schon, immerhin waren wir unter den Bäumen geschützt vor der brennenden Sonne, die uns ebenfalls seit Tagen heimsuchte. Hoffentlich wurde es bald etwas kühler. Außerdem hatten die Tiere bestimmt Durst. Merowinger war derjenige, der sich am wenigsten beschwerte. Katze sagte keinen Pieps, allerdings wusste ich, dass Katzen viel Wasser durch ihre Nahrung aufnahmen. Tobi hingegen hechelte dramatisch, jammerte jaulend, wenn ihm der Weg zu beschwerlich wurde und so trug ich hin und wieder den Dackel statt der Katze auf dem Pferd spazieren.

Katze verschwand manchmal im Gebüsch. Beim ersten Mal war ich noch abgestiegen und hatte sie gesucht, aber irgendwann schlich sie sich lautlos wieder heran, hatte ihren Schwanz aufgestellt mit diesem kleinen Kringel, den sie immer machte, und lief artig ihren Leckerlies hinterher, die ich ihr bei jeder Rast gab.

Wir vier bildeten ein merkwürdiges Gespann, das sich durch den dichten Wald bewegte. Manchmal sah ich Rehe oder Eichhörnchen, Vögel und allerhand anderes Getier. Tobis heiß geliebte Kaninchen zum Beispiel.

Irgendwann sank die Sonne. Es wurde wirklich dunkel in dem verdammten Wald, ohne dass ich eine Möglichkeit sah, von meinem gewählten Weg abzubiegen. Ja, sicher, ich konnte durch den Wald reiten. Aber mittlerweile verlor ich ständig das GPS-Signal. Wenn ich hier verloren ging, war ich wirklich verloren. Sanghyun würde mich hier nie finden, ganz egal, wie lang ich mit meinen Vorräten durchhielt.

Mücken umtanzten mich und zerstachen meine Arme. Ich musste an die *Herr der Ringe*-Bücher denken und den Fangorn Wald. Ungefähr so mussten sich die Hobbits gefühlt haben. Erst nur ein Wald. Und mit einem Mal war es ein bedrohlicher Wald. Ich war mit Sicherheit keine schreckhafte Person, schon gar nicht eine, die sich vor der Dunkelheit fürchtete – aber mir war wirklich unheimlich.

Und die Mücken zermürbten mich zusätzlich. Wenn ich nicht bald Rast machte, dann würde ich mich verirren, denn mir blieben nur mein Handylicht und die Taschenlampe in der Satteltasche. Sowie die Sterne über mir, die nur sporadisch zu sehen waren. Der Mond ließ sich ebenfalls nicht blicken. Was für eine finstere Nacht.

Merowinger hob den Kopf. Ich lauschte. Wenn sogar das faule Pony alarmiert war, um wie viel mehr sollte ich es dann sein?

»Hierher«, zischte ich Tobi zu, den ich am Rand des Unterholzes erspähte – wahrscheinlich auf Kaninchenjagd. Katze? Nicht zu sehen.

Ich hielt Merowinger an und horchte in die Finsternis. Nichts. Aber er schien etwas zu hören. Oder zu wittern, denn er drängelte nun recht energisch nach links. Der Haflinger begann, an den Zügeln zu zerren, und ich ließ ihm seinen Willen, als ich mit einem Mal ein Heulen hörte. Wölfe. Fuck! Ich wusste, dass es in manchen Teilen von Deutschland Wölfe gab, und in Polen waren sie nach wie vor heimisch. Aber ich hatte diese Information einfach verdrängt. Dabei war ständig im Fernsehen die Rede davon, dass der Wolf auch an der Grenze zu Frankreich stand. Es gab hitzige Debatten darüber, ob man Wölfen den Zutritt erlauben sollte oder ob man sie abschießen musste.

Mir war das gerade herzlich egal. Hauptsache, sie kümmerten sich nicht um mich. Im Wald wimmelte es bestimmt vor Wild. Da mussten sie sich nicht mich aussuchen.

Merowinger wurde ein wenig schneller, achtete jedoch auf seinen Weg durchs Unterholz. Unterdessen verschwand auch das letzte bisschen Licht und ich hielt mein Handy in die Höhe, um eventuell reflektierende Wildtieraugen zu erkennen.

Als ich mich mit dem Handy umdrehte, erblickte ich zumindest Katze, die hinter Tobi herlief. Der war mit einem Mal ziemlich kleinlaut. Seine wilden Brüder hatten ihn eingeschüchtert.

Abrupt stoppte Merowinger und ich wäre beinahe von seinem Rücken gefallen. Er drehte ab und verfiel in einen raschen Trab. Mir blieb nichts anderes übrig, als mich an den Zügeln festzuklammern und zu beten, dass mich kein Ast vom Pferd fegte. Ich presste das Handy an meinen Körper und ließ mich hilflos von ihm davontragen.

Die Wölfe konnte ich nicht mehr hören, Merowinger machte Krach für zwei, als er durch den Wald jagte. Und wenn sein Instinkt ihm sagte »Lauf!«, dann sollte ich besser mitlaufen. Er wechselte in einen raschen Galopp und ich klammerte mich hilflos an den Riemen vorne am Sattel. Hinter mir schepperte es, darauf kläffte Tobi ängstlich schrill. Irgendetwas war aus meiner Satteltasche gefallen.

Abrupt stemmte der Haflinger die Füße in den Waldboden, ich wurde vorwärts aus dem Sattel geschleudert. Ich erlebte den Sturz wie in Zeitlupe, erwartete, gleich auf dem harten Boden der Tatsachen aufzuschlagen, doch ich gefror auf der Stelle, als ich ins Wasser eintauchte. Da war er – der verdammte See, den ich auf der Karte gesehen hatte. Ich war wie gelähmt und sank einfach abwärts, bis ich den steinigen Boden berührte, bevor sich mein Hirn wieder einschaltete.

Keuchend kam ich an die Oberfläche. Wieso war der verdammte See hier so tief? Schwer atmend versuchte ich, mich zu orientieren. Mein Handy hatte ich entweder im See verloren oder auf dem Waldboden – so oder so war sein Licht verschwunden.

Zum Glück flimmerte über dem See das Licht der Sterne und ich konnte schemenhaft Merowinger erkennen, der seinen Kopf zum Wasser geneigt hatte, um zu trinken.

Ich schwamm zum Ufer, stieß mir abermals an einem Stein das Knie und fluchte, als ich endlich wieder an Land kam und zitternd auf allen vieren dort kauerte. Verdammt, war das kalt! Mit diesem dämlichen See hatte ich überhaupt nicht gerechnet.

»Tobi?«, rief ich in die Dunkelheit hinein.

Ein Kläffen aus weiter Ferne.

Ich stand auf und taumelte auf Merowinger zu.

»Tobi, hierher! Katze! Leckerli!«

Merowinger soff in aller Seelenruhe, als wäre überhaupt nichts passiert. Klar hatte ich Wasser für Tobi und Katze – und auch für mich. Aber nicht genug, um Merowinger einen Eimer vollzumachen. Ich hatte sträflich vernachlässigt, dass das Pony Durst hatte, und nun bekam ich die Quittung. Ich war klatschnass, saß irgendwo in der Dunkelheit im Wald fest, und um mich herum heulten die Wölfe.

Ich tastete mich an die Satteltaschen heran, nahm sie Merowinger ab und warf sie prompt auf den Boden, meine Arme zitterten nach diesem Schreck so furchtbar, dass ich keine Ahnung hatte, ob mir jemals wieder warm werden würde.

Meine Pfanne hatte sich verabschiedet, mein Gaskocher auch sowie einige von den Dosen, die obenauf gelegen hatten. Vielleicht konnte ich die Sachen morgen früh suchen. Ich fand zum Glück ein paar Wechselklamotten, ein Handtuch und eine Decke, sodass ich mich aus meinen Klamotten schälen konnte.

Immer wieder stockte ich beim Ausziehen und lauschte. Kamen die Wölfe näher? Oder waren sie schon längst weitergezogen? Mir war nicht wohl, die Nacht draußen zu verbringen, aber wenn ich weiterging, würde ich mich rettungslos verlaufen.

Mit spitzen Fingern schälte ich mich aus der Jeans und den Socken und trocknete mich notdürftig mit dem kleinen Handtuch ab, das ich eigentlich für Tobi hatte, weil er sich gerne in Pfützen warf.

Ich besaß noch eine Jogginghose, Unterwäsche zum Wechseln, warme Socken und einen Pulli. Sehr sexy. Kein Ersatzpaar Schuhe. Hoffentlich waren die bis morgen trocken.

Es raschelte hinter mir, ich schrak fürchterlich zusammen, aber Merowinger regte sich nicht. Es waren Tobi und Katze, die uns endlich erreicht hatten. Ich ließ mich auf die Knie sinken, um sie beide zu begrüßen. Wenigstens war ihnen nichts passiert.

Künftig würde ich mich von solchen Gebieten fernhalten. Ach, was … fernhalten – einen großen Bogen würde ich darum machen. Keine Waldspaziergänge mehr für mich. Ich hatte genug von der Natur. Fick einer die Natur!

Ich mummelte mich in die Decke ein und zog eins der anderen Handys aus der Satteltasche, um Sanghyun Bescheid zu sagen, dass die letzte Nummer hinfällig war. Vermutlich war es kaputt – im besten Fall lag es irgendwo auf dem Waldboden, wo ich es sicher nicht mehr fand.

Das Handylicht war eine Erleichterung. Ich suchte mir einen halbwegs trockenen Schlafplatz auf dem Boden, stopfte das feuchte Handtuch unter mich und starrte auf mein Display, um zu sehen, wann Sanghyun meine Nachricht las. Tobi kam zu mir, während Katze in Richtung Wasser stapfte. Wahrscheinlich auch um einen Schluck trinken.

Alles in Ordnung?, schrieb Sanghyun zurück, als das Handy gerade mal einen Balken Empfang anzeigte.

Nein. Erzähle ich dir morgen. Stecke mitten in einem Wald und hatte gerade ein unfreiwilliges Bad im See.

Shit. Ich würde gerne was Aufbauendes sagen, aber ich bin in einem total unheimlichen Bauerndorf ohne Strom. Sieht aus wie aus einem Horrorfilm. Hier hängen so merkwürdige Figuren in den Bäumen.

Ein Bild folgte. Eine gruselige Reminiszenz an *Blair Witch* oder irgendetwas in der Art.

»Ich werde kein Auge zutun«, sagte ich laut. *Sag sofort Bescheid, wenn du wieder losfährst, ja?*

Mache ich.

Schlaf gut.

Ich kann nicht schlafen, wenn ich nicht weiß, dass du in Sicherheit bist,
schrieb er.

Geht mir leider genauso.

Sollen wir noch telefonieren?

Ja, bitte, erwiderte ich. *Deine Stimme zu hören, würde mir gerade echt helfen.*

Das hat mir auch noch keine Frau gesagt.

Gibt für alles ein erstes Mal.

Zwei Sekunden später vibrierte das Handy und ich nahm ab. »Danke, Sanghyun. Danke, dass du mich nicht allein lässt«, flüsterte ich.

»Ich bin da«, antwortete er. »Versprochen.«

Als ich am Morgen erwachte, hatte ich keine Ahnung, wo ich war, bis sich die Ereignisse von gestern Nacht in meinem Kopf wieder zusammensetzten. Verdammter See. Meine Schuhe waren feucht und klamm und steinhart, ich fand die Stelle nicht, an der ich meine Kochutensilien verloren hatte, also warf ich die Schuhe fort und ritt ohne durch das Geäst. Stunde um Stunde. Und als ich endlich eine Straße erreichte, hätte ich vor Freude fast geheult. Ich steuerte wahllos das nächste Kaff auf der Karte an, besann mich aber eines Besseren. Ich brauchte neue Vorräte und in irgendeinem Bauerndorf konnte ich keine neuen Klamotten, geschweige denn Strom erwarten. Für ein bisschen Koffein wäre ich gestorben.

Stara Kiszewa war die nächste Stadt, die nach etwas Größerem aussah, also änderte ich mein Ziel und ritt stillschweigend dorthin. Als ich es jedoch erreichte, machte sich Enttäuschung breit. Ein etwas größeres Dorf – zumindest ein paar Geschäfte. Ein Baumarkt – wie hilfreich. Na, wenigstens gab es da Campingkocher. Und eine neue Taschenlampe. Meine war nach der unfreiwilligen Nacht im Wald nicht mehr auffindbar gewesen. Außerdem hatten die immer Tierfutter, denn davon hatte ich auch einiges eingebüßt. Meine Tasche war nicht geschlossen gewesen, bevor Merowinger losgaloppiert war. Sehr dumm von mir, das durfte ich nie wieder vergessen. Aber so ein Motorrad hatte keinen eigenen Willen, daher hatte ich es nun auf die harte Tour gelernt.

Ich hielt vor dem Baumarkt an und entdeckte auf der gegenüberliegenden Seite einen Supermarkt. Sogar ein Klamottengeschäft gab es links davon, allerdings für Kinder. Na, hoffentlich hatten die auch was für sehr große Kinder, die sich in einer leeren Welt herumschlugen.

Ich stellte Tobi und Katze Futter hin, parkte Merowinger auf dem Grünstreifen vom Parkplatz und stiefelte zuerst in den Baumarkt, wo ich mich für nächtliches Camping ausstattete und anschließend in den Supermarkt, wo ich das Kühlregal erst links liegen ließ und stattdessen Tütensuppe aufstockte, dann aber etwas entdeckte, was mich innehalten ließ – eine offene Tür zum Mitarbeiteraufenthaltsraum. Und dort gab es einen Ofen!

Ich stürmte also zurück in den Laden und konnte mich gar nicht entscheiden. Ein bisschen Gemüse mit Soße? Ein schönes Schnitzel? Ja, sicher, Pressfleisch. Aber so eine Panade mit Zitrone ... okay, keine Zitrone – die bekam ich hier nirgends. Trotzdem, Schnitzel war großartig.

Danach flitzte ich zum Regal mit den Soßen und nahm die, die aussah, als wenn man sie mit zehn Litern H-Sahne am besten essen konnte. Wieder zurück: Kaffee.

Noch mal zurück: Ich rief sowohl Tobi als auch Katze herein, doch Katze lag im Eingang des Supermarkts, hielt die

Schiebetür vom Zugehen ab und sonnte sich. Typisch Katze. Tobi nahm den Supermarkt sofort in Beschlag, lief hierhin und dorthin und schnupperte überall. Eben typisch Hund.

Ich erwog kurz Sanghyun anzurufen, ließ es aber bleiben. Er war sicher mit seinem Roller unterwegs und dann hörte er sowieso nichts.

Das Gemüse stopfte ich in die Mikrowelle und stellte auf sieben Minuten zum Auftauen, um anschließend in den Kindermarkt zu hechten und mir ein paar Anziehsachen zu besorgen. Zum Glück gab es auch eine Elternecke. Nachdem ich zunächst versehentlich mit einer Umstandshose rausspazierte, lief wieder zurück zu meinem Gemüse, das mittlerweile aufgetaut war. Nur Schuhe hatte ich keine gefunden. Gab es hier nicht irgendwo ein verdammtes Schuhgeschäft?

Eine Pfanne gab es nicht, aber Töpfe, also schmiss ich das Schnitzel mit viel Margarine in den Topf, stellte einen zweiten auf, um die Sahne zu kochen und wartete. Tobi räumte unterdessen den halben Laden um. Ich hörte ihn herumwetzen, kläffen, springen und schmatzen. Zum Glück kam er an die verdorbenen Sachen in der Obsttheke nicht ran, nur die Fleischtheke ...

»Tobi, hierher!«, rief ich, damit er nichts Verdorbenes runterschlucken konnte. Obwohl ich mir sicher war, dass der kleine Müllschlucker alles vertrug.

Während das Schnitzel brutzelte und die Soße kochte, lief ich zurück in den Verkaufsraum und holte ihm eine Dose Hundefutter, die ich achtlos auf dem Boden verteilte.

Ich musste unbedingt einen Eimer für Merowinger besorgen, das würde ich beim Rausgehen erledigen. Es gab eine Ecke mit Haushaltswaren, die ich beim Reingehen schon erspäht hatte. Oder halt zurück in den Baumarkt.

Als das Schnitzel fertig war, legte ich es fein achtsam auf den Teller, Gemüse dazu und anschließend ertränkte ich es mit so viel Soße, dass jeder Sternekoch vor Schreck verstorben wäre. Aber ich liebte Schnitzel, seitdem Margaret und ich mal in Wien Urlaub gemacht hatten. Kultururlaub hatte mein Vater es genannt. Margaret und ich hatten lediglich gefressen und gefeiert. In Wien konnte man herrlich ausgehen. Also früher ... bevor die Welt spontan auf die Idee gekommen war, 99,99 Prozent der Menschheit aussterben zu lassen.

Tobi schleckte sein Hundefutter vom Boden und ich biss parallel dazu in mein Schnitzel. Schmeckte etwas seltsam – die Panade war nicht sehr lecker, aber die Soße tötete den laschen Geschmack ab und das Gemüse war halbwegs genießbar. Tiefkühlgemüse verlor schnell seinen Reiz, aber etwas anderes gab es nicht mehr.

»Wenn draußen nicht Apokalypse wäre, dann wär's ganz schön, oder?«, sagte ich zu Tobi.

Der hob nicht mal den Kopf. Stör mich nicht beim Fressen, Weib! Recht hatte er. Wer ließ sich schon gern beim Fressen stören? Ich nicht.

Abends bemerkte ich meinen fürchterlichen Fehler. Es fing harmlos an, als ich in eine kleinere Stadt kam. Mir wurde flau im Magen. Ich schob es auf die Wärme, denn tagsüber hatte die Sonne auf mich gebrannt und ich hatte abwechselnd Tobi und Katze getragen, deren arme Pfoten auf dem heißen Asphalt sicher gelitten hatten.

Ich ließ Merowinger mit einem Eimer Wasser vor der Tür und betrat einen hübschen Bungalow, der scheinbar von einem Designer eingerichtet worden war, denn da stand nur ein schlichtes, rechteckiges Sofa, das von ein paar hässlichen LEDs angestrahlt wurde. Zudem gab es eine Statue, ein Torso mit sehr viel Busen. Ich tätschelte die Möpse im Vorbeigehen und begab mich mit Katze und Tobi in die Küche, um sie zu füttern.

Obwohl es im Gebäude kühl war und es sogar eine Klimaanlage gab, die ich bei meinem Eintreten eingeschaltet hatte, war mir der Schweiß ausgebrochen und ich fühlte mich schwach. Hoffentlich wurde ich nicht krank.

Hunger hatte ich auch keinen. Ich nahm nur ein Glas Leitungswasser und wartete, bis der nächste Schwindelanfall vorbei war. Draußen ging die Sonne unter, es war nach zehn Uhr und mit einem Schlag düster.

Wenigstens gab es Strom und Licht, sodass ich diverse Powerbanks, Handys und ein Tablet anhängen konnte. Ich rief Sanghyun per Skype an und erschrak bei meinem Abbild. Ich war so bleich wie eine Leiche. Und ja, ich hatte schon eine gesehen – Ausflug in die Pathologie, mit der Oberstufe.

»Ariadne, was zum Teufel ist mit dir los?«

»Ich weiß nicht ...«, sagte ich erschrocken. Meine Stimme zitterte sogar. »Ich glaube, ich werde krank.«

»Du siehst überhaupt nicht gut aus. Hast du Medikamente?«

»Ja ... glaube schon.« Die hatte ich noch nie angerührt, sie lagen irgendwo in den Untiefen meiner Satteltaschen, falls ich sie nicht bei meinem Wolfsunfall verloren hatte.

»Vielleicht ein Sonnenstich?«, murmelte ich.

»Keine Ahnung. Das kann ich von hier nicht sagen. Geh sofort die Medikamente holen und nimm irgendetwas.«

Sanghyun sah ernstlich besorgt aus und seine Angst übertrug sich prompt auf mich. »Bitte guck nicht so. Vielleicht ist es eine blöde Grippe. Dann reite ich ein paar Tage nur kurze Strecken.«

»Du reitest nirgendwohin, wenn du krank bist«, mahnte Sanghyun. »Geh die Medikamente holen.«

Meine Knie fühlten sich wie zwei labbrige Nudeln an, als ich in den Flur taumelte, wo ich die Satteltaschen liegenlassen hatte. Mir wurde kurz schwarz vor Augen und dann brach mir wieder der kalte Schweiß aus. Fuck! Was nahm man da?

»Ariadne?«, hörte ich Sanghyuns Stimme aus dem Wohnzimmerküchen...studio, was auch immer das Untergeschoss sein sollte. Es bestand aus einem großen, ziemlich weißen Raum, mit Tisch, Sofa, Fernseher und einem weiteren Raum, der das Badezimmer darstellte. Offensichtlich gab es kein Bett, sondern nur das Sofa. Vielleicht war es zum Ausziehen.

Ich schleifte die Satteltasche hinter mir her. Bücken schmerzte grässlich und mein ganzer Körper wurde von einem Zittern ergriffen.

»Ich bin hier«, versuchte ich zu rufen, war mir aber nicht sicher, ob Sanghyun mich gehört hatte.

Bevor ich mich wieder auf das Sofa setzen konnte, um die Taschen zu durchwühlen, wurde mir heiß und kalt. Ich ließ den Griff der Tasche los, mein Magen stülpte sich regelrecht nach außen und ich übergab mich auf der Stelle. Laut und lang. Mein Körper krampfte sich zusammen, meine Augen tränten und ich hatte das Gefühl, keine Luft mehr zu bekommen.

Ich würgte und würgte, selbst als kein Mageninhalt mehr da war, kam mir noch Galle hoch.

Zwischen den Tränen sah ich den Wohnzimmertisch mit dem Tablet. Ich hatte mir auf die Hose gekotzt, auf die Socken, aber der Druck in meinem Magen hatte zumindest nachgelassen.

Dieses verdammte Schnitzel. Wahrscheinlich war die Kühlkette unterbrochen gewesen. Deswegen hatte es auch so muffig geschmeckt. Nur die verdammte Sahnesoße hatte es übertüncht. Ich war so dumm.

Taumelnd stolperte ich zum Tisch.

»Ich ...«, mir wurde schon wieder schlecht. »Ich mache das jetzt aus. Du musst mir echt nicht beim Kotzen zusehen.«

»Untersteh dich«, fauchte Sanghyun mich an, sodass ich regelrecht zusammenzuckte. »Du lässt diesen verdammten Videochat laufen. Wie soll ich denn sonst wissen, dass ...«

Ihm schien auch aufzugehen, dass es an meiner Situation nichts änderte. »Ich muss wissen, dass es dir gut geht. Bitte. Lass es an. Was macht das schon?«

»Ich will nicht, dass du mich so siehst«, stöhnte ich und klammerte mich an der Tischkante fest. Übelkeit überkam mich erneut.

»Bitte ... lass es an. Sonst drehe ich durch«, bat er. »Ich will wenigstens denken, dass ich dich irgendwie schützen kann.«

Ich spürte die Hitze erneut in meinen Kopf steigen. »Darf ich mir einen Lappen holen? Und mich umziehen? Tobi frisst alles, auch Kotze ...«

»Das ist ja ekelhaft«, erwiderte Sanghyun. »Wenigstens ist dein Humor wieder da.«

»Das war nicht witzig, mein Humor schwimmt gerade mit den Schnitzelresten über diesen piekfeinen Boden. Fuck ... lass die Finger vom Tiefkühlzeug, dir garantiert ja keiner, dass die blöde Kühlkette nicht irgendwann unterbrochen war. Du bekommst es nicht mit. Außer du isst den Scheiß. So wie ich.«

»Ich hab mich die letzten Tage von Trockenfleisch und Proteinriegeln ernährt, was zwar ziemlich dröge ist, aber scheinbar immer noch besser als das.«

Das stimmte, Sanghyuns Wangen waren nicht mehr so eingefallen wie bei unseren letzten Telefonaten. Jetzt war ich diejenige, die so richtig scheiße aussah.

»Dosenfleisch geht auch noch. Und dieses Mikrowellenessen. Gibt's das in China?«

Ich konnte Sanghyuns Antwort nicht hören, in meinen Ohren begann es zu rauschen. Würgend stolperte ich zurück zur Küchenzeile und traf diesmal das Waschbecken. Viel von meinem Mageninhalt war nicht mehr übrig.

Schwankend stellte ich den Wasserhahn an und spülte die stinkende Brühe weg. Sterne tanzten vor meinen Augen, während ich einen Lappen suchte, um die Sauerei im Wohnzimmer wegzumachen. Ich fand einen großen, dicken Mob hinter dem Kühlschrank, den ich hinüber zum Sofa schleppte. Als hätte mich das all meine Kraft gekostet, musste ich mich erst einmal hinsetzen.

»Tief durchatmen«, sagte Sanghyun, als ich in seinem Blickfeld war.

»Ich bin nicht schwanger, ich kotze nur.«

»Was soll ich denn sonst sagen?«, erwiderte er und fuhr sich durch die Haare. Das tat er häufiger, wenn er nervös war, das war mir bereits aufgefallen.

»Nichts. Das ist nämlich gerade wirklich erniedrigend.«

Ich stemmte mich wieder in die Höhe, schlich aus dem Bild und tunkte den Mob in die Kotzepfütze. Bei dem Anblick hätte ich mich am liebsten gleich wieder übergeben, aber mein Magen war leer genug, damit ich nicht zu würgen anfing. Scheiß Schnitzel. Nie wieder würde ich eins essen. Bäh.

Ich schleppte mich zurück in die Küche, holte Wasser und Spüli, bevor ich den Mob kraftlos schwang. Nicht sonderlich sauber, aber tobisicher.

Der war in der Küche zurückgeblieben, weil sein Napf noch nicht leer war. Katze saß auf dem Fensterbrett und sah nach draußen in die Dunkelheit.

Ich stolperte zurück ins Wohnzimmer, wo Sanghyun auf mich wartete. Auf dem Sofa rollte ich mich zusammen und warf mir eine Decke über. Mir war schlecht, mein Magen rebellierte und ich fühlte mich ernsthaft krank.

»Schlaf ein bisschen. Ich passe auf dich auf«, sagte er leise.

»Das kannst du gar nicht«, erwiderte ich.

»Ich versuche es aber.«

»Das ist süß von dir.«

»Man tut, was man kann. Ich dachte, Frauen stehen nicht auf süß. Mehr so auf die coolen Machos oder Bad Boys. Ist kein Vorurteil, nur meine Erfahrung. Ich sagte ja, andere waren immer spannender.«

»Das tun nur dumme Frauen. Manchmal ist süß genau richtig. Einer, der sich kümmert. Einer, der dich unterstützt. Ganz egal, ob du gerade den halben Boden vollgekotzt hast oder ein Tier-Messi bist.«

»Naja, du hast nicht viel Auswahl.« Er rang ein bisschen hilflos die Hände.

»Die Bad Boys habe ich ungefähr mit fünfzehn hinter mir gelassen. Vielleicht müssen die anderen Frauen noch ihre Teenagerzeit hinter sich lassen. So was funktioniert vielleicht in Romanen oder in kitschigen Filmen – aber ich bevorzuge ab sofort den süßen Typen, der dir beim Kotzen die Haare hält. Und wenn es nur virtuell ist.«

Sanghyun lachte. »Du redest im Delirium. Schlaf. Ich schaue nach dir.«

Tatsächlich brauchte er mir das nicht zweimal zu sagen. Nachdem ich einen Schluck Wasser getrunken hatte, schlief ich von selbst ein.

Kapitel 12: #backontrack

Geschlagene fünf Tage brauchte ich, um meine Kräfte wiederzuerlangen. Oder zumindest soweit wiederhergestellt zu sein, dass ich reiten konnte. Ich wurde immer noch von heftigen Schüttelfrostattacken geplagt, aber die Medikamente in meiner Satteltasche hielten das Ärgste von mir fern. Nur der Appetit war mir absolut vergangen. Ich zwang mir morgens ein Müsli mit H-Milch rein (Gott sei Dank überlebte die sogar einen Atomschlag und war gefühlt dreihundert Jahre haltbar), doch über Tag wollte ich nichts essen.

Als ich endlich weiterritt, war das Wetter umgeschlagen und der Regen prasselte unaufhörlich auf mich nieder. Das hier war kein schöner Herbst mit Sonnenschein, sondern ein kaltes, scheußliches Monstrum.

Der Regen ließ mich nicht unbedingt große Sprünge machen, denn sowohl Tobi als auch Katze weigerten sich schlichtweg, während der Sintflut weite Wege mit mir zu laufen. Nur der Haflinger war unerschütterlich.

Irgendwann trieb ich einen Korb für Fahrräder auf, als ich an einer großen Fahrradwerkstatt vorbeikam und bastelte daraus einen Transportkorb für meine Sachen und die Tiere – in Kombination mit den Satteltaschen. Es dauerte ungefähr zwei Tage, dann hatte das Pony wunde Stellen, dort, wo der Korb aufgelegen hatte.

Fluchend musste ich die nächsten Tage nebenherlaufen, aber danach war ich wieder halbwegs fit und nicht mehr so kurzatmig. Das hatte mich am meisten fertiggemacht. So eine Lebensmittelvergiftung war nicht sonderlich toll für den Körper, wie ich aus dem Internet erfuhr. Ja, ich hatte meine Symptome gegoogelt. Und neben Aids, Krebs und Zylinderkopfdichtung, hatte ich außerdem eine Lebensmittelvergiftung diagnostiziert bekommen. Ziemlich passend und anschaulich bebildert und erklärt.

Ich polsterte den Transportkorb in einer nächtlichen Aktion neu ab, beschmierte die wunden Stellen des Tiers mit Heilsalbe, so wie ich es schon zuvor gemacht hatte und hoffte.

Doch am nächsten Tag war immer noch trostloses Wetter angesagt und ich verschob meine Abreise erneut. Fuck ... Sanghyun würde weit vor mir Jekaterinburg erreichen. Und dort auf mich warten müssen. Weil ich trödelte und mich nicht von meinen Tieren trennen wollte. Verurteilte er mich dafür? Ich wusste es nicht. War das klug von mir? Bestimmt nicht. Immerhin ging es hier um den letzten Menschen auf der Welt. Wollte man es global sehen: Um das Überleben der Menschheit, denn Sanghyun und ich waren immer noch Mann und Frau. Und ich war eine verrückte Katzenlady, die nicht schneller reiten wollte, weil ihre Katze sonst nicht nachkam. Und der Dackel ... und das Pony.

In der Zwischenzeit hatte Sanghyun bereits Xi'an erreicht, was für ihn mit über 1300 Kilometer zu Buche schlug. Natürlich, er hatte das bessere Gefährt vorzuweisen, reiste alleine und musste nur Gefahren aus dem Weg gehen. China war dicht genug besiedelt, vermutlich gab es dort keine Landstriche wie den Wald, in dem ich mich verlaufen hatte. Vielleicht tätigte ich auch dämliche Aussagen. Zumindest konnte die keiner hören und ich hätte sie niemals vor Sanghyun ausgesprochen.

Falls es ihn nervte oder störte, ließ er davon in unseren Gesprächen nie etwas durchklingen. Er fragte auch häufig: »Wie geht es allen?« Manchmal namentlich, manchmal: »Wie geht's den Viechern?«

Ich fand das unglaublich süß, aber ich wollte ihm das nicht noch mal sagen. Mir kam es vor, als höre er das nicht gern. Ähnlich wie ich. Vielleicht klang das für seinen Geschmack nicht männlich genug, ich fand daran nichts unmännlich.

Während ich also hoffte, am nächsten Tag weiterreiten zu können und daher einen Bauernhof bezogen hatte, saß Sanghyun in einer Großstadt, die zum Teil ohne Strom war.

Hier in Polen hatten die Wolken sich zum Abend hin verzogen. Ich lag draußen auf dem Hof und starrte hinauf in die Sterne. Das Tablet hatte ich neben mich gestellt und sah mit Bedauern, dass mein Akku bei 20 % stand.

Sanghyun saß irgendwo auf einem Dach, neben einem Pool. Offenbar war es bei ihm warm und die Poolpumpe lief auch noch, denn das Wasser war nicht voller Algen oder irgendwie eklig matschig.

»Wäre das was für unseren nächsten Urlaub?«, meinte er.

»Klar. Ich steh auf eigene Pools«, meinte ich und drehte mich auf die Seite, um ihn anschauen zu können.

Die Sterne da oben sah ich noch oft genug. Bei Sanghyun konnte ich mir nicht sicher sein, ob es nicht das letzte Mal war.

»Okay, wo wollen wir Urlaub machen?«

»Na, in Italien. Hast du gesagt.«

»Stell dir vor, die Welt wäre normal. Wo würden wir dann Urlaub machen?«

»Erstmal nach Cannes. Ich war mit meinen Eltern dort und es ist wunderschön. Also Cannes – meine Eltern waren mehr so semi-toll. Aber wenn wir zusammen einen romantischen Urlaub verbringen wollten – dann müsste es schon die Karibik sein.«

»Karibik?«, erwiderte er verblüfft. »Du weißt doch, dass ich nicht viel verdiene.«

»Ich verdiene streng genommen gar nichts, weil ich meinen Kellner-Job geschmissen habe. Aber wir sind gerade in einem Traum, Blödmann, da haben wir Geld.«

»Warum hast du aufgehört?«

»Weil mir nichts gefällt«, murmelte ich. »Ich weiß nicht, was ich will. Das Einzige, was ich immer wollte, war anders zu sein, als mein Vater es sich ausgemalt hat. Das war immer mein Ziel. Zuletzt fand ich alles beengend und blöd. Als wäre mir meine eigene Revolution langweilig geworden. Deswegen habe ich gekündigt. Das Designstudium habe ich schon vorher geschmissen. Genau genommen bin ich damit ein Nichts.«

»Unsinn, das bist du nicht.«

»Doch. Weil ich nicht weiß, was ich vom Leben will. Jetzt weiß ich es. Ich will nicht allein sein. Ich will bei dir sein. Wenn man plötzlich alles andere, was einen ablenkt, verliert, dann wirkt es so einfach. Wenn jemand mich bei einem Jobinterview fragen würde: Wo sehen Sie sich in zehn Jahren, würde ich antworten: Bei Sanghyun.«

Er lächelte. »Und wenn alles wieder normal wird?«

»Dann würde ich trotzdem bei dir sein wollen. Und mein Leben umkrempeln. Ich wollte mich nie an etwas binden, immer nur das tun, was mir gefällt. Aber so funktioniert das nicht. Mein erster Bruch kam schon mit Katze. Ich hatte plötzlich Verantwortung für sie. Keine Wochenendtrips mehr ohne Absprachen. Aber wenn einem etwas wichtig ist, dann begreift man auch, dass man dafür arbeiten muss. Dass man dafür vielleicht auch leiden muss. Und Kompromisse in seinem eigenen Leben eingehen. Klingt wie eine blöde Lebensweisheit auf einem Kalender, oder?«

»Nein«, entgegnete Sanghyun. »Eigentlich hört sich das sehr richtig an. Ich würde gerne neu anfangen. Aber nur mit dir.« Ich strich mir über die Stirn und schaute Sanghyun einfach nur an, der nun das Thema wechselte: »Okay. Wenn wir Geld haben, ist das natürlich was anderes. Nach dem Strandurlaub musst du mit mir in die Berge.«

»In die Berge?«

»Ja. Ich steh voll auf Bergsteigen.«

»Ich habe keine Ahnung davon.«

»Dann machen wir einen Kurs. Ich habe nämlich auch keine Ahnung davon. Aber ich finde das total faszinierend. Wie man seine eigene Angst und seine Müdigkeit überwindet, um am Ende diesen Blick vom Gipfel zu haben. Ich habe alle Dokumentationen zu den Achttausendern verschlungen. Bescheuert, ich weiß. Aber Lernen kann man alles.«

Ich lachte. »Klar. Okay. Solange wir nicht in einer Gletscherspalte verloren gehen, ist der Bergurlaub okay.«

»Im Traum nicht. In der Realität müssten sie uns wahrscheinlich bei 1000 Metern retten kommen, weil uns die Puste ausgeht«, entgegnete er.

»Wie wär's mit einer Weltreise?«, schlug ich vor.

»Machen wir die nicht gerade?«

»Okay, eins zu null für dich. Aber in der richtigen Welt würden wir das nicht machen. Also vielmehr in der Traumwelt. Ach, du weißt, was ich meine ...«

»Nein«, behauptete Sanghyun todernst und streckte mir die Zunge raus.

»Du bist blöd.«

»Ja, sonst hätte ich was Vernünftiges gelernt.«

»Das ist kein Zeichen für Blödheit, sondern für Vernunft. Ist eben nicht jeder Akademiker.«

»Ja, jetzt denke ich auch so. Früher haben sie mir alle eingetrichtert, dass ich studieren muss, damit was aus mir wird. Jetzt würde es mir überhaupt nichts nützen.«

»Wir könnten auch Lotto spielen«, witzelte ich. »Wenn wir gewinnen, machen wir eine Weltreise.«

»Dann eben eine Weltreise. Mit 'nem Schiff? Oder wie beliebt es Madame?«

Ich kicherte. »Ich nehme ein kleines Schiff. Nichts Protziges, was mit Pool und Koch.«

»Klar. Nicht protzig. Habe ich gerade auf meinem unsichtbaren Blog notiert, nicht, dass ich es vergesse.«

»Super. Schreib auch Kaviar mit drauf. Hab ich noch nie gegessen, ist aber teuer. Und Hummer – den hab ich auch noch nie gegessen.«

»Du hast noch nie Hummer gegessen?« Sanghyuns Gesicht verzog sich in gespielter Empörung. »Das ist wirklich lecker.«

»Die sehen aus wie Aliens. Und überall diese Schale … Ich finde die voll unappetitlich.«

»Augen zu und durch. Ich setze Hummer auf die Liste, du wirst welchen mit mir essen.«

Wir mussten beide darüber lachen. Anschließend schwiegen wir eine Weile und schauten einander nur an. Ich kannte mittlerweile Sanghyuns Gesicht so gut wie mein eigenes. Die zweifarbigen Augen, die Narbe am Kinn, der blonde Ansatz, der langsam rauswuchs. Ja, ich sah seins sogar häufiger als mein eigenes, denn um ehrlich zu sein, machte ich mir nicht mehr sonderlich viel aus meinem Aussehen. Ich ritt auf einem Pferd durch die Welt, lebte von Dosennahrung und hatte kürzlich eine Lebensmittelvergiftung überstanden. Wie gut konnte ich schon aussehen?

Als hätte Sanghyun meine Gedanken lesen, sagte er: »Du siehst heute Abend übrigens besonders hübsch aus.«

»Hübsch ist so … wie nett. Das braucht doch keiner.«

»Dann eben schön, wenn es dir lieber ist. Ich komme manchmal mit den Worten im Englischen trotzdem durcheinander, wenn ich es länger nicht gesprochen habe.«

»Das ist eine schlechte Ausrede.«

»Ist es nicht. Es ist die Wahrheit. Du bist schön. Und heute Abend besonders.«

»Was gefällt dir denn besonders? Meine fettigen Haare? Das schlabbrige Kinder-T-Shirt? Oder die dreckigen Fingernägel?«

»Deine Augen, du blöde Kuh. Es ist echt schwer, dir Komplimente zu machen.«

»Ich weiß. Das liegt an dir.«

»Warum an mir?« Sanghyun bewegte die Kamera leicht, sodass ich ihn nun besser sehen konnte.

»Weil ich mich immer fragen muss, sagt er das, weil er mich wirklich mag? Oder weil ich das letzte Weibchen auf der Erde bin.«

»Weil ich dich mag«, antwortete Sanghyun, ohne zu zögern. »Mögen ist so ein billiges Wort, das es nicht im Ansatz ausdrückt, ohne direkt dieses übertriebene Wort Liebe zu benutzen. Mir fehlt ein Wort dazwischen. Eins, das dich nicht geringschätzt und eins, das dich nicht bedrängt.«

»*J'adore*, sagen wir Franzosen dazu.«

»Das kann ich nicht aussprechen«, erwiderte er mit einem gequälten Lächeln. »Denk es dir aus. Das Wort nur für uns. Ja, sicher sind wir in einer Scheiß-Situation. Aber ich schwöre dir, das ist nicht so, weil ich es muss – sondern weil ich es will. Ich will dich.«

Mein Grinsen war vermutlich so breit, dass sogar Katze und Tobi es noch drinnen mit einem Auge sehen konnten.

»Und jetzt halt bloß den Mund, du willst es nur wieder relativieren.«

»Nein. Dieses Mal nicht. Weil es mir genauso geht.«

Als ich die Grenze nach Litauen hinter mir ließ, war alles merkwürdig. Das Wetter, das Pferd, ich – einfach alles. Ich hatte Sanghyun letzte Nacht nicht erreicht, was mir zunehmend Sorge bereitete, denn ich rief wahllos ein paar Nummern an, um sicherzustellen, dass es nicht an mir lag. Ich hörte Mailboxansagen von diversen Verwandten. Also hatte er kein Netz. Mit keinem seiner Handys. Und wir hatten nicht mal die Hälfte der Reise geschafft. Ich sowieso nicht, weil mich die Lebensmittelvergiftung aufgehalten hatte. Und nun umrundete ich an der Grenze zahllose Autos, während Tobi nebenherlief und Katze in ihrem Korb schlief. Was für ein Scheißgefühl. Was, wenn er bis Jekaterinburg kein Netz mehr bekam? Wie sollte ich ihn je finden? Wir hatten uns grob bei McDonalds verabredet, aber wenn er nun Tage vor mir eintraf? Wie lange würde er warten? Warten können vor allem? Russland lag noch in weiter Ferne und wie es da um Strom und Nahrung bestellt war, blieb ein unkalkulierbares Risiko.

Über mir zogen die Wolken dahin, getrieben von einem kühlen Wind, der Merowinger immer wieder zusammenzucken ließ. So hatte ich den Haflinger noch nie erlebt. Normalerweise ließ er sich von nichts stören.

Aber er schnaubte unruhig und reckte immer wieder den Kopf in den Wind, um etwas zu wittern.

Schließlich nahm ich Tobi vorsichtshalber hoch. Wenn Merowinger sich fürchtete, hatte ich wahrscheinlich auch einen Grund, mich zu fürchten.

Schweigend ritt ich neben der Autobahn her. Manchmal sogar in einem kleinen Galopp, denn der schüttelte Katze und Tobi nicht so stark durch. Im Trab fühlten sie sich beide unwohl und das wollte ich ihnen möglichst ersparen.

In der Ferne ragten einige Windräder in den Himmel, ich sah aber auch eines, dem die Propeller fehlten. Ich malte mir schon in schrillen Farben aus, dass die Dinger umstürzten und mich unter sich begruben. Deswegen mied ich ihren Schatten und kreuzte dann und wann die Straßen. Wovor fürchtete ich mich eigentlich genau? Dennoch war ich unendlich froh, als ich gegen Abend in eine hübsche Kleinstadt kam, die Kaunas hieß. Mehrspurige Straßen, dutzende Geschäfte und Lichter, die mir den Weg wiesen.

Mittlerweile war es Mitte September und es wurde langsam wieder früher dunkel. Doch die Lichter strahlten prachtvolle Kirchen und große Burgen an. Ungefähr so hatte ich mir solche Länder im Osten vorgestellt, seitdem ich einmal mit Margaret in Prag gewesen war. Burgen, Kirchen, Techno und Absinth. Den hätte ich mittlerweile gut gebrauchen können, denn der reinigte bekanntlich nicht nur den Magen, er beruhigte auch besser als mein immerwährendes Mantra: *Sanghyun geht es bestimmt gut.*

Mir gefiel Kaunas. In Polen war das Stromnetz sehr unzuverlässig gewesen, so ganz ohne Menschen. Ich war an drei Großbränden vorbeigekommen, wahrscheinlich, weil da irgendetwas nicht mehr funktionierte. Kaunas hingegen wirkte so, als warte es auf seine schlafenden Menschen. Doch wenn ich genauer hinsah, gab es dicke Staubschichten auf den Autos, Unkraut, das aus dem Asphalt wucherte, Pflanzen, die in die Höhe geschossen waren und auf die Straße wuchsen. Manchmal sah ich Spuren von Hunden und Katzen, die die Staubschicht verschmiert hatten. Doch je dunkler es wurde, desto mehr wurden diese eindeutigen Zeichen für die Abwesenheit aller Menschen verschluckt und ich konnte mir zumindest einbilden, dass ich einfach sehr spät unterwegs war. Auf einem Pony. Mit einer Katze und einem Hund im Gepäck. Völlig normal. Obwohl Kylie und ich mal betrunken einen Goldfisch durch drei Discos geschleppt hatten. Im Glas. Den hatten wir aus einem chinesischen Restaurant geklaut – in tiefer Sorge, dass jemand ihn essen könnte. Merke: *Drogen und Alkohol vertragen sich nicht immer miteinander und falls man beides nimmt: Lass um Himmels Willen den Fisch da.*

Anschließend wanderte der Fisch in den Teich unserer Uni, wo wir ihn manchmal besuchten. Eindeutig, ich hatte einen Rettungsfimmel. Tolle Übung für das Ende der Welt. Nur, dass ich jetzt eine fette Katze und einen fetten Hund mitschleppte. Und einen fetten Haflinger. Okay, der hatte abgenommen. Katze nicht, die war gefühlt noch fetter, weil sie sich gerne herumtragen ließ. Manchmal kroch sie aus dem Korb und setzte sich auf Merowingers Hinterteil. Den schien Katze nicht zu stören, sodass ich es dabei beließ.

Ich suchte mir ein Haus neben einem Lebensmittelladen, in dem gefühlt dreißig Katzen wohnten. Sie alle mauzten und schnurrten, als ich eintrat, wahrscheinlich waren sie glücklich, einen Dosenöffner gefunden zu haben.

Der Laden war so klein, dass keine zwei Personen durch die engen Reihen gepasst hätten. Ein typischer Tante-Emma-Laden. Hinten an der Fleischtheke, von wo es furchtbar stank, entdeckte ich sogar eine altmodische Waage.

Ich nahm einiges vom Katzen- und Hundefutter weg, den Rest öffnete ich mit meinem Taschenmesser den streunenden Katzen, die sich gierig und mit Geschrei darauf stürzten. Einige zankten sich prompt, schließlich sah ich die Meute freudig schmatzend auf den schmutzigen Fliesen vor mir. Ich füllte anschließend einige Putzeimer mit Wasser und stellte es ebenfalls hin.

Katzen waren auch in diesem Stadium der Welt angenehm. Weil sie sich nicht auf einen stürzten. Einige suchten Streit, andere mochten keine Menschen, aber im Vergleich zu wilden Straßenhunden, die in großen Rudeln umherzogen und nach Futter suchten, waren Katzen auszuhalten.

Ich wünschte allen Katzen eine gute Nacht, auch der, die am Eingang saß und mich ziemlich garstig anfauchte, und ging anschließend in mein neues Heim für diese Nacht. Es wirkte sehr normal. Es hätte auch mein Nachbarhaus in Lille sein können. Moderne Möbel, Familienbilder an der Wand. Der Name am Klingelschild lautete Meyer. Familie Meyer sah nett aus. Sehr blond, ein bisschen, wie man sich Deutsche vorstellte. Ob Meyer ein deutscher Nachname war oder ob er in Litauen völlig normal war? Wobei sie konnten auch hergezogen sein, schließlich war Sanghyun halb Schotte, halb Koreaner, lebte in Shanghai und hatte einen Bruder in Australien.

Ich wünschte den imaginären Meyers einen guten Tag und ging dann in die Küche, um nach Vorräten zu suchen. Den Kühlschrank ließ ich wohlwissend zu, denn ehrlich gesagt, gab es dort meistens nur noch Maden und Schimmel und ich wollte den Gestank nicht im Haus haben. Denn hier roch es ein bisschen muffig, weil niemand ein Fenster geöffnet hatte – seit sehr langer Zeit.

Es gab einen Vorratsschrank. Mit etwas, das ich sehr zu schätzen gelernt hatte: Mikrowellenessen.

Die Küche war aufgeräumt und sauber, ein bisschen staubig, sodass ich mich an den Küchentisch setzte und die Stille genoss. Kurz darauf war meine Sorge um Sanghyun wieder da. Immer noch keine Nachricht von ihm.

Ich stellte Tobi und Katze ihre Schalen hin, wollte gerade mein Essen aus der Mikrowelle holen, als ich Merowinger wiehern hörte. Laut und durchdringend.

Ich rannte zur Tür und hinaus. Mein Pony stand da, die Nüstern geweitet, die Augen auf das Ende der Straße gerichtet. Im Licht der Laternen konnte ich zwei große Gestalten erkennen.

»Ruhig, Junge«, sagte ich zu ihm und kniff die Augen zusammen, um besser sehen zu können.

Was auch immer dort hinten stand, es war riesig. Sogar von hier. Und es kam näher. Es machte klappernde Geräusche. Andere Pferde? Aber die waren nie und nimmer so groß.

Merowinger hatte sich regelrecht aufgeplustert, er tänzelte hin und her, ich wusste nicht, ob er Angst hatte oder ob er sein Revier markieren wollte. Taten Pferde so etwas? Im Reitunterricht lernte man nichts vom Sozialverhalten eines Pferds.

Ich griff nach seinem Halfter, das ich ihm immer abends anzog. Er stieß ein kehliges Wiehern aus, schnaubte mir laut ins Ohr und zog mich ein Stück mit sich, als er sich im Kreis drehte, ohne Rücksicht auf mich zu nehmen. Er war ziemlich stark und ich auch kein Profi im Umgang mit Haflingern. Was, wenn ihn etwas so erschreckte, dass er davonlief?

Eine der Gestalten blieb direkt unter dem Lichtkegel der Laterne stehen: ein Elch. Nicht nur einer – zwei. Ich hatte noch nie einen gesehen, nicht mal im Zoo und nicht gewusst, wie riesig diese Biester waren. Kein Wunder, dass Merowinger so ein Theater machte. Wahrscheinlich hatte er sie schon vor einiger Zeit gewittert.

»Komm, Junge, wir lassen die einfach in Ruhe, dann tun sie uns nichts.«

Jedoch trabte der zweite Elch mit einem Mal los, genau in unsere Richtung. Ich zerrte an Merowingers Halfter, damit er mit mir mitkam, aber das störrische Pony blieb wie angewurzelt stehen, schnaubte und bäumte sich dann abrupt auf. Ich ließ vor Schreck den Halfter los und konnte nur hilflos mitansehen, wie mein Pony davonrannte. Einfach in die Nacht hinein. Beide Elche waren wie angewurzelt stehengeblieben und schauten ihm hinterher, als könnten sie auch nicht glauben, was geschehen war.

Ich stand still und leise da. Nicht bewegen. Die Elche wollten mir sicher nichts tun, dennoch sollte ich sie nicht reizen, denn einer von ihnen hatte ein Geweih. Lebten Elche in Familien? Und war das nicht gerade scheißegal?

Vorsichtig trat ich einen Schritt zurück. Noch einen. Die Elche starrten mich immer noch an. Ganz viele kleine Schritte. Tür auf.

Der Elch setzte sich erneut in Bewegung. In Richtung Tür. Ich warf mich herum und stürmte in den Hausflur, schlug die Tür zu und blieb mit klopfendem Herzen dahinterstehen. Fuck! Mein Pony war weg! Was sollte ich ohne Merowinger tun? Kein Motorrad, kein Pony, kein gar nichts. Als ob ich hier in Litauen irgendetwas fand, das auch nur ansatzweise half, mich, Katze und Tobi nach Jekaterinburg zu bringen? Außerdem mochte ich mein verdammtes Pony. Auch wenn es dumm und dick war und nicht sonderlich schnell.

Ratlos sah ich nach draußen. Einen der Elche konnte ich vom Fenster erkennen, der zweite war außerhalb meines Sichtfelds. Er kaute gemütlich den Vorgarten auf der anderen Seite der Straße ab. Wahrscheinlich kamen die Tiere nun häufiger in die Stadt, weil sie neugierig waren. So ein Elch hatte bestimmt keine Feinde, dazu war er viel zu groß. Dennoch malte ich mir aus, dass es hier vielleicht auch etwas gab, das dem Elch gefährlich werden konnte. Bären zum Beispiel.

Ich hätte das Pony anbinden sollen. Aber dann hätte Merowinger sich in einer solchen Situation verletzt. Vielleicht war er glücklicher, wenn er frei herumlief. Ich hatte derzeit kein Futter für ihn. Sicher, ich war manchmal in Tiermärkte eingestiegen – nur meine Recherchen im Internet zur Pferdefütterung waren eher erschreckend verlaufen: Die konnten an zu viel Futter oder dem falschen Futter sterben. Zudem war einiges sogar giftig oder ungesund für Pferde, sodass ich eher Schuppen am Feld aufsuchte, um ihn zumindest die Heuballen verputzen zu lassen.

Niedergeschlagen ging ich zurück in die Küche und versuchte, Sanghyun zu erreichen. Aussichtslos. Kein Signal, kein Empfang – was auch immer. Vielleicht auch Herzinfarkt. Gerade in diesem Moment hätte mich nichts gewundert.

Ich futterte mein Mikrowellenessen und ging früh ins Bett. Aber ich lag lange wach und fragte mich, ob Merowinger zurückkommen würde. Und Sanghyun. Und alle, die ich gekannt hatte …

Das Aufstehen am nächsten Morgen war eine Qual. Ich wusste nicht, warum ich mich überhaupt bewegen sollte, und war über Nacht zu der Überzeugung gekommen, dass Sanghyun etwas Schlimmes passiert sein musste, sonst hätte er sich irgendwie gemeldet. Bei meinem Glück war das sehr realistisch.

Und nun musste ich mich auf die Suche nach einer neuen Fortbewegungsmöglichkeit machen, was mir weder lag noch Freude bereitete. Eigentlich wollte ich nur Merowinger und einen Anruf von Sanghyun. Das Schicksal hatte mir schon so übel mitgespielt, da konnte ich wenigstens das vom Karma verlangen, oder? Bemitleidete ich mich selbst? Ja. Hatte ich allen Grund dazu? Verdammt noch mal: JA!

Ich ging ohne Frühstück nach draußen, wo meine Körbe für Merowinger lagen, genehmigte mir eine Dose Coca-Cola und schaute in die Morgensonne, die sich schüchtern hinter der Wolkendecke zeigte. Über Nacht hatte es wieder geregnet und es standen Pfützen auf dem Asphalt.

»Merowinger!«, rief ich.

Stille. Ha, was hatte ich erwartet? Ich hatte ja nicht Fury aus dem Stall geholt, sondern einen gefräßigen Haflinger, der vermutlich für ein bisschen Futter seine Großmutter verkauft hätte. Wenn er gerade irgendetwas mampfte, konnte ich rufen, bis ich schwarz wurde.

Müde setzte ich mich auf die regennasse Bank im Vorgarten, aber war zu antriebslos, um wieder aufzustehen. Ich holte nur mein Handy raus und rief Sanghyun erneut an. Stille.

»Merowinger!«, brüllte ich noch einmal. »Komm schon, du blödes Pony! Ich hab auch Fresschen.« Hatte ich nicht. »Du kennst dich hier nicht aus. Komm her. Dann reiten wir weiter. Ich weiß, wo es was Schönes gibt.« Den letzten Teil hatte ich nur noch gemurmelt, weil ich mir selbst so albern vorkam. Das Pony verstand kein Französisch und sicher keine logische Argumentation oder irgendwelche Versprechen.

Ich raffte mich auf und ging ein paar Schritte auf die Straße, dorthin, wo ich gestern den Elchen begegnet war.

»Merowinger!«, schrie ich abermals.

Und dann, ganz plötzlich, wie aus weiter Ferne: eine Antwort. Das Wiehern kam von links. Ich lief zwischen den

Häusern einen kleinen Weg entlang, der von Hecken gesäumt wurde.

»Komm her, Pony, Pony ...«, keuchte ich beim Laufen.

Wieder ein Wiehern. Dieses Mal näher. Weiter rechts.

Ich betrat einen nicht eingezäunten Garten, lief über zwei Terrassen, erreichte die Einfahrt und war nun in einer Parallelstraße mit Kreuzung und Tankstelle. Und an der Tankstelle, neben zwei Blumenkästen, da stand mein Pony.

»Du blödes Vieh«, rief ich ihm zu. »Nächstes Mal bleibst du einfach da, dann musst du keine Blumenkästen leerfressen.«

Jetzt, wo Merowinger mich sah, war ich offenbar nicht mehr interessant, denn er senkte den Kopf, schleckte über den Asphalt und ging betont ein paar Schritte weiter, als wollte er nicht mit mir in Verbindung gebracht werden. Nach dem Motto: Die kenne ich nicht.

Ich griff ins Halfter und seufzte erleichtert auf. Wenigstens hatte ich das blöde Pony wieder. Allerdings musste ich ziemlich am Halfter ziehen, denn Merowinger fand die Blumen viel spannender als mich.

Schließlich gelang es mir, ihn hinter mir herzuziehen, zurück zu dem Haus (nach ungefähr drei gescheiterten Versuchen, weil ich plötzlich in einer völlig fremden Straße stand). Na, wenigstens das Problem war gelöst. Ich fühlte mich zwar erleichtert, aber der andere schwere Stein, den ich mit mir schleppte, blieb – Sanghyun.

Während ich den Sattel und die Körbe auflegte, versuchte ich mehrfach ihn anzurufen. Fehlanzeige.

Ratlos ließ ich das Telefon sinken und stopfte es anschließend in meine Tasche. Ich hatte in irgendeinem polnischen Baumarkt eine alberne Gürteltasche erstanden, in die man Handy und Powerbank reinstecken konnte, während man ritt.

Danach ging ich wieder rein, durchstöberte den Schrank nach essbaren Dingen, die sich länger hielten, und lud anschließend Katze und Tobi ein. Ich warf noch einen letzten Blick auf mein aktuelles Domizil, schaltete das Navi ein und ritt los. Nach Jekaterinburg. Momentan wirklich völlig allein.

In dieser Nacht träumte ich zum ersten Mal von Sanghyun. Ich wusste sofort, dass es ein Traum war. Sogar meinem schlafenden Hirn war klar, dass er nicht körperlich bei mir sein konnte, und es warnte mich vor. Es war nicht echt. Ich lag im Ehebett eines schlichten Häuschens und fühlte seinen Arm, den er eng um mich geschlungen hatte. Seinen warmen Atem, seinen Körper, der sich an mich presste. Das Gefühl war so beruhigend, dass ich beim Aufwachen versuchte, den Traum festzuhalten. Immer wieder fuhr ich ihm Halbschlaf mit der Hand über die andere Bettseite und immer wieder stellte sich das Gefühl der Leere ein.

Als ich aufwachte, war es schon nach zehn. Ich war gestern lang und ohne Pause geritten, weil ich von einer inneren Unruhe ergriffen worden war. Auch nachts hatte ich eine Ewigkeit wachgelegen und gegrübelt, wo Sanghyun wohl steckte. Immer wieder hatte ich die Weltkarte überprüft, versucht, mir seinen Weg auszumalen, doch so richtig wollte es mir nicht gelingen. Und es half mir auch nicht. Er war fort und ich ganz allein. Ganz egal, was ich anstellte. Müde lag ich auf dem Bett, mein ganzer Körper schmerzte von dem langen Ritt. Ich starrte auf mein Handy, surfte sinnlos auf Seiten herum und nahm schließlich eine Sprachnachricht auf. Immerhin waren wir so clever, all unsere Handys in eine WhatsApp-Gruppe eingeladen zu haben, sodass man die Nachricht, egal, welches Handy noch funktionierte, immer empfangen konnte.

»Ich habe keine Ahnung, wo du bist«, begann ich. »Aber ich hoffe, dass es dir gut geht. Dass du in Sicherheit bist. Einen Platz zum Schlafen hast und etwas zu essen ... ich fühle mich grauenhaft ohne dich, aber ich reite weiter. Falls du die

Nachricht irgendwie hören kannst, dann melde dich, bitte. Ich mache mir grässliche Sorgen und kann nicht schlafen, seitdem du fort bist ... Himmel, das klingt wie eine verlassene Ex-Freundin, oder? Ich will nur, dass du weißt, wie sehr es mir fehlt, mit dir zu sprechen. Auch wenn wir uns darüber unterhalten, wie man Baozi macht – was ich immer noch nicht verstanden habe ... Sei schnell wieder da. Bitte. Ich weiß nicht, wie ich das ohne dich durchstehen soll. Nein, Fuck ... das klingt egoistisch. So meine ich das nicht. Ich weiß nicht, wie ich weitermachen soll, wenn ich mich sorgen muss, ob du in Sicherheit bist. Mir geht es gut. Aber nicht ohne dich. Ist das verständlicher? Ach, keine Ahnung. Bitte, sei bald wieder da. Sei unversehrt wieder da und hab nur schlechten Empfang gehabt, okay?«

Sollte ich noch was sagen? Ja, sicher, wenn man mit seinem Freund telefonierte, endete man mit »Hab dich lieb« oder »Ich liebe dich«. Sanghyun war nicht mein Freund. Aber er war mir unendlich wichtig. Eigentlich war er neben meinen drei Vierbeinern das Einzige, was mir wichtig war. Das Wichtigste überhaupt.

Ich wartete darauf, dass Sanghyun sich meldete und blieb noch eine Stunde liegen. Schließlich wurde mir klar, dass sich mein Handy nicht auf mystische Weise regen würde. Also stand ich auf, schlich in die Küche, machte mir einen Pulverkaffee und bereute es mit einem Mal bitterlich, dass ich keines der Bücher im Haus lesen konnte. Irgendwie hatte ich gerade Lust, in ein Buch zu schauen. Nicht immer auf mein Handy.

Im Wohnzimmer nahm ich wahllos einen Bildband aus dem Regal. Er war riesig, unendlich dick und über ... Schiffe. Na, spannend. Auch wenn ich die Infos nicht lesen konnte, so war er tatsächlich irgendwie tröstlich und beruhigend. Es ging um alte Luxus-Liner wie die Titanic. Das konnte ich zumindest von den Schiffsnamen her erkennen. Ganze Doppelseiten zeigten Zeichnungen vom Grundriss der riesigen Schiffe.

Ich aß Müsli, kleckerte das Buch voll (Sorry, Familie mit unaussprechlichem Namen) und glotzte fasziniert Schiffe an, über die ich nichts nachlesen konnte.

Wäre ich in Lille, wäre das heute ein Tag gewesen, um nackt vor die Tür zu gehen. Oder einer, bei dem ich mich im teuersten Laden der Stadt einkleidete, um mich anschließend mit Raclette vollzufressen.

Als es nach eins war, zog ich mich widerwillig an. Ich war so antriebslos, dass Tobi besorgt um mich herumlief und ratlos an mir hochsprang, um mir das Gesicht zu lecken (was als Dackel eher schwer war). Aber meine Gedanken kreisten nur um Sanghyun.

»Ist ja gut«, sagte ich. »Wir gehen gleich.«

Es dauerte dennoch eine Ewigkeit, bis ich Merowinger gesattelt und alles an seinem Platz verstaut hatte. Jeder Handschlag war mir zuwider, ebenso der Fakt, dass ich an diesem Tag nicht sonderlich weit kommen würde. Meine Chancen, Sanghyun in Jekaterinburg zu treffen, schwanden stetig. So hilflos hatte ich mich in meinem Leben noch nie gefühlt. Denn egal, was ich tat, es würde ihm nicht helfen – egal, wo er war. Ich würde ihn nicht finden, auch nicht, wenn ich weiterging.

Also ritt ich in die sengende Hitze hinaus, Navi an, und versuchte, an nichts zu denken. Denn Denken zermürbte mich. Ich trug bei solchem Wetter mittlerweile einen albernen Hut, den ich in einem Laden gefunden hatte. Zumindest schützte er mich vor einem Sonnenstich. Katze und Tobi hatten ein Verdeck, aber ich öffnete es leicht, damit sie genügend Luft bekamen. Außerdem machte ich viele Pausen, damit alle drei Tiere Wasser bekamen. Zerstreut wie ich war, wusste ich, nachdem ich die Tiere versorgt hatte, nicht mehr, ob ich selbst etwas getrunken hatte.

Irgendwann nach sechs Uhr erreichte ich die Grenze zu Lettland. Spannend, durch wie viele Länder ich schon gekommen war. Länder, die ich teilweise nie besucht hatte (und es auch nicht vorgehabt hatte). Ich sah ein paar Zollautos und dazugehörige Polizeiwagen, die an der Grenze herumstanden. Keine Ahnung, warum, war das nicht EU? Obwohl ... Verdammt, meine Allgemeinbildung war echt nicht die beste. Nun ja, jetzt konnte ich mich so peinlich und unwissend aufführen, wie es mir gefiel. Und wenn ich das Leid war, konnte ich immer noch alles lernen. Hätte ich vielleicht schon in der Schule getan, statt meine Zeit auf Partys zu verplempern. Den Teil meines Lebens vermisste ich überhaupt nicht. Lediglich die Leute, die auf diesen Partys gewesen waren, die fehlten mir sehr. Kylie vor allem. Und Margaret.

Es dauerte ein wenig, bis ich hinter der Grenze eine Stadt erreichte und erlebte sogleich die nächste unangenehme Überraschung: kein Strom. In der Dämmerung sah ich nur die vielen Gebäude aus der Ferne und erkannte die vertrauten Silhouetten einiger Hochhäuser, die in den Abendhimmel ragten.

Also ein Abend für den (neuen) Campingkocher. Wenigstens hatte ich alle Powerbanks und Handys bei meiner letzten Rast geladen.

Ich bemerkte das charakteristische Brummen meines Handys nicht sofort, als das Geräusch meinen Verstand erreichte und meine Hand schnellte panisch in die Gürteltasche, um den Anruf anzunehmen. Sanghyun war wieder da!

»Endlich«, rief ich ihm entgegen. »Scheiße, wo warst du? Ich habe mir tierische Sorgen gemacht.«

»Drei Tage ohne Strom. Ich bin morgens aufgewacht, hab meine leeren Powerbanks angehangen und er war weg. Alles war leer. Ich hab nicht mehr so viele, seitdem mich die dämlichen Hunde weggescheucht haben. Mittlerweile bin ich in Richtung Wuwei unterwegs, meinen Roller musste ich auch zurücklassen …«

Ich schloss einen Moment die Augen. Das Gefühl der Erleichterung durchflutete mich wie ein warmes Getränk. Er war noch da. Alles war in Ordnung. Also außer der Tatsache, dass alle Menschen verschwunden waren und die Welt langsam im Chaos versank.

»Alles egal«, antwortete ich. »Ich bin so froh, dass es dir gut geht.«

»Der harte Teil kommt erst noch«, entgegnete Sanghyun. »Ich muss bald nach Norden. Und der kürzeste Weg führt durch die Wüste.«

»Du kannst nicht ernsthaft durch die Wüste wollen«, sagte ich.

»Das ist das Einzige, was mich nicht hunderte von Kilometern vom Weg abführt. Außerdem muss ich sonst über die Berge oder durch eine andere Wüste. Chinas Norden und Westen sind rau. Und im Internet ist darüber alles zensiert. Ich laufe hier mit altmodischen Karten herum. Werde ich sowieso müssen, spätestens in der Wüste gibt es keinen Empfang mehr.«

»Sanghyun, das ist Wahnsinn. Wie soll ich dich da rausholen, falls du verloren gehst?« Die Angst schnürte mir die Kehle zu und mein Herz begann zu schlagen wie nach einem Marathon. Das konnte er nicht ernst meinen!

»Gar nicht. Aber ich wage mich eher durch die Wüste, als dass ich über die Berge gehe. Das ist tausend Mal gefährlicher.«

»Wer weiß, was dort alles lauert? Schlangen, Skorpione … wilde Hunde … ich … ich hab von so was keine Ahnung.«

»Ariadne, ich kann es mir nicht leisten, noch mehr Zeit zu verlieren. Hier geht überall der Strom aus. Und bei dir wird das auch passieren. Ich weiß, das klingt rassistisch, aber bei Russland denkt man an ärmliche Sowjetbauten und schlechte Infrastruktur. Es wird immer früher dunkel. Wir haben immer weniger Chancen weiterzukommen. Die Dunkelheit und die Abwesenheit des Lichts werden uns ausbremsen. Oder traust du dir zu, ohne Licht irgendwohin zu manövrieren? Hier ist zudem Land unter. Es regnet und regnet. Es ist Monsunzeit. Ich stehe gerade in einem Einkaufszentrum und trockne endlich mal.«

Ich hatte einen Kloß im Hals, als ich seine Worte hörte. Sanghyun hatte recht. Monsun gab es hier natürlich nicht, aber gen Norden wurde es kalt und dunkel. Strecken ohne menschliche Siedlungen lagen vor mir. Ich hatte mir den Weg nach Jekaterinburg genau angesehen. Und einiges davon wurde erst noch richtig hart.

»Wirst du mir sagen, wenn du in die Wüste gehst? Und auch, wann ich dich zurückerwarten kann?«, fragte ich leise.

Ich hörte Sanghyun lachen. »Natürlich. Was denkst du, wie es mir die letzten Tage ergangen ist? Ich wusste nicht, ob es dir gutgeht, ob die Viecher gesund sind. Ob du vorwärts kommst ... ob du noch lebst. Es ist das beschissenste Gefühl auf der Welt, aber es geht nicht anders.«

»Ich weiß ...«

»Wie geht es dir? Ist alles in Ordnung?«

»Hatte wieder Verzögerung, ein paar Elche haben mir das Pony abspenstig gemacht.«

»Elche?«

»Die gibt es in Litauen. Und in Lettland. Nach Wölfen wundert mich das nicht mehr.«

»Ich bin schon froh, wenn ich auf nichts Großes stoße. Ich hab mich beim Kamel tierisch erschreckt.«

»Ein Kamel?«

»Frag mich nicht, wo es herkam, es spazierte mitten durch die Innenstadt.«

Merowinger bahnte sich selbstständig seinen Weg zwischen ein paar Fahrrädern hindurch.

»Was meinst du, wie weit es noch bis zur Wüste ist?«

»Noch einige Tage. Entweder fahre ich über Kasachstan oder direkt rein nach Russland, das muss ich noch entscheiden. Über die Berge muss ich auch noch, der Grenzübergang nach Kasachstan erscheint mir sicherer, es gibt zumindest eingezeichnete Straßen. Die Mongolei ist quasi ein weißer Fleck auf der Karte ... Ich hoffe, ich finde bald einen besseren fahrbaren Untersatz als meinen E-Roller. Falls ich vor der Wüste ein Auto bekomme, könnte es schneller gehen. Da gibt es sicher keine herumstehenden Hindernisse.«

»Kannst du Auto fahren? Ich dachte, du hättest keinen Führerschein.«

»Fahren kann ich ein bisschen. Aber wen soll das stören? Vor allem in der Wüste?«

»Dich, weil du deswegen einen Unfall hast ...«

»Sag das nicht, sonst trau ich mich nachher nicht mehr.« Seine Stimme war kaum mehr als ein Flüstern und ein Schauer lief mir bei diesen Worten über den Rücken.

»Das ist Blödsinn«, erwiderte ich. »Ich weiß, dass ich dich davon nicht abbringen kann. So gut kenne ich dich mittlerweile. Du bist ziemlich stur.«

»Hm«, machte Sanghyun. »Erwischt.«

Kapitel 13: #blackout

Immer seltener kam ich jetzt an richtigen Städten vorbei. Natürlich hatte ich meine Route danach ausgerichtet, nicht die vollen Straßen zu nehmen, aber so langsam wünschte ich mir Großstädte zurück. Lettland war sehr grün, dass stand außer Frage, ein wunderschönes Land, wo es so viel Natur und frische Luft gab – gerade jetzt, da sie niemand mehr verpestete (bis auf Tobi, der nach seiner letzten Hundefutterdose die Pupserei angefangen hatte – nicht sehr schön auf kleinem Raum, selbst an der Luft).

Aber die Natur ließ einen auch demütig werden. Einsam. Obwohl ich überall Vögel zwitschern hörte und kleine Tiere durch das Unterholz huschen sah. Kaninchen stoben davon, wenn ich um die Ecke kam.

Manchmal passierte ich kleine Hütten am Wald, vielleicht Ferienhäuschen. Vor manchen stand ein Grill, an anderen ruhten Kanus und Boote. Vielleicht ein hübscher Ferienpark. Ob es Strom gab, konnte ich allerdings nicht sagen, denn nirgends brannte Licht. Ich wollte dort nicht übernachten, denn ich hatte noch vier Stunden Tageslicht. Ich war weit hinter Sanghyun in der Distanz, die ich zurückgelegt hatte.

Doch über mir drängten sich die Wolken zusammen. Hin und wieder kam ein frostiger Wind auf. Ich hatte mir in Litauen eine Regenjacke besorgt und mittlerweile reichte sie kaum noch aus, um mich warm zu halten, wenn das Wetter umschlug. Katze und Tobi hatten eine Wolldecke in ihrem Korb. Mittlerweile hatte ich die alten Transportkörbe entsorgt, denn sie blieben beide artig in meiner provisorischen

Halterung sitzen, sodass ich auch stückweise galoppieren konnte. Zudem war Merowinger kein ausdauernder Läufer. Im Schritt konnte er sich stetig bewegen und wir kamen gut voran, nach einem Galopp brauchte er einige Pausen. Vielleicht war er nicht mehr der Jüngste, ich hatte keine Ahnung, wie man Pferden das Alter ansah. Meist trieb ich ihn kurz an und ließ ihn dann das Tempo entscheiden; wenn er müde wurde, durfte er sich aussuchen, wie schnell wir ritten.

In der Dämmerung suchte mich ich ein unangenehmes Déjà-vu-Gefühl heim, als wir einen See erreichten. Wenigstens hörte ich kein Heulen von Wölfen, oder wilden Hunden, sodass ich mich entschied, Merowinger eine Pause zu geben und ihn saufen zu lassen. Ich stieg ab, ließ Tobi und Katze aus dem Korb und blieb eine Weile am See stehen, während ich aus einer Wasserflasche trank. Ich brauchte dringend was mit Geschmack. Den nächsten Getränkemarkt würde ich bis auf die letzte Flasche plündern. Alles trinken, was mir schmeckte. In den letzten Tagen hatte ich mich nicht sonderlich um meine Vorräte gekümmert. Vielleicht ein Fehler, denn ich hatte auch nicht mehr viel Dosenfutter. Weder für mich noch für Katze und Tobi. Und mein letztes Pferdefutter war gestern draufgegangen.

Merowinger brummelte trotzdem gemütlich vor sich hin und ließ sich irgendwann im Sand am Ufer nieder, um sich zu wälzen. Sand ging ja noch. Wenn er sich in den Matsch warf, würde ich ewig brauchen, bis ich ihn wieder sauber bekam. Das hatte ich als Kind in der Reitschule gelernt – man durfte dreckigen Pferden keinen Sattel auflegen. Der Dreck rieb das Fell auf und verursachte schmerzende Wunden, dort, wo der Sattel lag. Und Schmerzen sollte er auf keinen Fall haben. Wie sollte er mich sonst tragen?

Ich ließ mich neben ihm in den Sand fallen und überlegte. Das schlechte Wetter schien über uns hinwegzuziehen, aber meine letzte Nacht allein in der Dunkelheit war furchtbar gewesen.

Schließlich führte ich Merowinger zur nächsten Hütte, die ich im Wald fand, im Licht meiner Taschenlampe. Sie war verschlossen, hatte jedoch zur Seeseite eine offene Veranda, also ging ich dorthin, ließ das Pony frei und entdeckte zu meinem Erstaunen ein paar Gartenmöbel. Unter anderem einen Liegestuhl. Mit Blick auf den See. In einer ganz normalen Nacht wäre das hier ein Traum gewesen. Sogar ein paar Mückenkerzen in großen Kelchen standen am Tisch, die ich entzündete, bevor ich mich daran machte, die Tiere zu versorgen.

So friedlich und still hatte ich lange nicht mehr in der Natur gesessen. Wenn ich die leeren Autos oder die herrenlosen Fahrräder sah, erinnerte ich mich, dass alle Menschen fort waren. Hier konnte ich mir für einen Moment selbst vorgaukeln, dass ich allein sein wollte. Ich breitete meine Decken und Regencapes aus, meinen Campingkocher und die Näpfe. Der See plätscherte vor sich hin, Merowinger stapfte durch das Gras. Und über mir funkelten die Sterne, die sich langsam am Himmel zeigten, wenn ich unter dem Verandadach hervorschaute.

Mit Sanghyun wäre es schöner gewesen. Oder mit Kylie. Obwohl das hier nicht nach ihrem Geschmack war. Zu viele Insekten, zu viel Stille, zu wenig WLAN, zu wenig aussichtsreiche Kandidaten für Spaß. Kylie mochte es laut und lebendig. Früher war es mir auch so ergangen. Aber das Laute, das Wilde, vermisste ich gerade nicht. Vielleicht gab einem die Einsamkeit die Chance, sich auf sich selbst zu konzentrieren. Ich war zumindest irgendwie zufrieden. Wenn ich die Gesamtsituation ausblendete. Die existenziellen Fragen, die mich umtrieben. Und wenn ich nicht an Sanghyun dachte.

Ich feuerte meinen kleinen Campingkocher an, stellte meine Gulaschsuppe drauf und sah dann wieder zum See.

Schließlich rief ich Sanghyun über Skype an, weil ich meine eigenen Gedanken doch nicht mehr ertrug. So viel zum Thema, dass ich mich wohl fühlte ...

»Bist du noch unterwegs?«, fragte ich ihn, weil ich kein Bild bekam.

»Mir ist das verdammte Tablet hingefallen«, knurrte er zur Begrüßung. »War klar, dass es mir dann passiert, wenn ich kein Neues besorgen kann. Jedenfalls gibt es hier keinen Elektromarkt und je näher ich der Wüste komme, desto weniger Hoffnung habe ich. Ich glaube, ich werfe das Ding weg. Handy muss reichen.«

Ich nahm unterdessen meine Gulaschsuppe vom Kocher herunter und stellte sie auf den Boden. Katze schnupperte neugierig und Tobi stand prompt parat, sodass ich sie dann doch lieber auf den Tisch nahm.

»Hier ist es ganz hübsch, muss ich sagen.«

»Wo bist du?«

»Irgendwo in Lettland. Ich glaube, dass hier ist eine Ferienanlage. Eigentlich fehlst nur noch du.«

»Bin bald da. Also so in 50 Tagen oder so ...«

»Dann muss unser McDonalds-Date wohl reichen.«

»Ja, bitte. Ich bin langsam echt am Arsch. Ich hab keine Ahnung, was mich heute gestochen hat, aber ich sehe aus, als hätte ich die Beulenpest.«

»Okay, dann besser keine Kamera. Bist du sonst in Ordnung?«

»Nein. Weiß nicht ... scheiße, ich hab so viel Schiss davor, in diese verdammte Wüste zu gehen.« Sanghyun klang verzweifelt. »Da sind so viele Berge ... Ich bin doch nur ein Typ, der am liebsten gefaulenzt hat. Ich habe keine krassen Survival Skills oder irgendwas, das es mir erleichtert, da durchzukommen. Ich ganz allein. Durch eine beschissene Wüste. Weißt du, was ich gemacht habe? Ich hab mir durchgelesen, was es da gibt. Fucking Bären. Was mache ich, wenn mir so einer begegnet?«

Es tat weh, ihn so sprechen zu hören. »Ich weiß es nicht«, murmelte ich nur.

»Beschissene Bären. Es gibt wilde Tiere. Das ist keine tote Sandwüste. Da läuft alles herum, was ich nur im Zoo treffen will. Ich bin kein cooler Abenteurer.«

»Wir sind unfreiwillig beide welche geworden«, entgegnete ich. »Wir müssen das schaffen, Sanghyun.«

»Ich weiß. Ich ... ich habe mich noch nie so hilflos gefühlt. So wirklich klein und unbedeutend. So beschissen sinnlos und mutlos. Früher sagten die Leute manchmal: *Oh, ich habe so viel in meinem Leben erlebt* – und auf Nachfrage hörte ich dann, dass Daddy ihnen nicht die Kohle für ein neues Auto gegeben hat und sie es sich selbst erarbeiten mussten ... Ernsthaft? Fuck you, du müsstest mal allein auf dich gestellt sein. Einmal allein, quer durch die Sterne, durch die halbe Welt. Ohne einen Plan, ohne irgendwas. Wenn das hier vorbei ist, lerne ich was Anständiges. Etwas, das mir hilft. Oder anderen wenigstens.«

»Es gibt nur mich«, sagte ich bedrückt.

»Ich weiß. Aber wenn ich die Zeit zurückdrehen könnte, würde ich meinem faulen Ich sagen, dass es irgendeinen Plan haben soll, wie die Welt da draußen funktioniert und wie man seinen Platz darin findet. Was Sinnvolles lernen. Automechaniker zum Beispiel. Ich weiß überhaupt nicht, warum unsere Gesellschaft so geringschätzig auf handwerkliche Berufe herunterblickt. Hier würde mir das mehr helfen als ein Diplom in Atomphysik.« Seine Stimme klang schrecklich bitter.

»Was soll ich tun?«, fragte ich. »Ich weiß nicht, wie ich dir helfen kann.«

»Du kannst mir gerade nicht helfen, Ariadne, aber das ist nicht schlimm. Ich musste es nur mal loswerden.« Ich hörte ihn seufzen. »Es ist alles nur so ... man wird verrückt, wenn man so einsam ist. Man fängt an, mit sich selbst zu reden. Ich ... ich will dich nicht ständig anrufen, wenn ich mich mies fühle. Wenn ich kurz davor bin durchzudrehen. Weißt du, ich beneide dich um deine Viecher. Ich hab in Shanghai ein paar Vögel gefüttert und zwei Hunde, aber nicht mal die fanden mich interessant genug, um mich zu begleiten.«

»Glaub mir, es ist nicht dasselbe wie mit einem Menschen«, antwortete ich.

»Ich weiß. Aber es ist irgendwas. Hier sind es nur ich und die Sterne.«

Ich sah unter dem Verandadach empor. »Die sehe ich auch. Sie sind wunderschön. Sehen wir überhaupt dieselben Sternbilder?«

»Ich hab keine Ahnung. Ich weiß so vieles nicht.«

»Ungefähr das dachte ich heute auch. Dass ich ein dummes Gör war, das nichts Vernünftiges gelernt hat. Nur Spaß hatte. Aber hilft dir das am Ende? Nein. Es hilft dir nicht, wenn du nicht weißt, wie du ein Feuer machst ohne Streichhölzer. Es hilft dir auch nicht dabei, ein Motorrad zu reparieren oder so. Ich hätte mir einen hübschen Dress fürs Motorrad zusammenschneidern können. Braucht das irgendwer? Nein. Ich komme mir verdammt sinnlos vor.«

»Für mich bist du der Sinn«, antwortete Sanghyun. »Der einzige.«

Ich schwieg einen Moment, eigentlich gab es darauf eine Antwort. Und zwar nur eine richtige: »Du bist mein Sinn, Sanghyun.«

Und dann stand ich plötzlich am nächsten Abschnitt meiner Reise. Gleichzeitig auch an meinem letzten: Ich erreichte Russland. Dieses wilde, weite Land, das ich nur aus dem Fernsehen kannte – jedoch nur die unschönen Seiten. Ich hatte nie eine Dokumentation gesehen, die Russland anpries oder seine Natur zeigte.

Selbst wenn war ich immer noch nicht bei der Hälfte der Reise angekommen. Nur im richtigen Land angelangt. Zumindest lagen jetzt Städte auf meiner Route, die deutlich größer waren als alles, was ich zuletzt besucht hatte. Moskau – mein Weg sollte quer hindurchführen. Weil ich mich nicht getraut hatte, in Russland ländlich zu reisen. Das Land kam mir so unwirtlich und abweisend vor. Ganz anders als Lettland.

Und noch etwas bereitete mir Sorgen – es war der letzte Abend vor Sanghyuns Weg durch die Wüste. Wir hatten uns darauf verständigt, ein letztes Mal zu telefonieren und so lange wie möglich in Kontakt zu bleiben, aber das gestaltete sich schwierig. Die nächsten SIM-Karten gaben auf. Ob es an Russland lag oder daran, dass die Netze nach und nach zusammenbrachen, wusste ich nicht. Zudem spielte mir das Internet langsam Streiche. Diverse Seiten waren nicht mehr erreichbar. Meine Übersetzungs-App hatte den Geist aufgegeben. Dabei hatte sie mir bisher gute Dienste geleistet und in Russland konnte ich nichts mehr lesen. Kyrillisch hatte ich nie gelernt. Manchmal gab es noch Schilder in westlicher Schrift, dann beruhigte ich mich und dachte: *Schau, selbst wenn dein Navi ausgeht, du findest den Weg. Du musst dich nur an die Ortsnamen halten.* Außerdem hatte ich noch die Weltkarte, die Sanghyun mir aufgeschwatzt hatte. Die beruhigte mich ein wenig, während ich durch die dunkle Ortschaft ritt und hoffte, dass ich hier ein Quartier für die Nacht fand. Immerhin war es eine größere Stadt.

Ich hatte mir in Lettland einen Helm mit Lampe besorgt, damit ich in der Dunkelheit nicht vollkommen blind fuhr. Wenn es Strom gab, konnte ich das Ding sogar laden, denn die Lampe hatte einen Akku.

Ich wählte ein Haus an einer Kreuzung. Es hatte einen Garten für Merowinger, deswegen nahm ich es vor allem unter die Lupe. Das Pony hatte ständig Hunger – kein Wunder bei dem Pensum, das ich ihm abverlangte. Ich musste unbedingt einen Futtermarkt auftreiben, wo er sich nach Herzenslust vollfressen konnte. Gestärkt war er am nächsten Tag meist nicht zu bremsen. Aber meine nicht vorhandenen Sprachkenntnisse würden das deutlich erschweren.

Die Backsteinmauern ließen das Haus bürgerlich wirken. Alleinstehend, mit kleinem Grundstück, ein bisschen heruntergekommen, aber noch vorzeigbar. Ein Volvo stand vor der Tür. Ich bedauerte es, das Auto nicht nehmen zu können, es würde mir meine Reise bedeutend erleichtern. Doch ein Blick auf die Straße sagte alles. An deren Ende standen ein leerer Krankenwagen, zwei Polizeiwagen und allerhand Utensilien lagen verteilt. Auch eine Plane. Zwei Autos hatten sich dahinter ineinander verkeilt.

Ich nahm Sattel und Korb von Merowingers Rücken und entließ ihn in seine kleine Freiheit im Garten, wo ich eine Regentonne entdeckte. Endlich mal was Nützliches.

Danach ging ich über die offene Terrassentür nach drinnen, denn die Haustür war verschlossen.

Zuerst fiel mir der Gestank auf. Ein Blick in die Küche sagte alles: Da stand ein Topf mit irgendetwas auf dem Herd. Ich konnte nicht definieren, was es gewesen war, aber es stank bestialisch, war groß, grün und an einigen Stellen schwarz und vor allem war es aus dem Topf herausgewuchert. Außerdem saßen ein paar Tauben am geöffneten Fenster, die offenbar hier ihr Quartier aufgeschlagen hatten, denn die Küchenanrichte war vollgeschissen.

Ich schloss die Küchentür. Alles klar, dann eben was aus meinen Vorräten. Ich hatte einen kleinen Tankstellenverkauf geräubert und ein paar Dosen Coca-Cola, eine Mini-Flasche Wodka und diverse Dosen an Land gezogen. Also war ich nicht auf die Vorräte hier angewiesen.

Tobi und Katze stürzten sich gierig auf ihr Futter, das ich im ziemlich altmodisch eingerichteten Wohnzimmer ausbreitete. Wasser holte ich lieber aus dem Bad, als noch einen Fuß in die eklige Küche zu setzen.

Immerhin, ein Gutes hatte die Reise. Normalerweise musste ich schon bei einem abgelaufenen Joghurt mit meinem Ekelgefühl kämpfen, ganz egal, ob er noch völlig in Ordnung war. Blut konnte ich auch nicht sehen oder tote Tiere am Straßenrand. Mittlerweile war das alles egal. Es musste schon sehr widerwärtig sein, dass sich mein Magen regte. Oder die Lebensmittel schon sehr abgelaufen ... meine Lebensmittelvergiftung hatte ich noch im Gedächtnis, deswegen hielt ich mich von Tiefkühlware fern, fand aber Müsliriegel und getrocknetes Obst, das ich mir einsteckte.

Wenigstens hatten die Hausbesitzer ein paar Kerzen aufgestellt, ziemlich große sogar. Vielleicht Osterkerzen. Feierte man das hier? Keine Ahnung.

Ich ließ mich auf dem Teppich nieder und schaute auf die Terrasse. Es war kalt heute. Vielleicht würde ich den Kleiderschrank nachher durchsuchen. Immerhin hatte ich frische Unterwäsche. Äußerst sexy, nach einem kleinen Diebeszug in einem Dessousgeschäft, und äußerst unpraktisch. Ich sah untenrum aus wie ein Victorias Secret-Model, dafür hatte ich vom Reiten diverse Schürfwunden von Strasssteinchen und anderem albernen Klimbim, der die Höschen zierte. Nein, nächstes Mal würde ich mir irgendwelche Oma-Schlüpfer stehlen.

Ich futterte ein paar Chips (die konnte man immerhin essen, ganz egal, wie lang der Strom schon aus war), trank meine Cola und wünschte mir den Fernseher herbei. Diverse Streaming-Portale traute ich nicht anzuschauen, denn ich wusste nicht, ob mein Datenvolumen ewig halten würde. Und damit wäre die nächste SIM-Karte nutzlos. Hoffentlich fand ich bald einen Elektromarkt, wo ich mich neu eindecken konnte.

Also ließ ich es sein und starrte nur in die Dämmerung, um die Zeit zu überbrücken, bis Sanghyun anrief. Strom gab es hier nicht, eine Kerze und ein Buch hätten gereicht. Amazon hatte schon längst den Dienst quittiert. E-Books gab es zwar auch woanders, aber da war wieder das Stromproblem. Und das Buch-Problem, auch hier war alles in Kyrillisch geschrieben. Also zwang ich mich, den Akku nicht zu strapazieren und einfach zu warten.

Nach einer Weile kam Katze zu mir und ließ sich schnurrend auf meinen Beinen nieder. Tobi hatte sich irgendwo hinter mir zusammengerollt, manchmal brauchte er Zeit für sich allein – mit mir.

Und wenn ich ehrlich war, halfen mir diese Momente irgendwie. Katze war so ein ruhiges Geschöpf, eine Verbindung zu meinem Zuhause. Ich war glücklich, dass sie mitgekommen war. Eigentlich lebte sie nicht schlecht. Sie bekam frische Luft, viel Auslauf und ständig Futter. Deswegen hatte sie kein Gramm abgenommen. Eher war sie noch schwerer geworden. Ihr weiches Fell war so beruhigend zu streicheln, dass ich für einen Moment wohl eindöste, denn als das Telefon klingelte, schrak ich fürchterlich zusammen.

»Hey«, hörte ich Sanghyuns vertraute Stimme. »Störe ich?«

»Nein, ich sitze auf dem Wohnzimmerboden eines Hauses, dessen Küche man besser nicht betreten sollte und fresse Chips. Also ein perfekter Abend.« Ich hörte ihn lachen. »Und was machst du so?«

»Oh, ich futtere Tütensuppe, die mir langsam zum Hals raushängt, habe gefühlt zwei Kilo Schokolade in mich reingestopft und habe mich davor im Autofahren geübt. Gott preise den Automatikwagen. Vielleicht mache ich mal irgendwann meinen Führerschein.«

»Wer soll den abnehmen? Ich? Ich bin eine lausige Autofahrerin.«

»Aber du hast einen Führerschein. Das reicht, um dich zur Prüfungskommission zu berufen. Ich meine, wer kann es besser als du?«

»Wahrscheinlich sogar die Katze«, antwortete ich lachend.

»Na, jedenfalls sitze ich im letzten Außenposten der Zivilisation. Ich glaube, das Gebäude gehört dem Militär, hier gibt es Waffen und Autos. Ich habe mich bedient, aber noch nie mit einer Pistole geschossen. Muss mir erst mal ein paar YouTube-Tutorials ansehen, wie man schießt. Ich kann nicht mal die Munition einlegen.«

»Könnte ich auch nicht.« Ich dachte an Kylie. Die hatte, aus unerfindlichen Gründen, sogar einen Jagdschein. Mit ihrem Onkel war sie als Kind jagen gewesen. Später fand sie dies furchtbar und war nie wieder in den Jagdverein gegangen. Aber am Schießstand war sie häufig. Was vielleicht mit dem netten Burschen dort zu tun hatte, hinter dem sie her war. Der säuberte die Stände und instruierte Neulinge. So eine Art Mädchen für alles. Ich hatte ihn als Hausmeister betitelt, aber Kylie hatte mir einen pikierten Blick zugeworfen. »Ich geh doch nicht mit dem Hausmeister aus!«, lautete ihr Kommentar.

»Dann darf ich wohl zwei neue Sachen lernen, während ich durch die Wüste gurke.«

»Siehst du, du erweiterst deinen Horizont. Sehr löblich.«

»So, wie du das sagst, würde mein Vater das glatt in meinen Lebenslauf schreiben.«

»Oh, meiner auch, sei dir sicher. Der würde etwas mit Lebenserfahrung, Work and Travel oder Guru in Indien dazu dichten, damit ich besonders reif klinge.«

»Und? Hast du bei deiner Reise schon was gelernt?«

»Dass man keinen Tiefkühlkram frisst, wenn man nicht weiß, ob die Kühlkette unterbrochen war.«

»Ich habe gelernt, dass man um Himmels Willen die Tür zumacht, wenn man ein Gebäude betritt. Außerdem habe ich gelernt, dass es Schlangen in China gibt.« Selbst durchs Telefon konnte ich ihm den Gruselfaktor anmerken, allein durch die Art, wie er das Wort Schlange aussprach. Voller Ekel.

»Giftig?«

»Keine Ahnung, hab sie nicht gefragt, wollte es auch nicht rausfinden. Sie lag in meinen Schuhen. Anschließend bin ich zwei Tage ohne Schuhe unterwegs gewesen, bis ich mir neue geklaut habe. Jetzt trage ich fesche Nikes. Die hätte ich gerne gegen Trekking-Schuhe getauscht, vielleicht nehme ich mir nachher welche von den Militärstiefeln.«

»Sexy«, kommentierte ich. »Zeig sie mir nach der Wüste, ok?«

»Versprochen. Wahrscheinlich komme ich damit in Jekaterinburg an, wenn sie bequem sind. Ist es bei dir auch so kalt?«

»Und wie. Ich hatte keine Ahnung, dass es Mitte September plötzlich so kalt werden kann.«

»Ich habe noch ein paar SIM-Karten und Handys gefunden und sie der Gruppe hinzugefügt. Für den Fall der Fälle. Ich gehe davon aus, dass sich chinesische Karten mit dem Ausland nicht gut vertragen, besser ich habe ein paar. Zum Glück geht mein VPN noch. Sonst hätte ich dich niemals gefunden. Hier ist alles gesperrt, was Spaß macht.«

»Ich muss auch Nachschub auftreiben. Hast du ansonsten alles Wichtige?«

»Ich hoffe es. Wahrscheinlich nicht.«

»Wasser?«

»Das habe ich. Der ganze Jeep ist voll damit. Kanisterweise, falls ich mich verfahre.«

»Tu das besser nicht.«

»Okay, ausnahmsweise.«

Stille.

»Es wird alles gutgehen«, sagte ich schließlich.

»Ich hoffe es. Versprich mir, in Jekaterinburg zu warten und nicht weiterzugehen, nur um mich zu suchen, falls du vor mir ankommst.«

»Das möchte ich überhaupt nicht hören. Ja, wenn ich es genau bedenke, dann höre ich nicht mehr zu.«

»Ariadne, ich mein's ernst. Keine Suchaktionen. Wenn ich hierbei draufgehe, dann ist das so. Dann will ich, dass du wenigstens in Sicherheit bist. Mach dir ein schönes Leben mit Hund, Katze und Pferd. Was nützt es schon, wenn du bei der Suche nach mir umkommst?«

»Und was nützt das Leben allgemein, wenn ich ganz allein bin?«

Sanghyun verstummte abrupt. Ich hörte nur seinen Atem. Dann: »Ich weiß es nicht. Aber ich will nicht, dass du wegen mir …«

»Wir beide wissen, dass das so nicht funktioniert. Wir sind wegen des jeweils anderen unterwegs. Und deswegen ist das eine immer mit dem anderen untrennbar verknüpft.«

Wieder Stille.

»Wirst du gleich gehen?«

»Wenn ich gegessen habe, ja. Ich glaube, es ist besser, wenn ich nachts fahre und über Tag ruhe. Hoffentlich hält der Wagen diese Hitze aus. Ich werde wohl drunter kriechen, wenn es zu heiß wird. Ein Zelt habe ich noch, wird vermutlich blitzschnell zum Ofen, wenn ich es aufstelle.«

»Das wird hart«, erwiderte ich und fühlte mich mit einem Mal schrecklich privilegiert mit meinem netten Häuschen und der Aussicht auf ein warmes Bett mit Decken und Daunen.

»Wird es. Denkst du an mich?«

»Jede Sekunde. Ruf mich an, wann immer du kannst. Ich will wissen, ob es dir gutgeht. Ich will wissen, wie die Wüste ist. Ich will wissen, ob du Autofahren kannst. Ob die Sterne gut zu sehen sind … alles!«

»Das werde ich. Versprochen. In ein paar Tagen sollte ich über die Grenze kommen. Ich hoffe, es wird dann einfacher.«

»Das wird es. Ganz bestimmt.« Ich versuchte, zuversichtlich zu klingen, aber ich war es ganz und gar nicht. Denn alles, was ich verspürte, war eine nagende Angst.

»Mach's gut, Ariadne«, sagte Sanghyun leise.

»Du auch. Wir werden uns sehen. Versprochen.«

»Wie willst du das versprechen?«

»Ich tue es einfach. Komm wieder, so schnell du kannst.«

»Ich will alles versuchen. Manchmal glaube ich, dass es das einzige Versprechen ist, dass ich wirklich halten will. Sonst habe ich anderen Leuten zuliebe irgendwas versprochen. Meiner Mutter oder meinem Vater. Damit sie Ruhe geben. Aber das hier, das meine ich wirklich ernst.«

Als er aufgelegt hatte, war der Kloß in meinem Hals riesig. Ich schob meine Chipstüte von mir und starrte nach draußen. Was, wenn das unser letztes Gespräch gewesen war? All die ungesagten Dinge zwischen uns schwebten auf einmal vor mir. Wieso hatte sich jemand gedacht, hey, es wäre eine super Idee, wenn ausgerechnet diese beiden Gestalten, die nichts vom Leben und der Welt wissen, eine Weltreise unternehmen müssen, um einander zu sehen? Wenn es Gott gab, war er ein Arschloch.

Mittlerweile war ich zwei Tage ohne ein Lebenszeichen von Sanghyun unterwegs. Das war zwar nicht die längste Zeitspanne ohne ihn, aber die Ungewissheit, ob er es durch die Wüste und einen Bergpass schaffte, quälte mich. Ich hatte mir seinen Weg auf Google Maps angesehen und nicht mit ihm tauschen wollen. Es gab Gebiete, die kaum kartografiert waren, schon gar nicht für Normalsterbliche wie uns, sondern für Bergsteiger oder Hardcore Geografie-Fans. Und ich wusste auch nicht, welche Route Sanghyun nehmen würde. Ich hatte im Sattel mein Navi offen, damit es mir den Weg nach Jekaterinburg wies, schaute aber immer wieder aufs Tablet, damit ich Sanghyuns Weg irgendwie rekonstruieren konnte. Das half weder ihm noch mir. Es beruhigte mich auch nicht. Es war eine sinnlose Tätigkeit, die meine Aufmerksamkeit verschlang.

Es war Abend, als ich in einem winzigen Dörfchen ankam. Es gab ein paar Häuser, ein paar leere Weiden und sonst nur eine Tankstelle. Die gab es irgendwie immer. Ein Traktor stand auf einer Straßenkreuzung und ich setzte Katze und Tobi ab, damit sie den Rest zu Fuß gingen.

Ich sah mich nach offenen Türen um, entschied mich dann für einen Abstecher zur Tankstelle. Zumindest für ein paar Getränke, die ich anschließend in Merowingers Korb stopfte.

Tobi schnüffelte an einer der Zapfsäulen, Katze gähnte ungeniert, weil ich sie wahrscheinlich aus ihrem Schönheitsschlaf gerissen hatte. Ihr rot getigertes Fell leuchtete im Licht der untergehenden Sonne und als sie sich streckte, hörte ich ein leises Quietschen aus ihrer Kehle. Weil ich darüber lachte, sah sie mich empört an. Katze war eine sehr seriöse Katze und niemand hatte über sie zu lachen. Schon gar nicht die blöde Dosenöffnerin.

Ich streichelte sie und wollte sie gerade in den Korb setzen, als Merowinger den Kopf hochriss und die Nüstern blähte.

»Hier ist nichts«, sagte ich lapidar, die Elchgeschichte noch gut in Erinnerung. »Die tun dir sowieso nichts.«

Tatsächlich waren die beiden Elche nicht meine letzten gewesen. In der Ferne wanderten die Tiere hin und wieder ungestört durch die Lande. Jedes Mal hatte Merowinger sie zuerst bemerkt. Vielleicht gab es hier auch einen. Die Tiere trauten sich mittlerweile ziemlich ungeniert in die Städte. So hatte ich schon Waschbären, diverse Eichhörnchen und anderes Getier angetroffen, das man sonst nicht sah. Störche zum Beispiel.

Merowinger machte einen Schritt zurück.

Als ich seinem Blick folgte, war gegenüber nur das Feld mit dem hochgewachsenen Gras und dem leeren Tankwagen – der stand dort sicher nicht erst, seitdem die Menschen sich spontan zum Aussterben berufen gefühlt hatten. Sondern eher Jahre.

Rechts von uns verbarg der kleine Shop mit Kassenhäuschen den Blick auf die Straße, dort konnte er also nichts sehen.

Ich revidierte meine Aussage prompt, als sich eine schwarze Nase um die Ecke schob. Ein Hund? Ich packte Tobi sofort am Halsband, weil er die Angewohnheit hatte, Straßenhunde anzukläffen. Und das war nur in seiner Welt ein ausgeglichener Kampf.

Um Katze machte ich mir keine Sorgen, die würde zur Not irgendwohin flüchten. Doch Tobi hatte den Schwanz eingezogen und begann zu zittern wie Espenlaub.

Eine zweite Nase mit puscheligen Ohren lugte um die Ecke und mit einem Mal begriff ich, was ich da vor mir hatte: Bären. Das hier waren zwei Bärenjunge ... und die Mutter war sicher nicht weit.

Wie aufs Stichwort trat sie auf einmal hinter der Mauer hervor und fixierte mich genau. Merowinger reagierte sofort, er stürmte so schnell rückwärts, dass er beinahe Katze über den Haufen rannte und dann war er weg. Und die Bärenmutter fühlte sich angegriffen, denn sie sträubte die Nackenhaare, stellte sich auf zwei Beine und gab ein lautes Grollen von sich.

Ich riss Tobi in die Höhe und scheuchte Katze auf. Panisch lief ich davon, der Dackel in meinem Arm war höllisch schwer und ich wagte es nicht, über die Schulter zu sehen, ob die Bärin mich verfolgte. Das Kratzen der Pranken auf dem Asphalt ließ mich zur Höchstform auflaufen. Ich flehte nur, dass Katze irgendwie hinterherkam. Die dicke Pummelkatze war viel zu faul, um wegzulaufen.

Ich überwand eine kleine Mauer und bog in einen Hinterhof ab, der von einem durchlöcherten Holzzaun umgeben war.

Keuchend blieb ich dahinterstehen und sah mich um.

»Katze?«, zischte ich.

»Miau«, war die Antwort. Dann kroch das dicke Katzentier unter dem Holzzaun hindurch.

Ich setzte Tobi auf den Boden, lehnte mich gegen die Wand und atmete tief durch. Fuck. Das Pony war weg. Hoffentlich fand ich den Hasenfuß wieder, er hatte meinen gesamten Proviant und alle Powerbanks bis auf eine. Auch meine restlichen Handys trug er spazieren. Nur das, mit dem ich aktuell navigierte, und das Tablet waren noch da.

»Fuck!«, fluchte ich halblaut in die Dämmerung hinein und widmete mich der nächsten Frage: Wo konnte ich schlafen, solange der Bär draußen herumlief? Dem wollte ich nicht in der Dunkelheit begegnen.

Zum Glück fand ich eine Tür mit Fliegengitter, die sich problemlos aufstemmen ließ, auch mit meinen nicht vorhandenen Hilfsmitteln.

Ich schleuste Tobi und Katze hinein, schloss die Tür hinter mir und stand in einer altertümlichen Stube, mit Holzmöbeln sowie einer Eckbank. Einen der schweren Stühle hievte ich vor die Tür, um mir das Gefühl von Sicherheit vorzuheucheln.

Strom gab es natürlich nicht. Ich hatte nichts anderes erwartet, aber meine Powerbank war vom heutigen Ritt fast leer. Handy und Tablet auch. Wenn ich Merowinger nicht wiederfand, war ich wirklich am Arsch. Denn das Pony hatte die Karte in der Satteltasche. Ich konnte nie und nimmer mit einer russischen Karte navigieren … falls sich hier eine finden ließ.

»Scheiße«, schimpfte ich vor mich hin, um mich selbst irgendwie zu beruhigen. Der Bär hatte nur seine Kinder beschützt. Aber er hatte ein verdammt großes Gebiss und sehr große Krallen – ich war am Arsch, wenn er mich angriff.

»Wenigstens bist du eine schlaue Katze«, sagte ich zu ihr und beugte mich herunter, um sie zu streicheln.

Katze antwortete mit einer Mischung aus Schnurren und Mauzen.

»Dann wollen wir mal gucken, was es hier gibt.«

Die Küche stank zumindest nicht. Das bedeutete, dass die verderblichen Lebensmittel gut weggeschlossen, oder gar nicht vorhanden waren. Immerhin funktionierte das Wasser und ich servierte Katze und Tobi in feinstem Omaporzellan ihre Portion. Gläser fand ich keine, also trank ich auch aus einer Omatasse, die allerdings weniger schick war.

Als ich mich auf die Eckbank fallen ließ, merkte ich erst, wie schnell mein Herz schlug und mein Atem ging. Scheiße, mit einem Bären hatte ich nicht gerechnet.

Hier saß ich nun. Ohne Strom. Ohne Proviant. Draußen wurde es langsam kalt. Und ich hatte keine Ahnung, ob mein Akku so lange halten würde, bis Sanghyun mich wieder erreichte. Ja, sicher, wenn ich Strom bekam, konnte ich mich problemlos über meinen Google-Account einwählen. Aber was, wenn nicht? Dann war ich allein in einer Welt ohne Strom, ohne Menschen – dafür in einer, in der Bären durch die Straßen liefen. Ich hasste all das in diesem Moment. So sehr wie noch nie.

Kapitel 14: #lost

Einen ganzen Tag suchte ich das Pony, aber Merowinger blieb wie vom Erdboden verschluckt. Ich lief mir die Füße wund, versuchte Tobi auf ihn anzusetzen, schrie seinen Namen, während ich durch die Stadt lief. Ich sah weder den Haflinger noch Pferde in der näheren Umgebung, bei denen er hätte um Asyl betteln können. Am Ende musste ich einsehen, dass er weg war. So schnell, wie er in mein Leben gekommen war, war er auch wieder verschwunden. Ich weinte bitterlich an dem Abend, doch es nützte nichts, ich musste weiter, nur dann würde ich Sanghyun sehen. Also lief und lief ich, bis ich kaum noch einen Schritt tun konnte und suchte in der nächsten Häuseransammlung Zuflucht. Und am nächsten Tag noch einmal.

Ich hatte eine einzige Powerbank in den Untiefen meines Rucksacks gefunden und das Handy endlich wieder anschließen können. Ich sprach Sanghyun auf die Mailbox, erzählte ihm davon, dass ich Merowinger nicht finden konnte. Dann kam ich mir lächerlich vor. Er hatte sicher andere Probleme, als mit mir um mein Pony zu trauern. Der Bär hatte dem dicken Haflinger sicher nichts getan, dafür war er nicht groß genug. Hier liefen ja keine Grizzlybären durch die Straßen, sondern Braunbären oder was auch immer. Trotzdem vermisste ich das Pony. Und seinen Komfort.

Jetzt war ich zu Fuß unterwegs, konnte nicht viel mit mir nehmen und die Tage des warmen Dosenfutters waren auch vorbei.

An diesem Abend hatte ich mich in einer Garage zusammengerollt und schlief auf der Rückbank eines Autos, das ich nicht mal aus der Garage bekommen hätte, obwohl der Schlüssel steckte, es war ein großer Kastenwagen und die Garage so vollgestellt, sodass ich Angst hatte, mich festzufahren. Zudem war das Haus abgeschlossen und ich konnte nicht einsteigen. Das erste Auto war genauso verschlossen und ich stieg schließlich durch die Garage in das zweite, wo ich versuchte, einen Radiosender einzustellen, damit ich nicht mehr so allein war. Irgendjemand laberte mich also (vom Band) auf Russisch zu, aber ich war dankbar, eine Stimme zu hören.

Tobi schlief im Fußraum, Katze auf mir.

Und dann war da das Geräusch einer eingehenden Nachricht, die mich aufschreckte. Ich brauchte eine Weile, um es zuzuordnen. Anschließend ärgerte ich mich, dass ich das Handy angelassen hatte, denn das kostete wertvollen Strom.

Doch als ich sah, dass die Nachricht von Sanghyun war, war ich prompt hellwach. Zwei kryptische Fotos. Sie zeigten Steine. Warum zum Teufel schickte er mir Steine? Hatte er den Verstand in der Wüste verloren?

Ich schrieb: *Was ist das?*

Die Bestätigung, dass er die Nachricht empfangen hatte, blieb aus. Vielleicht hatte er die Fotos vor einiger Zeit losgeschickt und nun war er kurz durch eine Gegend gekommen, wo es Empfang gab.

Ich vergrößerte eins der Bilder und erkannte, dass sich auf den Steinen Zeichnungen befanden. Jemand hatte mit goldener Farbe etwas aufgemalt. Im Licht von Sanghyuns Handy, oder Auto, oder was immer seine Lichtquelle war, schimmerte es regelrecht.

Ich erkannte zwei Menschen auf dem ersten Bild. Eine Frau und einen Mann. Rudimentär, nicht besonders detailliert. Sie liefen in entgegengesetzte Richtungen.

Ich wischte über den Bildschirm, um das zweite Bild zu vergrößern. Eine Frau, die durch einen Bogen lief. Nächstes Bild. Der Mann lief durch einen Bogen. Und das letzte Bild: Beide standen voreinander. Um sie herum so etwas wie Sterne. Es kam mir vor, als wäre hier unsere Geschichte erzählt. Hatte Sanghyun das gemacht?

Ich schaute noch einmal nach, ob er meine Nachricht erhalten hatte, aber das war nicht der Fall.

Nun, da ich wach war, wälzte ich mich unruhig auf der Rückbank hin und her, wagte es aber nicht, das Handy auszuschalten. Vielleicht rief mich Sanghyun gleich an, weil er aus der Wüste raus war. Meine Powerbank hatte noch zwei Striche Akku. Nicht viel, dafür zeigte mein Handy wieder 100 % an.

Ich musste mich beruhigen. Wenn ich mir wieder und wieder ins Gedächtnis rief, wie beschissen meine Situation war, dann half mir das nicht weiter. Noch schlimmer, die Angst lähmte mich. In den letzten Tagen war ich kaum vorwärtsgekommen, was meine Reise nach Jekaterinburg nicht sonderlich vorantrieb. Außerdem sehnte ich mich nach einer heißen Dusche, Strom und einer warmen Mahlzeit. Auch Katze und Tobi waren quengelig. Ich hatte nicht viel Futter für sie gefunden, denn dort, wo ich war, war gefühlt gar nichts. Ich musste die Augen nach einem Roller offenhalten. Oder nach irgendetwas, mit dem ich die zugestellten Straßen durchqueren konnte.

Bis zum Morgengrauen lag ich da, irgendwo in einem Dämmerzustand zwischen wach und schlafend. Bis ich mich schließlich entschloss, mein verdammtes Selbstmitleid zurückzulassen. Verdammte Bären. Verdammtes Pony. Ich würde nicht irgendwo in der Pampa liegenbleiben und scheitern, ohne eine Chance zu haben, Sanghyun zu treffen. Ich würde gehen. Und die Welt konnte mich mal am Arsch lecken.

Ich fuhr ein Tuk-Tuk. So ein richtig hässliches, klappriges, stinkendes Tuk-Tuk. Immerhin war es ein echtes Piaggio Ape. Der Vorteil an dem Dreirad war, dass es über Bordsteine ausweichen konnte, wenn die Autos dicht an dicht standen, allerdings verschlang es auch Benzin ohne Ende und wenn man die Fenster nicht herunterdrehte, dann wurde man in seinem Inneren beinahe vergast, so schlimm war der Gestank. Keine Ahnung, was die Vorbesitzer darin transportiert hatten. Tobi und Katze saßen auf der Rückbank und wurden genauso durchgeschüttelt wie ich, aber wenigstens fuhren wir halbwegs zügig davon.

Doch irgendwann sah ich es – eine Stadt. Ich sah Hochhäuser. Und was noch viel besser war: Ich sah Lichter! Ich ließ das klapprige Dreirad beschleunigen und sauste im Slalom zwischen den leerstehenden Autos hindurch. Ein oder zwei Spiegel nahm ich mit, aber das kümmerte mich nicht. Haftpflicht? Pfft ... wer brauchte die während der Apokalypse? Zwischendurch, wenn die Straße frei war, sah ich auf mein Handy, aber Sanghyun hatte sich noch nicht gemeldet. Meine Nachricht war nicht bis zu ihm durchgedrungen.

Doch jetzt wollte ich Sanghyun außen vorlassen. Ich musste meine Vorräte aufstocken. Duschen. Wahrscheinlich hatte ich schon Flöhe. Und ich musste dringend etwas essen, das nicht aus Schokoriegeln von der Tankstelle bestand. Was, wenn ich in dieser garstigen Welt Karies bekam? Umso was mussten sich die Helden in Filmen nie Sorgen machen. Und Frauen bekamen in irgendwelchen Zombiefilmen scheinbar nie ihre Tage. Ich dagegen musste mich mit einer o. b.-Packung durch die halbe Welt quälen, wenn ich nicht in Apotheken die Anti-Babypille klauen konnte. Damit ließ sich dieses Problem nämlich glänzend unterdrücken.

Ich sauste einen Bürgersteig entlang und erreichte mit einem Mal eine Brücke. Das musste die Wolga sein. Am Scheitel der Brücke hielt ich kurz an, um auf das Wasser zu schauen. Ein reißender Fluss, der wild dahinrauschte. Sogar jetzt konnte ich ihn hören.

Tobi streckte den Kopf aus dem Fenster und schnupperte. Wahrscheinlich hatte er Durst.

»Gleich«, sagte ich zu ihm und Katze und trat wieder aufs Gas. Strom. Vielleicht trieb ich auch irgendein Handygeschäft auf. Einen neuen Campingkocher. Und vielleicht ein weniger stinkendes Gefährt? Nun ja, wir sollten nicht übertreiben. So viel Glück auf einmal hatte ich nicht häufig. Schon gar nicht in dieser Welt. Glück, das lag meist an den anderen Menschen. Nicht an mir. Man bezeichnete es zwar stets als Glück, wenn etwas Gutes geschah, aber man merkte manchmal nicht, dass dieses Glück von anderen Menschen ausging, die etwas möglich machten.

Ich umkurvte mehrere Autos, einen Lkw und hielt mit einem Mal auf der Kreuzung. Und da war er: der Eingang zu einem richtig altmodischen Kaufhaus. Ein Ort, wo es alles gab. Ich trat auf die Bremse, zerrte meinen Rucksack hervor, öffnete die Tür und sprintete aus meinem stinkenden Gefährt hinaus. Gab es da Duschen? Nun ja ... kaltes Wasser tat es zur Not auch. Und waschen konnte man sich auch mit Waschlappen und Waschbecken.

Ich jubilierte innerlich und rannte durch die geöffneten Türen. Das Gebläse pustete mich von unten an und machte sowohl Tobi als auch Katze Angst, denn ich musste beide hinübertragen.

»Feiglinge«, tadelte ich sie, während ich Tobi rechts und Katze links durch das Erdgeschoss des Kaufhauses trug. Hier unten gab es eine Parfümerie mit angrenzender Abteilung für Handtaschen, Schuhe und weiteren Damenschnickschnack. Wahrscheinlich auch Schmuck. Brauchte ich neue Ohrringe? Bestimmt.

Ich war erstaunt, überhaupt so ein altmodisches Kaufhaus zu finden, ich hatte immer angenommen, dass es so was nur in Paris gab – nicht in einem quasi kommunistischen Land wie Russland. Es wirkte richtig altbacken, denn es hatte ein Kuppeldach mit Oberlicht. Die Rolltreppen fuhren immer noch, also steuerte ich die nächste Etage an, meine zwei Kameraden auf dem Arm. Alle Schilder waren auf Russisch, aber scheinbar war ich in der Unterwäsche- und Bademodenabteilung gelandet. Es gab auch Bademäntel und Handtücher. Und yeah: Kosmetik. Ich würde das teuerste Haarshampoo und die beste Seife nehmen, um mich nachher zu waschen. Wahllos griff ich mir einen Korb aus der hübsch angerichteten Puppendeko. Eine der Schaufensterpuppen, die dort stand, sah aus wie ein ziemlich nuttiges Rotkäppchen. Aber die hatte eben einen Korb.

Ich entschied mich für ein paar provokante Unterhöschen in Schwarz, dazu einen passenden BH und einen Strapsgürtel. Ein bisschen Selbstliebe schadete manchmal nicht.

In der Damenabteilung nahm ich mir außerdem ein paar Jeans und einige Pullover, bevor ich eine passende Jacke suchte. Außerdem brauchte ich Schuhe. Eventuell würde das eine laaange Nacht werden. Aber wenn ich eins hatte, dann war es Zeit.

Erst warf ich mich nach dem Waschen nackt in einen Handtuchstapel und danach begann ich Klamotten anzuziehen. Einfach nur zum Spaß. Nachdem ich gegessen und getrunken hatte, plünderte ich die Wodkavorräte aus dem Feinkostladen. Ich klemmte das Tablet in die Halterung eines E-Scooters und fuhr durch den Laden. Mit Pelzmantel und Abendkleid. Ich nahm ein Video für Sanghyun auf. Mit Klunkern behangen, die Haare frisch gestylt.

Kaufhäuser waren das Beste, was man finden konnte in dieser Welt. Weil sie mich an eine Zeit erinnerten, in der alles in Ordnung gewesen war. Und wer hatte sich als Kind nicht mal überlegt, im Kaufhaus zu übernachten? Das Ding hatte insgesamt vier Stockwerke. Sportbekleidung, Herrenkleidung, Kinderspielzeug und Luxuszeug. Und – wie sehr ich es liebte – eine kleine Elektronikabteilung, mit diversen Apple-Geräten und den neuen Android-Handys. Ich packte einige davon ein, um nachher alle einzurichten. An die SIM-Karten zu kommen, war schwieriger, dafür musste ich eine Vitrine einschlagen. Ich filmte immer wieder, entdeckte eine Stereoanlage, warf irgendeine russische CD ein, die im Verkaufsregal stand und tanzte für Sanghyun in Pelzmantel und Strapsen. Ich wollte nicht daran denken, dass ihm etwas zustoßen konnte. Sondern, dass er zurück sein würde, bevor mich die Panik wieder fest im Griff hatte. Nur darauf konzentrierte ich mich.

Und irgendwann, als ich müde war von Alkohol, Tanzen und Chaos, nahm ich mir die restlichen Kissen aus der Auslage (allerdings musste ich sie ausschütteln, wie alles hier, waren sie ziemlich staubig), und warf sie alle auf einen Haufen, um dort drin zu schlafen. Während ich dort lag, malte ich mir unwillkürlich aus, wie ein normales Leben mit Sanghyun ausgesehen hätte. Wäre ich mit ihm zusammengezogen? Hochzeit? Passte so etwas Altmodisches zu uns? Es war Unsinn, so wie mein romantischer Traum vom Kuss im Schnee. Aber der Unsinn half mir einzuschlafen. Mit einem besseren Gefühl als vorher. Auch wenn ich keinen dieser Gedanken jemals ausgesprochen hätte, weil sie ein bisschen peinlich waren.

Meine letzten Gedanken galten allerdings etwas weitaus Praktischerem: Mit drei Verlängerungskabeln hatte ich mir eine riesige Ladestation für meine neuen Handys und Powerbanks gebaut. Morgen musste ich in einen besseren Rucksack investieren, damit ich all das mitschleppen konnte.

Ich schlief wie eine Tote, trotz der grellen Beleuchtung, die ich nicht ausschalten konnte. Ich hatte mich lange nicht mehr gut gefühlt und das hier kam so halbwegs an dieses Feeling heran, das ich in Lille in den ersten Tagen verspürt hatte. Freiheit. Manchmal gefiel sie mir immer noch. Die innere Partymaus musste manchmal raus. Wenn auch in einem Kaufhaus irgendwo in Russland.

Und irgendwann, ich wusste nicht, ob es Nacht oder helllichter Tag war, klingelte mein Handy. Ich hätte am liebsten geheult vor Glück. Eine Nummer, die ich gespeichert hatte.

Ich war sofort wach, schoss aus meinem Kissenberg hoch und nahm den Videoanruf an. Da war er. Er saß in einem kargen Raum, aber offensichtlich hatte er Strom. Sein Haar klebte nass an seiner Stirn, ansonsten wirkte er unversehrt.

»Ist alles in Ordnung bei dir?«, fragte ich leise. Meine Stimme zitterte.

Das Gefühl der Erleichterung war überwältigend.

»Jetzt ja. Scheiße, diese Wüste. Sie ist wunderschön und die Hölle zugleich. Auch, weil sie nicht direkt wie eine aussieht. Aber du merkst es, wenn du plötzlich nichts mehr hörst. Diese völlige leere und Einsamkeit. Ach, außerdem gibt es da Kojoten oder so 'nen Scheiß und die heulen verdammt unheimlich. Ich glaube, die haben noch nicht mitbekommen, dass die Menschheit ausgestorben ist. Wahrscheinlich haben sie sowieso noch nie einen Menschen gesehen.«

»Und wo bist du jetzt?«

»Irgendwo hinter der russischen Grenze. Ich hab's geschafft. Wir sind im selben Land.«

Ich konnte nicht mehr dagegen anhalten, die Tränen bahnten sich ihren Weg über meine Wangen.

»Wieso weinst du?«, fragte er verwirrt.

»Weil ich glücklich bin. Es geht dir gut. Ich ...«

»Das ist doch kein Grund zum Heulen.«

»Ich heule eben manchmal, wenn ich mich freue.«

Sanghyun lachte. »Bitte lass das. Sonst wird der Wunsch, dich in den Arm zu nehmen, noch viel größer und wie soll ich das von hier aus tun? Ich bin irgendwo im Gebirge, in einer Kaserne des Grenzschutz oder so was. Hier gibt's nicht viel, aber eine Menge Dosenfutter und Waffen. Und Feldbetten. Das ist mehr als in der Wüste, von daher habe ich es ganz gut getroffen. Nicht besser als du, aber ... was hast du gestern bitte getrieben?«

»Party mit mir selber«, erwiderte ich gähnend. Ich trug immer noch mein aufreizendes Nachthemd mit dem Pelzmantel, wie mir auffiel.

»Du hast übrigens sehr süß gelächelt, als dir der Scooter die Rolltreppe runtergefallen ist.«

»Das ... war ein Versehen.«

»Das Lächeln? Oder der Scooter.«

»Der Scooter. War ich sehr peinlich?«

»Nein. Außerdem – wen kümmert's? Davon wissen nur du und ich. Und sonst niemand. Es wird auch niemals jemand davon erfahren.«

»Na, vielleicht überlegst du dir noch, dass du dieser Irren lieber aus dem Weg gehen willst.«

»Im Leben nicht. Ich möchte sie noch viel lieber treffen. Kannst du es glauben, Ariadne? Wir sind nicht mehr so weit voneinander entfernt.«

»Es klingt so einfach. Noch ein bisschen durchhalten und dann könnten wir endlich glücklich sein.«

»Denkst du, das könnten wir?«

»Ja«, antwortete ich. »Eigentlich bin ich immer dann glücklich, wenn ich mit dir rede.«

»Das ist das Erste, was ich von dir höre, das ich als *romantisch* durchgehen lassen würde.«

»Gewöhn dich nicht dran«, antwortete ich lächelnd. »Ich brauch kein Süßholzraspeln. Eigentlich brauche ich nur dich.«

Sanghyun verstummte für einen Moment. »Wirklich?«

»Wirklich. Selbst wenn du nicht der letzte Mensch auf Erden wärst.«

»Hast du was dagegen, wenn ich dich küsse, wenn wir in Jekaterinburg sind?«

»Nein. Was für eine Frage.« Mein Herz tat einen Sprung.

»Ich hätte es sowieso getan.« Sein Lächeln war so wunderbar, dass ich am liebsten durch den Bildschirm gekrochen wäre. Aber noch lagen tausend Kilometer vor uns. Und dann gab es endlich das *Danach*. Wenn wir nicht mehr allein waren und durch die Sterne liefen.

»Die Bilder«, fiel mir plötzlich ein. »Hast du das gemalt?«

»Nein. Ich bin in der Nacht fast gegen sie gefahren, weil ich am Steuer eingenickt bin. Ich bin ausgestiegen, um mir die Beine zu vertreten und da habe ich sie gefunden. Sie beschreiben uns perfekt, oder?«

»Ja, aber das bedeutet, dass jemand genau dasselbe erlebt hat, Sanghyun.«

»Keine Ahnung. Vielleicht ist es ein Gleichnis.«

»Meinst du das liegt an irgendeiner Sternenkonstellation? Wie sah der Sternenhimmel aus, als die Welt plötzlich stillstand?«

»Ich hab nicht mal eine Ahnung, wo man das nachschauen könnte.«

»Ich werde es mal versuchen, wenn ich nicht schlafen kann – und Strom habe.«

»Strom haben sie hier an der Grenze. Ob ich danach allerdings welchen bekomme, weiß ich nicht. Keine Ahnung, ob viele Großstädte auf meinem Weg liegen. Ich habe den Eindruck, dass die Infrastruktur das in jedem Fall besser abkann als auf dem Land. Wenn die denn überhaupt beständig Strom hatten, das weiß man ja auch nie.«

Ich nickte. »Wie spät ist es überhaupt?«

»Hier? Keine Ahnung. Mitten am Tag, die genaue Uhrzeit weiß ich gerade nicht, weil mein Handy sie nicht gerafft hat. Wahrscheinlich befinden wir uns in unterschiedlichen Zeitzonen. China hat nur eine einzige, aber Russland hat elf. Ich müsste drei oder vier Stunden vor dir sein.«

»Uff«, machte ich. »Ich sollte mich auf den Weg machen. Ich bin schon wieder im Rückstand, seitdem mir das Pony abgehauen ist.«

»Wieso das?«
»Ach, lange Geschichte ... in die ein Bär inkludiert ist.«
»Scheiße, warum hast du das nicht gesagt?«
»Was hätte ich dir denn erzählen sollen? Außerdem hattest du keinen Empfang und es hätte nichts am blöden Bären geändert.«
»War es schlimm?«
»Ich hab mich furchtbar erschrocken, aber er hat mir ja nichts getan. Nur seine Jungen beschützt und da kann ich dem Tier keinen Vorwurf machen.«
Sanghyun lachte. »Du würdest auch eine Entschuldigung für giftige Spinnen finden, oder?«
»Nein.«
Streng genommen hatte der Bär mich nur verjagt. Dass ich dabei Merowinger verliere, weil das Pony kopflos davonlief, dafür konnte der Bär nichts.
»Du bist echt unverbesserlich.«
»Er hat mir wirklich nichts getan«, antwortete ich.
»Und jetzt? Wo bist du?«
»Irgendwo an der Wolga. Keine Ahnung, wie die Stadt heißt, hier ist alles auf Russisch. Aber ich bin auf dem Weg nach Moskau. Jetzt habe ich auch wieder was zum Fahren. Was macht dein Jeep?«
»Ich denke, bis ich wieder auf feste Straßen komme, kann ich ihn behalten. Viele Autos stehen hier nicht rum. Danach? Keine Ahnung ...«
»Versprich mir nur, dass du auf mich wartest«, sagte ich leise. »Ich weiß, ich bin furchtbar langsam, es tut mir so leid, aber ich komme ständig so schlecht durch und dann kann ich mich kaum aufraffen. Ich weiß, dass es einfacher ohne Katze und Tobi wäre ... ich bring's einfach nicht übers Herz sie zurückzulassen.«
»Sollst du auch nicht. Ich werde auf euch warten. Auf euch alle drei.«

Ich seufzte erleichtert. Manchmal sagte Sanghyun einfach genau das Richtige.

Kapitel 15: #russianwinter

Ich hatte keine Ahnung, was für ein Tag war, aber es war das erste Mal, dass ich die Anzeichen des nahen Winters spürte. In hundert Kilometern würde ich Moskau erreichen und auf einmal war es richtig kalt. Der Regen prasselte auf mein Dreirad, das zu allem Überfluss undicht war. Und das seit zwei Tagen. Ich fror und meine Kleider waren feucht und klamm. Mein Handy wackelte in einer rostigen Halterung hin und her, während ich mir einen Weg durch die Straßen bahnte, ständig musste ich bremsen, ausweichen, über irgendwelche Bordsteine rumpeln und fürchtete bei jeder Erhöhung, dass mein stinkendes Gefährt einfach auseinanderfiel.

Aber ich musste weiter. Nur weiter. Sanghyuns Rückkehr aus der Wüste hatte etwas in mir ausgelöst. Er war mein Ziel. Nicht irgendetwas, das da am Ende meines Weges wartete, nein, er war das, was ich wollte. Irgendwie musste ich ihn erreichen, koste es, was es wolle.

Doch seit zwei Tagen schien Katze zu kränkeln. Ich merkte es an ihrem Körper, der nicht mehr so warm, sondern kühl und schlaff war. Ich hatte keine Ahnung von Katzenkrankheiten, bisher war ich nur mit ihr zum Tierarzt gegangen, wenn sie geimpft werden musste – obwohl es streng genommen nicht einmal meine Katze war. Sie hatte sich schließlich selbst eingeladen.

Nun lag sie auf meinem Schoß, in den Pelzmantel eingerollt und rührte sich kaum, wenn eine Bodenwelle oder ein Bordstein unseren Weg kreuzte. Auch hatte sie heute Morgen ihr Futter verschmäht. Und das Seltsamste war, dass Tobi Abstand zu ihr hielt. Dabei versuchte er ständig, Freundschaft mit Katze zu schließen. Vielleicht hatte er gemerkt, dass sie ein wenig Raum für sich brauchte.

Mit einer Hand tätschelte ich immer wieder über ihren Kopf oder umschlang ihren Körper, um ihre Temperatur zu kontrollieren. Zumindest wirkte sie wärmer als zuvor. Und so kalt war es draußen nicht, dass sie unterkühlt sein konnte. Zumal wir nicht großartig draußen herumliefen.

Ich kam also nur schleppend vorwärts, mit dieser nagenden Angst, die mich befallen hatte. Ich hatte Medikamente für Tiere eingesteckt, als ich in Lille aufgebrochen war, aber mit Merowinger waren sie verloren gegangen. Nun musste ich neue auftreiben und hatte vor allem versäumt, es vorher zu tun. Dazu kamen noch die zweifelhaften Übersetzungsmöglichkeiten des Internets. Doch ich war zuversichtlich. In Moskau gab es sicher irgendwo einen Tierarzt.

Nach Moskau lagen weitere 1600 Kilometer vor mir. Ein riesiger Batzen an Strecke, der mit einer kranken Katze nicht einfacher wurde. Aber wenn sie Medikamente brauchte, dann war das so. Und wenn sie Ruhe brauchte, würde ich ruhen. Ich ließ sie sicher nicht zurück, nur weil sie unbequem wurde.

Noch einmal musste ich einen großen Schlenker machen, der wieder über einen Bordstein führte, schließlich erreichte ich einen Seitenstreifen auf einer mehrspurigen Straße, auf dem ich ein bisschen Gas geben konnte.

»Wir suchen dir ein paar Medikamente und dann geht es dir besser, Kleines«, sagte ich beruhigend zu Katze, während ich ihr den Kopf tätschelte.

Ich fuhr teilweise durch ganz bezaubernde Siedlungen. Alles voller Laub in kunterbunten Farben, viele Bäume, große Rasenflächen. Feine Häuschen. Scheinbar wohnten hier reichere Leute und sie pflegten ihre Gärten. Ja, der Weg nach Moskau erschien mir erstaunlich normal, als würde ich durch Frankreich oder ein anderes europäisches Land fahren. Merowinger hätte es hier sicher gefallen, weil es so viel sattes Grün gab.

Allerdings war der andauernde, eisige Regen zermürbend, daher musste ich zugeben, dass es angenehm war, vor dem Gröbsten geschützt zu sein. So oder so hatte ich ein schlechtes Gewissen, was das Pony betraft. Seinen Sattel hatte er auch noch auf. Wenn er sich damit verfing und verletzte? Hätte ich ihn länger suchen sollen? Aber wie? Beim letzten Mal hatte er meine Rufe gehört.

Nein – ich zwang mich, meine Gedanken abzuwenden. Ich konnte nichts für sein Schicksal. Ich war nicht für alles und jeden verantwortlich. Das hatte mir Sanghyun gestern gesagt. Dabei war ich sonst nie übermäßig empathisch gewesen. Klar, bei meinen Freunden. Bei meiner Schwester. Aber sonst? Ich heulte nicht sofort los, wenn *Pretty Woman* im Fernsehen lief und ich spendete auch nicht für Kinder in Afrika. Und jetzt? Jetzt hatten mich in Lille schon tote Goldfische überfordert. Ich wusste nicht, ob das ein Charakterzug war, der mich einfach überfallen hatte, oder ob er schon immer in mir drin gewesen war. Aber gerade half er mir nur dabei, mich schlecht zu fühlen. War das nicht egoistisch, dass ich mich erst um andere scherte, wo ich plötzlich alleine war? Vielleicht weil man erst merkte, was man Wichtiges besaß, sobald es verloren war?

Mit diesen düsteren Gedanken fuhr ich in Moskau ein, zumindest ein Stück, denn die Stadt war vollgestopft mit Autos. Überall standen sie herum, kaum Abstand voneinander, sodass ich alle Mühe hatte.

Als es überhaupt nicht mehr weiterging, öffnete ich Google Maps und ließ das Navi *Orte in der Nähe* suchen. Mittlerweile dämmerte es schon. Das war nicht ungewöhnlich, in den letzten Tagen schwanden die Sonnenstunden immer schneller, je weiter ich nach Osten kam. Und der Regen wollte einfach nicht aufhören.

Google spuckte viel Kauderwelsch aus, bis ich das Symbol der Tierärzte sah, die Schlange mit dem V für Veterinär, und ließ mich dorthin leiten. Dafür musste ich allerdings umdrehen und fuhr kurzerhand durch eine Passage, wo es ein paar Geschäfte und Restaurants gab, jedoch keinen Strom. Die Stadt hatte nirgends Strom. Überall war die Straße zerstört. Es wucherten Pflanzen daraus hervor. Sogar auf geschlossenen Cabrioverdecken oder unter den Motorhauben. Daher war ich dankbar, dass mein kleines Dreirad in seinem hässlichen Hellblau noch angesprungen war. Die Autos hier sahen aus, als würden sie sich nie wieder vom Fleck bewegen, selbst wenn ich den Schlüssel herumdrehte.

Ich sauste zwischen den Autos her und suchte nach dem rettenden Veterinär-Schild, obwohl mir Google mitteilte: »Sie haben ihr Ziel erreicht.« Wahrscheinlich war der Eintrag nicht aktuell ... Fluchend hielt ich erneut an und nahm einen weiteren Treffer, jetzt drei Kilometer entfernt.

Ich drehte erneut um, fuhr durch die Auslage eines Supermarkts, die ziemlich ramponiert und gammelig aussah, und befand mich dann auf der nächsten Querstraße. Mittlerweile hatte ich auch das Licht angeschaltet, denn die Dämmerung hatte mich eingeholt. Ich musste mich beeilen, wenn es erst dunkel war, würde ich nie einen Tierarzt finden.

Ich sah eine leere Burger King-Filiale, aber der Appetit war mir vergangen – meinen Big Mac konnte ich mir auch abschminken. Wahrscheinlich starben Sanghyun und ich, wenn wir dieses Fleisch anrührten.

Ich fuhr und fuhr, durchquerte Blumenbeete, die unter Wasser standen, rumpelte ein paar Autospiegel kaputt und musste immer wieder umdrehen, wenn alle Wege versperrt waren, sodass ich fluchend in meinem Dreirad saß und immer panischer wurde. Ich brauchte die gottverdammte Tierarztpraxis. War das denn so schwer? Der beschissene liebe Gott hatte echt was gegen mich. Erst ließ er alle Menschen verschwinden, dann machte er Katze krank und jetzt konnte ich den rettenden Tierarzt nicht finden. Echt – Danke. Was hatte ich dem eigentlich getan?

Ich fuhr die Straße rauf und runter, Google krähte mir entgegen: »Sie haben ihr Ziel erreicht.«

»FICK DICH«, brüllte ich das Handy an, so laut, dass sogar Katze aufwachte und ihren Kopf verwirrt in die Höhe streckte. Beruhigend strich ich ihr übers Fell. »Nicht du, Mäuschen.«

Tobi winselte auf der Rückbank. »Du auch nicht.«

Wo war dieses beschissene Symbol? Eine gottverdammte Tierarztpraxis! Ich brauchte sie. Jetzt. Es gab dort bestimmt etwas, mit dem ich Katze aufpäppeln konnte.

Und dann sah ich es. Versteckt zwischen den großen, schmalen Häusern, in zweiter Reihe stehend, war das rettende Schild: Veterinär. Gerade noch sichtbar am Ende des Lichtkegels meiner Scheinwerfer.

Ich stieß einen Triumphschrei aus, ließ mein Dreirad losschnellen und parkte mit quietschenden Reifen vor dem Gebäude. Katze und Tobi ließ ich noch im Auto, damit ich zur Not irgendwelche Scheiben einschlagen konnte.

Ich fand ein gekipptes Fenster zu einem der Behandlungsräume und schlug dagegen, bis es sich aus der Halterung löste und aufschwang. Vermutlich war es jetzt hin, aber was kümmerte mich das? Ich lief, mit Handylicht, durch die Praxis, bis ich schließlich den Eingang fand und ihn öffnete.

Anschließend sprintete ich zum Auto, wo ich Tobi auf den Boden setzte, Rucksack und Katze nahm und dann wieder nach drinnen lief.

Ausgerechnet Tobi zierte sich vor der Praxis, wahrscheinlich weil es selbst jetzt noch nach Tierarzt roch.

»Du musst auf der Straße schlafen, wenn du nicht mit reinkommst«, schimpfte ich. »Los jetzt.«

Schließlich gab er nach und kam angewieselt, allerdings schaute er misstrauisch in den Eingang, bis ich endlich die Tür zumachen durfte.

»Niemand impft dich«, erklärte ich ihm.

Dann lief ich mit Katze in den Behandlungsraum und legte sie auf dem Metalltisch in der Mitte ab. Sie war immer noch dick in den Pelzmantel eingepackt, dennoch schloss ich das Fenster so gut es ging, auch wenn es einen Spalt breit offenblieb. Immerhin kam der kalte Wind nicht mehr ungebremst hinein.

Ich öffnete die Schränke. Spritzen, Fläschchen, Medikamente, soweit das Auge reichte. Aber ich hatte keine Ahnung, was meine Katze hatte und ich sprach auch kein Wort Russisch. Dazu kam, dass bei einigen das Ablaufdatum überschritten war.

Draußen grollte es. Ein Gewitter zog heran. Kurz darauf prasselte der Hagel gegen die Fenster und gab dem ganzen Raum eine gespenstische Geräuschkulisse.

Fluchend nahm ich ein paar Kerzen aus dem Rucksack und drapierte sie im Raum.

»Was hast du nur«, murmelte ich, während ich Google durchsuchte und nebenbei Katze streichelte.

Was gab man, wenn die Katze zu kühl war? Warum war sie überhaupt so kühl? Zuerst war sie nur müde gewesen. Müder als sonst. Sehr zurückgezogen. Was untypisch für sie war. Schließlich lief sie mir mittlerweile hinterher wie ein Hund.

Ich nahm zwei Dinge aus dem Regal, die ich erkannte: Aufpäppelfutter für junge Katzen (es war dieselbe Marke, die auch mein Tierarzt in Lille verkaufte, nur eben auf Russisch, die gleiche Nacktkatze war darauf abgebildet) und eine Spritze ohne Nadel, um ihr Wasser zu geben. Dazu ließ ich mir den Inhalt einiger Medikamente übersetzen und fand etwas, das Cortison war. Als ich allerdings Cortison nachschlug, musste ich davon wieder Abstand nehmen, denn es stand extra im Beipackzettel, dass es sich zwar für symptomatische Behandlungen bei entzündlichen und immunvermittelten Erkrankungen eignete, aber Tieren mit Viruserkrankungen nicht gegeben werden sollte. Und ich konnte Katze nicht diagnostizieren, weil ich kein Tierarzt war.

Ich öffnete die Dose und trat ans Waschbecken, um beides miteinander zu vermengen und es anschließend auf die Spritze zu ziehen. Ich war beschmiert und meine Hände voller Futter, aber darauf kam es nicht mehr an. Hauptsache, Katze wurde gesund.

Mein Handy klingelte, ich ignorierte es. Jetzt nicht.

Anschließend ging ich zurück zum Tisch, wo Katze müde den Kopf hob. Ich schob ihr die Spritze in den Maulwinkel und drückte zu. Sie hob abwehrend eine Pfote, schluckte trotzdem tapfer, also rannte ich wieder zurück, während sie nieste und sich prompt putzte. Das wertete ich als gutes Zeichen. Dass sie liegen blieb, nicht. Normalerweise mordete Katze für Futter.

Ich zog die Spritze erneut auf und hastete wieder zu Katze. Das ganze Prozedere wiederholte ich noch achtmal, bis sie sich massiv gegen die Spritze wehrte. Wenn sie ein bisschen was im Magen hatte, konnte ihr Organismus vielleicht in Schwung kommen.

Als nächstes musste ich sie warmhalten, denn ich fand keine vernünftige Krankheit, bei der eine Katze unterkühlt war. Eher war Fieber sehr häufig, bei den unterschiedlichsten Anlässen. Zeckenbisse, Vergiftungserscheinungen, kurzum: All das Horrorzeugs, das ich nicht lesen wollte. Außerdem kam das nächste Problem prompt: Selbst, wenn ich herausfand, was sie hatte – ich konnte die Medikamente weder richtig zuordnen noch verabreichen. Ich konnte Katze keine Spritze geben. Wohin? Was, wenn ich zu tief stach? Was, wenn ich sie umbrachte? Nein, das wagte ich nicht. Von daher war ich froh, dass die Diagnose harmloser klang.

Ich nahm den Pelzmantel mit Katze auf den Arm und suchte den Ort, der am wärmsten war, und schleppte dann all meine Habseligkeiten ins Wartezimmer, wo es eine Bank gab und einen Teppich. Dorthin brachte ich auch die Kerzen, damit ich nicht im Dunkeln sitzen musste, und bereitete uns ein Nest aus Decken, Schlafsack und Pelzmantel.

Tobi wanzte sich sofort ein, ich legte Katze im Mantel zu ihm und mich direkt daneben. Die Augen hatte sie schon wieder halb geschlossen.

»Du bist bald wieder fit«, tröstete ich sie. »Du bist eine wilde, starke, unabhängige Katze. Du vertreibst all die frechen Kater, die dir den Hof machen wollen und du schleppst Kaninchen an, die größer sind als du. Da ist ein bisschen Kühle nichts, was dich umhaut.«

Katze machte irgendein Geräusch zwischen Mauzen und Schnurren. Wenn sie das normalerweise tat, nannte ich sie »Täubchen«, dieses Mal blieb mir das Wort im Hals stecken, weil ich solche Angst um sie hatte. Tobi, der zuvor noch Distanz gehalten hatte, war jetzt nah an sie herangerückt. Wahrscheinlich, weil er gerne kuschelte und Katze sich endlich nicht mehr gegen die warme und feuchte Hundenase wehrte.

Ich schmiegte mich eng an sie. Katze hob eine Pfote und legte sie über meinen Arm. Das machte sie gerne, um zu betonen, wer das Sagen hatte: sie.

»Ja, du bist die Chefin«, erklärte ich ihr. »Du hättest bestimmt auch den Bären das Fürchten gelehrt. Keiner kann dir was vormachen.«

Ich streichelte mit der anderen Hand ihr Fell und glaubte, dass sie sich etwas wärmer anfühlte.

»Wir schlafen jetzt ein wenig und morgen, wenn es hell ist, schaut Frau Doktor Martell dich noch einmal richtig an, ja?« Ich kam mir früher immer blöd vor, wenn ich mit ihr in diesem dämlichen Kindersingsang sprach. Hier war jedoch niemand, der mich für bekloppt erklärte und ich bildete mir ein, dass Katze das gerne hörte. Und wenn sie es gerne hörte, dann würde ich bis an mein Lebensende in diesem bescheuerten Tonfall mit ihr sprechen und ihr versichern, wie lieb ich sie hatte.

»Schlaf ein bisschen«, erklärte ich ihr. »Ich schlafe jetzt auch und Tobi passt auf uns auf.«

Mein Handy klingelte erneut, aber ich ignorierte Sanghyun und rollte mich neben Katze zusammen. Ich hielt ihre Pfote, bis sie einschlief ...

Doch irgendetwas weckte mich. Ich wusste nicht einmal, ob ich nur wenige Minuten oder eine halbe Ewigkeit geschlafen hatte, das Gewitter war zwar weitergezogen, aber der Regen prasselte unaufhörlich gegen die dunklen Fenster.

Ich sah das Licht an meinem Handy blinken, was bedeutete, dass ich Nachrichten hatte. Klar, ich war nicht ans Telefon gegangen. Ich setzte mich auf und merkte, dass es eine Veränderung war, die mich geweckt hatte. Der kleine Körper neben mir war verändert.

Meine Hand kroch wie betäubt über Katzes Brustkorb. Er regte sich nicht mehr.

»Nein«, wisperte ich. »Nein, nein, nein ...«

Meine andere Hand schnellte unter ihr Köpfchen. Aber sie fühlte sich steif und kühl an. Meine Katze war tot. Einfach so. Ohne ein Wort. Ohne ein Geräusch. Sie war einfach davongegangen und ließ mich zurück in einer beschissenen Welt, wo nichts mehr existierte, dass ich von Zuhause mitgebracht hatte, außer mir selbst.

»Wie kannst du mir das antun?«, weinte ich. »Warum lässt du mich allein?«

Ich nahm den kleinen Körper, der sich nicht mehr wie Katze anfühlte, auf den Arm und streichelte vollkommen apathisch über das Fell. Warum war ich eingeschlafen? Ich hätte bei ihr sein müssen. Ich hatte sie aus ihrem alten Leben in Lille gerissen. Sie hatte sich für mich entschieden und ich hatte sie ins Verderben geführt. Und nun starb sie irgendwo in Moskau, ohne die Annehmlichkeiten, die sie gewöhnt war. Es war alles meine Schuld.

Schluchzend wiegte ich Katze in meinen Armen, bis mir vor lauter Tränen schlecht wurde. Schwer atmend ließ ich sie wieder auf dem Pelzmantel gleiten und kauerte auf allen Vieren vor ihrer kleinen Leiche. Tobi saß unterdessen unter der Bank und musterte mich genau. Wahrscheinlich wusste er nicht, warum sein neues Frauchen so untröstlich war. Oder er hatte es geahnt. Schon längst verstanden, was ich nicht gemerkt hatte – dass Katze im Sterben lag. Ich war zu blind und zu abgelenkt gewesen. Hatte nur mein Ziel im Auge gehabt.

Und jetzt gab es eigentlich nur noch eins, was ich tun konnte – sie begraben.

Ich deckte Katze mit dem Pelzmantel zu und ging nach draußen. Es regnete immer noch in Strömen – egal. Denn draußen befand sich eine Baustelle, dort gab es eine Schaufel.

Ich riss also den kleinen Vorgarten des Tierarztes auf und grub ein Loch. Ich brauchte die ganze Nacht dafür. Im Regen, der meine Tränen mit sich nahm, direkt in den Boden, den ich Schaufel für Schaufel abtrug.

Als der Regen im Morgengrauen aufhörte, war ich fertig. Ich grub Blumen aus den Kübeln des gegenüberliegenden Restaurants aus, setzte sie auf Katzes Grab und schließlich schleppte ich einen Stein herbei, auf den ich mit einem Edding aus der Praxis schrieb: Katze. Ich wusste ihr Geburtsdatum nicht und fand es unangemessen, nur ihr Todesdatum aufzuschreiben. Denn sie war so viel mehr als nur eine tote Katze. In meiner Erinnerung war sie eine lebendige Katze und ich wollte mich an ihr Leben erinnern. Nicht an ihren Tod.

Schließlich blieb es bei Katze. Ich rahmte ihr Grab mit Steinen ein, die ich von der Baustelle stahl. Es dauerte Stunden, während die Sonne mich wenigstens ein wenig trocknete. Aber sie hatte schon lange an Intensität verloren, je weiter ich nach Westen kam, desto kühler blieb es.

Mein Telefon klingelte immer wieder, doch ich brachte es nicht über mich, mit Sanghyun zu reden. Dann hätte ich von Katze sprechen müssen und das hätte ich nicht gekonnt. Nicht jetzt.

Als ich endlich fertig war, nahm ich wortlos meine Sachen, räumte sie ins Auto und rief nach Tobi, der sich schwanzwedelnd auf der Rückbank niederließ. Wahrscheinlich war er froh, dass er den grässlichen Tierarzt endlich verlassen konnte. Mein Rucksack war nun voller Medikamente, damit ihm nicht dasselbe Schicksal widerfuhr.

Ich setzte mich ebenfalls ins Auto, doch meine Finger waren wie gelähmt, als ich den Schlüssel ins Schloss stecken wollte. Mein Blick war wie gebannt auf das kleine, knubbelige Grab meiner Katze gerichtet. Ich konnte einfach nicht losfahren. Vor meinen Augen verschwamm alles. Lieber wäre ich ohnmächtig geworden, damit ich all das nicht mehr fühlen musste, stattdessen war mein Körper schlichtweg gefangen von dem Anblick.

Tobi streckte seine Nase von der Rückbank hervor und stieß mich mit der Schnauze an. Als wollte er sagen: Es wird Zeit, wir müssen fahren. Ich hatte schon wieder Stunden vertrödelt, das kostbare Tageslicht nicht genutzt, denn die Straßen von Moskau waren im Dunkeln kaum zu passieren, weil man die Hindernisse nicht sah ...

Er stupste mich noch einmal. Nachdrücklicher. Ein Winseln erklang, das mich schließlich aus der Starre riss.

»Du hast ja recht«, sagte ich leise. »Wir müssen weiter. Weil wir noch da sind.«

Ich strich ihm über den Kopf und startete endlich den Motor meines stinkenden Gefährts. Mein letzter Blick galt Katze in ihrem Hügel aus Blumen. Dann sah ich auf die Straße und nicht mehr zurück. Die Tränen liefen die Wangen herunter, ich machte mir nicht die Mühe, sie wegzuwischen. Wo sie herkamen, gab es noch viel mehr.

Außerdem war ich immer noch nass und klamm. Mein ganzes Zeug lag auf dem Rücksitz, wenigstens war es trocken. Geschlafen hatte ich nicht wirklich, Hunger verspürte ich keinen mehr. Nur Durst. Ich griff beim Fahren nach hinten, zog eine Wasserflasche aus meinem Rucksack und trank einen großen Schluck, während ich eine Abkürzung durch die Einfahrt eines Obstladens nahm.

Als mein Handy wieder klingelte, befand ich mich auf dem Weg zum Roten Platz. Langsam und behäbig, wie eine Schnecke, weil ich ständig umkehren musste.

»Gott sei Dank, gehst du ans Handy.« Ich hörte Sanghyuns Erleichterung, konnte jedoch nicht antworten.

»Was ist passiert?«, fragte er misstrauisch.

Ich brachte nur Gestammel hervor.

»Was ist passiert?«, fragte er nachdrücklicher. »Geht es dir gut? Wo bist du? Was ist los?«

Ich sagte nur ein Wort: »Katze.« Und Sanghyun verstand.

Ich fühlte mich wie eine Schlafwandlerin. Ich fuhr, ich schlief, ich aß manchmal etwas. Aber nicht viel. Sobald ich mehr als ein paar Happen zu mir nahm, wurde mir schlecht und ich kämpfte erneut mit den Tränen. Bestimmt eine ganze Woche. Ganz egal, was ich tat. Ganz egal, was Sanghyun tat. Mich vermochte nichts zu trösten. Ich hatte bei Merowinger schon versagt. Und nun auch bei Katze. Wahrscheinlich würde Tobi bis Jekaterinburg auch nicht mehr bei mir sein. Auch wenn er sich alle Mühe gab. Jeden Abend kroch er zu mir und schmiegte sich an mich. Er entfernte sich nicht mehr so weit wie beim ersten Abschnitt unserer Reise. Wahrscheinlich, weil er merkte, wie schlecht es mir ging.

Ich sprach wie jeden Abend mit Sanghyun, nachdem ich zwei Tage stromlos gewesen war, aber in einem Kaff hinter Moskau fand ich eine hell erleuchtete Gegend und plünderte dort alles Nützliche, während ich zusah, wie die Tage kürzer und kürzer wurden. Mittlerweile wollte ich nicht mehr draußen schlafen. Dafür war es viel zu kalt. Ein eisiger Wind pfiff durch die Landschaft und ließ mich ständig frösteln, bis ich mir eine dickere Jacke stahl. Auch Tobi bekam ein Jäckchen, das ich aus einem Hundesalon entwendete. Besser als nichts.

Irgendwann ging ich dazu über, Tobi auf meinen Schoß zu setzen, wenn wir fuhren. Nicht schnell, aber ich näherte mich. Sanghyun und ich hatten ausgerechnet, dass wir beide etwa in zwei Wochen in Jekaterinburg ankommen sollten – er ein wenig früher als ich. Kein Wunder. Auch wenn er nicht mehr mit dem Jeep reiste, er hatte sich beständig fortbewegt. Er war auf ein Quad umgestiegen, das er in einer leeren Lagerhalle gefunden hatte. Das Quad war schnell, aber unbequem. Und eines Abends sah ich ihn im Videochat mit einem blauen Auge und einer dicken Beule an der Stirn. Er war über den Lenker gegangen.

Das war das erste Mal, das sich meine Gefühle wieder regten. »Mein Gott, was ist mit dir passiert?«, fragte ich ihn an diesem Abend.

»Kleiner Unfall. Da war ein Hügel, den ich nicht gesehen habe. Außerdem fährt das Ding nicht zuverlässig, ich glaube, die Benzinzufuhr ist kaputt, es stottert und zieht dann plötzlich an.«

»Ein Dreirad kann ich dir auch nicht empfehlen. Ich habe blaue Flecken am Hintern und außerdem Räucherstäbchen darin entzünden müssen, damit man überhaupt atmen kann. Vielleicht fange ich demnächst mit dem Rauchen an. Schlimmer kann das nicht stinken.«

»Hey, war das gerade ein Witz?«

Ich stockte. Dann: »Ja, sieht so aus ...«

»Das heißt, es geht dir etwas besser?«

»Ich weiß nicht. Ich glaube ja.«

»Darüber bin ich wirklich froh. Weißt du, wie scheiße das ist, wenn man hier sitzt und nichts für dich tun kann? Das war beim letzten Mal schon schlimm, aber das hier hat mich wirklich fertig gemacht.« Sanghyun fuhr sich durch die Haare, öffnete den Mund, als wollte er noch etwas sagen, schloss ihn dann aber wieder.

»Tut mir leid«, sagte ich.

»Dafür muss sich niemand entschuldigen. Seit wann entschuldigt man sich nach einem Trauerfall bei Freunden?«

»Weiß nicht.«

»Nie. Freunde sind dafür da, dass man ihnen seine Probleme anvertrauen kann. Dass man bei ihnen so ist, wie man sich fühlt und ihnen nicht die heile Welt vorspielen muss. Also so sollte es zumindest sein.«

»Ich weiß. Ich ... sorry, ich bin total durcheinander. Es ist nur eine Katze, aber mir hat sie so viel bedeutet. Auch wenn ich immer über sie gelacht habe, das tut mir alles so leid und ich ...«

»Muss es nicht. Nichts davon muss dir leidtun. Stell dir vor, ich falle morgen über die nächste Klippe und breche mir das Genick. Tut es dir dann auch leid, dass wir uns vor einiger Zeit gestritten haben?«

»Ja.«

»Aber das ist lächerlich. Es ist normal. Man kann sich nicht immer nur sagen, wie sehr man sich liebt und wie wichtig der andere einem ist. Es sind nicht alle Gespräche tiefgründig. Und auch wenn man weiß, dass das Leben jeden Moment vorbeisein kann, so ist das kein Grund, jeden Moment zu zelebrieren, als wäre es dein letzter.« Er schüttelte sich unwillig. »Lachen, Weinen, Streiten und sich Versöhnen gehören auch dazu. Und wenn mein letztes Wort an dich ist, dass deine Haare aussehen, als hätte ein Papagei darin genistet, dann sage ich das nicht, weil ich morgen sterben könnte und mir einfach nichts Bedeutungsschwangeres einfällt, sondern weil ich will, dass du lächelst. Übrigens: Deine Haare sehen aus, als hätte ein Papagei darin genistet.«

Ich musste gegen meinen Willen lachen, während mir schon wieder die Tränen kamen. Also wurde das Geräusch, das ich ausstieß, irgendetwas zwischen Lachen und Weinen.

»Du bist so blöd«, erwiderte ich mit erstickter Stimme.

»Das magst du doch«, entgegnete er.

Ich kauerte mit angezogenen Beinen auf meiner Rückbank, weil ich mitten in der Pampa gestrandet war. Ohne warmes Bett, ohne Strom. Und mein Tank ging auch zur Neige. Ich wollte nicht darüber nachdenken, irgendwann später würde ich mich damit befassen müssen. Doch jetzt war es gerade zu schön, Sanghyuns Stimme zu hören und mit ihm zu lachen. Auch wenn mir immer noch nach heulen zu Mute war.

»Hör mal, es ist nicht mehr so weit. Du musst nicht mehr ewig durchhalten. Und dann machen wir uns auf den Weg irgendwohin. Wo es schön ist. Wo wir glücklich sein können.«

»Ich bin glücklich, wenn du bei mir bist.«

Sanghyun schwieg einen Moment. »Ich habe zwar gesagt, dass nicht jedes Gespräch voller bedeutungsvoller Schwüre sein muss, aber dieses hier würde ich gerne nutzen, um ...«

Und dann brach die Verbindung einfach ab. Fluchend tippte ich auf meinem Telefon herum, keine Chance. Verärgert kramte ich in meiner Tasche nach dem nächsten. Gleiches Ergebnis: keine Verbindung.

Der Empfang in der Gegend war eh mittelmäßig, dabei war ich gerade neugierig geworden. Ja, tatsächlich schlug mein Herz schneller. Nun ja, morgen war auch noch ein Tag. Es war nicht der erste abrupte Abbruch unserer Gespräche und vermutlich auch nicht der Letzte, bis ich in Jekaterinburg ankam. Ich musste Sanghyun morgen früh unbedingt fragen, wo er war. Das hatte ich seit Tagen nicht mehr auf Maps überprüft.

Ich schaute abwechselnd auf meine noch funktionierenden Handys, schließlich legte ich beide weg und zwang mich, zurück in den Schlafsack zu sinken.

»Bald sind wir da«, erklärte ich Tobi und kraulte seine Ohren. »Dann lernst du Sanghyun kennen. Vielleicht finden wir auch einen Freund für dich. Einen netten Hund, oder ...« Nein, keine Katze. Katzen hatten die Angewohnheit, sich ins Herz zu schleichen und dort ein heilloses Chaos zu hinterlassen, wenn sie plötzlich verschwanden. Egal, auf welchem Wege.

Tobi gähnte herzhaft und legte den Kopf über meinen Arm. Ich schlief nicht gut in dieser Nacht, aber besser als in denen davor.

Kapitel 16 #allalone

Am nächsten Tag ging das Handy immer noch nicht. Weder das Internet noch das Telefonnetz. Keines meiner Telefone sagte einen Piep, sodass ich sie wutentbrannt in meinen Rucksack verbannte und ratlos durch die Gegend fuhr. Wo war ich? Welche Richtung war richtig? Hoffentlich hatte Sanghyun wenigstens Netz, um zu navigieren. Doch ich? Ich war hoffnungslos verloren. Ich musste irgendwo eine Karte herbekommen und zwar eine, die ich halbwegs lesen konnte. Nächster Stopp: Tourismusbüro. Falls ich so was fand, denn hier sah nichts nach Großstadt aus. Meine laminierten Karten hatte ich schon lange eingebüßt, dummerweise aber nicht ersetzt. Das Einzige, was ich besaß, war eine Offline-Version von Google-Maps, doch ich konnte nur grob vergleichen, wenn es um Ortschaften ging.

Ich sauste also durch den eiskalten Regen, der sich irgendwann am Nachmittag in Eisregen verwandelte, zitterte und fror erbärmlich in meinem Dreirad. Doch gegen Abend wurde mein Gefährt langsamer und langsamer und schließlich blieb es ganz stehen.

»Nicht jetzt. Nein, nein!«, schrie ich es an, aber das dämliche, stinkende Gefährt gab keinen Ton mehr von sich. Wie zum Teufel sollte ich so Sanghyun erreichen?

Der Regen prasselte auf die Scheiben, aber ich sah auch, dass es nicht mehr weit war bis zur nächsten Ortschaft. Russisches Wort und die Aufschrift zwei Kilometer auf einem Straßenschild. Fuck! Sollte ich das Ding wirklich dalassen? Hatte ich Benzin verloren? Selbes Problem wie bei dem dämlichen Motorrad – ich hatte schlichtweg keine Ahnung und würde es sowieso nicht reparieren können. Hatte ich schon mal erwähnt, dass Gott mich hasste? Also so wie in der Bibel war dieser Neuanfang sicher nicht. Obwohl Gott Eva noch nie hatte leiden können. Im Moment strafte er mich mit allem. Wirklich allem. Auch wenn ich nicht an ihn glaubte, hasste ich ihn in diesem Moment sehr. Also mit allen Gefühlen, zu denen ich derzeit noch in der Lage war – was nicht viel erschien. Denn innerlich fühlte ich mich ziemlich tot.

Schimpfend stieg ich aus, schob das Dreirad im strömenden Regen vorwärts, aber es erwachte nicht wie von Zauberhand zum Leben, sodass ich noch lauter fluchend meinen Rucksack mit dem daran baumelnden Schlafsack rausholte und dann Tobi auf den Boden setzte, der mich ziemlich empört ansah.

Im eiskalten Regen liefen wir los. Weiter und weiter. Auf die Lichter zu. Sie zogen mich an wie eine Motte.

Wir liefen und liefen, erreichten eine Stadt, in der ich nichts lesen konnte. Es gab Licht. Es gab Strom. Vielleicht würde sich mein Netz wieder stabilisieren. Und dann kam mir ein Gedanke – sicher hatten auch hier Leute Internet. Suchmaschinen konnte man schließlich bedienen. Und PCs bekamen ihr Internet nicht über Funk, sondern über Festnetz. Wenn die Funktürme hier in der Umgebung nicht funktionierten, so konnte es bei einem Festnetzanschluss durchaus anders sein.

Ich nahm Tobi auf den Arm und rannte die letzten fünfhundert Meter bis zu den ersten Häusern und spähte in die Gärten und Fenster. In Belgien und Deutschland hatte ich häufiger Glück gehabt und die Besitzer sicherten ihre privaten PCs zu Hause nicht ab. Aber ob das hier Fall war, wusste ich nicht.

Außerdem sahen die Häuser ziemlich ärmlich aus, sodass ich weiterlief, bis ich auf *belebtere* Straßen traf, wo mehr Autos standen und viele Wohnhäuser in den Himmel ragten. Ich entschied mich für ein nettes Haus an der Ecke mit mehreren Parteien und Balkonen. Schon von der Straße aus konnte ich sehen, dass die Balkontüren im ersten Stock offenstanden.

»Sorry, Kumpel«, sagte ich zu Tobi und setzte ihn kurzerhand in meinen Rucksack, den ich so weit zuzog, dass nur noch seine Nase rausguckte. Aber mit einem strampelnden Dackel war diese Kletterpartie unmöglich.

Ich hangelte mich über ein paar Mülltonnen, die unterhalb der Balkone standen, hinauf und musste anschließend einen etwas komplizierten Balanceakt auf nassem Gestänge vollführen, doch am Ende zog ich mich keuchend über die Brüstung des Balkons, auch wenn ich mir die Hände dabei erbärmlich aufschürfte und noch ein paar mehr Schimpfwörter ausstieß. Falls das Gott ärgerte – gut! Arschloch!

Ich ließ Tobi wieder frei, der sich sofort nach drinnen stürzte und dramatisch schüttelte. Immerhin war er ein nasser Dackel, der zudem noch ungefähr fünfzehn Minuten in einem Rucksack hatte verbringen müssen.

Sofort sah ich mich um. Der Raum wirkte nicht ärmlich, nur komisch. Diese Teppiche. Warum hatten Russen so viele davon? Die beteten doch sicher nicht nach Mekka.

Ich warf meinen Rucksack auf einen der Teppiche und machte mich auf die Suche nach einem PC. Ich fand einen in einem Arbeitszimmer. Ein MacBook, das natürlich einen Log-in verlangte. Bevor ich es aus dem Fenster warf, fiel mir zum Glück noch ein, nach einem Gäste-Log-in zu schauen. Und den hatte das Ding. Sonst hätte es unweigerlich seinen Weg nach unten gefunden. Ich war wütend genug über so ziemlich alles auf dieser Welt.

Ein WLAN-Passwort fand ich zwar nicht, sodass ich mein Handy nicht zum Leben erwecken konnte, dafür den Browser. Und das Internet. »Halleluja!«, rief ich und stellte Safari erst einmal auf Englisch, um mir eine Karte auszudrucken.

Nur um festzustellen, dass diese beknackte Familie keinen Drucker besaß.

Ich hatte folgende Möglichkeiten: Ausrasten, MacBook rumwerfen, Bude anzünden und nackt im Hof tanzen oder es in der nächsten Wohnung versuchen. Ich entschied mich für die eine andere Möglichkeit und schrieb mir Wort für Wort die Routenanweisungen ab, die Google, zuverlässig wie ein Navi, ausspuckte. Und danach ging ich auf die Suche nach einer Karte. Ich fand einen Schulatlas, offenbar gab es hier Kinder. Dort malte ich die Route nach, schrieb Städtenamen darunter, die als Übersetzung dienten, und riss dann die Seite aus dem Atlas. Allerdings konnte ich mir nicht verkneifen, den aus dem Fenster zu werfen. Wegen meines Restzorns. Manchmal tat sinnlose Zerstörung gut.

Danach versuchte ich, Sanghyun zu erreichen. Skype funktionierte schließlich auch über diverse andere Hardware, doch es geschah nichts. Ich schrieb ihm über mein Google-Konto, bei dem ich mich einloggte, aber auch dort keine Reaktion. Vielleicht war er noch unterwegs und konnte gerade nicht sprechen.

»Tobi«, rief ich und der Dackel kam prompt.

»Futter?«

Natürlich Futter. Wenn Tobi irgendetwas an Worten verstand, dann dieses. Ich ließ das MacBook links liegen und ging zurück ins Wohnzimmer, suchte mir aus der offenen Küche Schalen und Napfersatz, um Tobi ein Mahl zu kredenzen. Mein Vorrat war mittlerweile zur Neige gegangen, ich besaß noch genau eine Dose gezuckerte Mandarinen, eine Tafel Schokolade und sonst nichts mehr. Doch, eine Dose ... Fanta. Oder so was in der Art. Es sah aus wie Fanta, nur der Schriftzug war anders. Aber es war nicht abgelaufen und noch verschlossen, also kippte ich es mir in ein Glas, schaltete den Fernseher ein, wo es nur das Testbild gab und deswegen denselben wieder aus, bevor ich mich daran machte, die Schränke zu durchsuchen.

Immerhin gab es Dosen, ich konnte nur nicht so richtig erahnen, was es war. Viel Paprika. Einiges war nicht sonderlich lecker, doch das war mir in dem Moment gleich. Ich konnte essen, ich konnte duschen und Tobi hatte es auch warm. Und ich durfte meine Nacht in einem Bett verbringen.

Den Gedanken an Sanghyun konnte ich nicht vertreiben, egal, wie sehr ich es versuchte. Ich dachte unter der Dusche an ihn, ich dachte, während ich den Schrank der Wohnungsbesitzer plünderte an ihn und ich dachte auch während des Einschlafens an ihn. Hoffentlich war alles in Ordnung. Denn für meine Verhältnisse war das hier mehr als okay. Mehr okay als alles, seit ich Russland betreten hatte. Ich ließ mich auf dem Sofa nieder, starrte an die Decke und dachte darüber nach, was ich mit meinem Leben alles nicht angefangen hatte. Eine ganze Menge. Und wie nutzlos das war, was ich zuvor getan hatte. Wäre ich Tierärztin, dann hätte ich Katze helfen können.

Ich musste an Sanghyuns Worte denken: »*Wenn ich die Zeit zurückdrehen könnte …*« Ja, wenn ich die Zeit zurückdrehen könnte, hätte ich mich für ein Tiermedizin-Studium eingeschrieben, nicht für Modedesign. Dann hätte ich noch eine Katze. Dr. Ariadne Martell. Fand ich gar nicht so schlecht. An dem Abend verfing ich mich in diesem Was-wäre-wenn-Szenario. Auch wenn es mir unmöglich war, mein Leben noch zu ändern.

Zwei Tage später war nichts mehr okay. Ich hatte mir die Karte unter meine Kleidung und meine halbwegs wasserfeste Jacke gestopft, damit sie nicht nass wurde. Ein eisiger Wind fegte dahin, der Regen prasselte mir ins Gesicht und durchnässte meine Sachen. Und als ich die Karte an einer windgeschützten Stelle herausnahm, sah ich das Dilemma. Sie war durchweicht und kaum noch entzifferbar. Ich hatte keine Ahnung, wo ich mich befand. Und es sah auch nicht so aus, als würde ich in nächster Zeit in die Zivilisation zurückkehren, denn seit gestern Nachmittag lief ich wieder durch die stromlosen Gegenden. Ich war richtig angearscht und ich wusste es. Meine Offline-Karte wies mir immer noch die Richtung, aber sie nahm mir nicht die Unsicherheit. War das der richtige Weg? Kyrillische Schrift war einfach nicht meins.

Immer wieder wurde der Regen zu Eisregen, teilweise wurde es richtig glatt und ich musste mich an den leeren Autos festhalten, die meinen Weg säumten. Durch die Pampa zu gehen, wagte ich nicht mehr, denn wenn ich mich dort verirrte, fand ich wahrscheinlich nie wieder zurück. Außerdem gab es zu Fuß auch keinen Grund dafür. Ich lief und lief, machte nur Rast, wenn Tobi zurückfiel, und stellte mich dafür unter Bäume unter oder kroch in Autos, sofern es darin irgendwie erträglich war. Durch die Feuchtigkeit hatte es in einigen von ihnen geschimmelt. Man sah hier eine Menge alter Karren, die vor sich hin moderten.

Schmutz und Staub hatten sie matt werden lassen, ich sah sogar einige Reifen, die schon an Luft verloren hatten, weil diese Autos schon monatelang hier standen. Genau wusste ich es nicht, ich hatte jegliches Zeitgefühl verloren. War es noch Oktober oder schon November?

Ich schlitterte halbblind vorwärts und nahm zunächst nicht wahr, dass sich zwischen den Autos etwas bewegte.

Erst als Tobi ein Knurren ausstieß, sah ich auf und erkannte, dass vor mir ein großer Hund zwischen den zahllosen Autos hervortrat. Ein Mischling vermutlich, ich hatte noch nie einen so großen, zottigen Hund gesehen. Sein Atem warf weiße Dampfwölkchen und er knurrte lauter als Tobi, der es plötzlich eilig hatte, sich hinter meinen Beinen zu verstecken. Ich war wie erstarrt. Ich musste über diese Straße. Die war richtig. So viel konnte ich noch von meiner Karte lesen. Wenn ich jetzt vom Weg abwich, dann würde ich Jekaterinburg nicht erreichen. Russland war riesig und mein Orientierungssinn existierte nicht.

Entschlossen nahm ich Tobi auf den Arm. Falls ich laufen musste, würden seine kurzen Beinchen ihn nie und nimmer schnell genug tragen.

Hätte ich doch noch meine erste Ausrüstung gehabt. Schon in Lille war ich mit einer Fußballtröte herumgelaufen, die einen ohrenbetäubenden Lärm machte. Vor so was fürchteten sich selbst die wildesten Straßenhunde.

Jetzt blieb mir nur übrig, dem Blick des Hundes standzuhalten und weiterzugehen. Ich musste diese Straße weiter entlang. Und der Hund stand mir im Weg. Vorsichtig wechselte ich auf die andere Seite des Autos, sodass ein bisschen Abstand zwischen uns lag, da der Hund immer noch knurrte und mich nicht aus den Augen ließ.

Ich schlich wie eine Katze um das vermoderte Gefährt herum. Sogar Tobi hielt den Atem an. Vorsichtig wagte ich zwei schnellere Schritte und blieb dann stehen. Sah mich um.

Und mit einem Mal war der Hund nicht mehr allein. Zwischen den leerstehenden Autos kamen sie hervor. Ich zählte allein fünf in meiner Nähe. Vielleicht waren da noch mehr.

Der erste Hund behielt mich fest im Blick. Und mit einem riesigen Satz sprang er plötzlich los, direkt in meine Richtung. Ich dachte nicht nach, ich rannte einfach. Umklammerte meinen Dackel, der sich nicht regte, wahrscheinlich hatte er genauso Angst wie ich.

Ich sprintete so schnell ich konnte, doch hinter mir hörte ich den keuchenden Atem der Hunde, die mir dicht auf den Fersen waren.

Ich schlug einen Haken um ein Taxi, übersprang ein Motorrad und hörte es hinter mir scheppern und jaulen. In der völligen Stille schabten schwere Tatzen über den Asphalt.

Ich japste nach Luft, war sofort außer Atem, denn ich trug immer noch ein paar Kilo Dackel und ein paar Kilo Rucksack. Über kurz oder lang würden sie mich kriegen. Und dann war es aus. Kein Sanghyun, kein Jekaterinburg, kein

Tobi, kein Happy End. Und ich hatte mein verdammtes Happy End verdient. Der Zorn verlieh mir Flügel, ich sprang auf eine Motorhaube, wieder hinunter und als ich einen Lkw sah, kam mir eine Idee. Ich konnte das hier aussitzen, wenn ich mich verbarrikadierte. Türen öffnen konnten die Hunde nicht. Ich nahm all meine Kräfte zusammen, klemmte Tobi auf eine Seite, auch wenn er quietschte und stürmte auf das Führerhäuschen des Lkw zu. Ich packte den Griff, dann prallte ich, von einer unsichtbaren Macht angeschoben, mit dem Kopf gegen die Metalltür des Lkw. Mein Körper gehorchte mir nicht mehr, Tobi rutschte aus meinem Arm und ich stürzte, von der Wucht des Aufpralls getrieben, einfach rückwärts auf den nassen Asphalt.

Und dann wurde mir schwarz vor Augen.

Ich erwachte in der Nacht, weil ich erbärmlich fror. Der Regen hatte mich völlig durchnässt, aber das war es nicht, was mich geweckt hatte. Es war mein Handy. Es lag vor mir auf dem Boden, das Display war gesprungen, die Vibration hatte mich dennoch aufgeschreckt. Sanghyun. Ich packte das Handy.

»Hallo?«, keuchte ich. Meine Stimme klang wie Schmirgelpapier.

»... Uh ... errrrrrr ...«

»Sanghyun? Ist alles in Ordnung? Geht es dir gut?«

»... ahhh ...«

»SANGHYUN?!«, meine Stimme wurde hysterisch.

Die Verbindung brach ab und ich steckte das Handy in meine Bauchtasche, aber selbst die Bewegung schmerzte.

Während ich versuchte aufzustehen, bemerkte ich unter dem Lkw, vor dem ich immer noch lag, einen Schatten, der sich rasch näherte. Tobi.

»Du bist noch da«, flüsterte ich.

Tobi wedelte freudig mit dem Schwanz, auch wenn er ziemlich nass war, wirkte er ansonsten unversehrt.

»Geht es deinen Pfötchen gut?«, fragte ich ihn und hob ihn hoch.

Dabei hatte ich alle Mühe, ihn nicht gleich wieder fallenzulassen, denn mein Arm tat höllisch weh. Hoffentlich war nichts gebrochen.

Ich brauchte zwei Anläufe, um mich aufzurichten. Alles drehte sich und ein stechender Schmerz fuhr durch meinen Hinterkopf. Ich war mir nicht sicher, ob ich blutete, denn es war dunkel und es regnete immer noch. Mein Körper gehorchte mir kaum und ich merkte, wie die Kälte mich durchströmte und am Boden festhalten wollte.

Mit letzter Kraft öffnete ich die Tür des Lkw und schleppte mich hinein. Tobi folgte mir und ich konnte endlich den Regen aussperren.

Zum Glück war das Fahrerhaus trocken, auch wenn die Luft muffig roch. Für einen Moment konnte ich sogar Sanghyun ausblenden, als ich mein Handy auf Taschenlampe schaltete und im Spiegel eine Bestandsaufnahme machte. Dreck und Blut besudelten meinen Hals, als wäre ich grauenhaft tätowiert worden.

Ich versuchte, mich aus meinen Sachen zu schälen, denn mit ihnen würde ich definitiv krank werden, aber es gelang mir nur langsam und unter höllischen Schmerzen. Mir liefen die Tränen die Wangen herunter, bis ich schließlich Pullover und T-Shirt ausgezogen hatte. Fuck. Scheiß Hunde. Diese dreckigen Biester. Scheinbar hatte mich keiner gebissen, denn als ich mich im Halbdunkel um mich selber drehte, erkannte ich keine Bisswunden. Mein Ellenbogen war doppelt so dick wie der unverletzte. Am Kopf hatte ich definitiv eine Verletzung, mir wurde prompt schwindelig und ich kämpfte einen Moment, nackt in der Kabine des Trucks, um mein Gleichgewicht. Wenigstens gab es hier eine Schlafkoje mit einer Decke.

Mir blieb nichts anderes übrig, als nass den Lkw zu durchsuchen. Ich fand den Erste-Hilfe-Kasten unter dem Sitz. Ein ordentlicher Fahrer, der außerdem seine Pornohefte dort aufbewahrte. Sogar ein Handtuch und Waschzeug fand ich in einer kleinen Klappe. Und noch besser – ein T-Shirt. Mir war egal, wer es vorher getragen hatte, es war sauber und trocken, sodass ich wenigstens das anziehen konnte, nachdem ich mich ein wenig abgetrocknet hatte.

Anschließend schmierte ich Jod auf meinen Hinterkopf und stieß prompt einen Schrei aus. Scheiße, wie das brannte. Typischer Fall von Loch im Kopf vermutlich. Ich nahm aufs Geratewohl ein paar Tabletten, die nach Schmerzmitteln aussahen, und schmierte eine Creme auf meinen Ellenbogen. Vielleicht half das. Es fühlte sich zumindest kühl an.

Anschließend ließ ich mich matt auf der Matratze nieder, hüllte mich zähneklappernd ein und griff noch einmal nach der Bauchtasche mit dem Handy.

Meine Klamotten hatte ich über den Sitz gehängt. Aber trocken waren sie morgen sicher nicht. Ich musste in der nächsten Stadt unbedingt etwas besorgen, das mich warmhielt. Selbst wenn keine Kleidung der Welt half, wenn man bewusstlos im Regen lag.

Kein weiterer Anruf von Sanghyun. Ich hatte auch nur einen Balken, sodass ich mir sämtliches Surfen kneifen konnte. Vielleicht wurde es besser, wenn ich in die Stadt kam. Meine Karten konnte ich nach meinem Bad im Regen jedenfalls vergessen, die klebten komplett durchweicht aneinander.

Ich versuchte, Sanghyun zu erreichen, aber Stille am anderen Ende der Leitung. Hoffentlich ging es ihm gut. Zumindest besser als mir. Wie groß standen die Chancen, dass die letzten Menschen auf Erden gleichzeitig in Schwierigkeiten gerieten? Verschwindend gering. Obwohl wir natürlich jede Statistik versauten, da wir nur zu zweit waren.

Tobi hopste zu mir aufs Bett und ich nahm ihn unter die Decke, wo er sich glücklich an mich schmiegte.

»Hast du gut auf mich aufgepasst?«, fragte ich ihn leise.

Er gähnte zur Antwort.

»Das hast du gut gemacht. Hast den Hunden bestimmt gezeigt, dass du der wildeste Kerl von allen bist.«

Ich wusste wirklich nicht, warum sie von mir abgelassen hatten. Vielleicht, weil ich nichts zu fressen für sie dabeihatte. Ab heute würde ich Hunde definitiv mit anderen Augen sehen und einen großen Bogen um die größeren Vertreter machen. Aber dann kam mir mein lieber Filou in den Sinn, den Margaret und ich als Kinder so geliebt hatten, und ich musste das revidieren. Wahrscheinlich waren die Hunde nur hungrig gewesen – Straßenhunde wurden in Russland eh schlecht behandelt, wurden gejagt und verscheucht, wann immer sie auftauchten.

Ich schloss die Augen und wartete darauf, dass der Schlaf mich holte. Oder Sanghyun anrief. Aber nicht einmal meine Traumwelt konnte mich in dieser Nacht trösten.

Als ich am Morgen aufwachte, schüttelte mich Fieber und ich kam kaum aus der Koje, bevor mir schwarz vor Augen wurde und ich gezwungen war, mich wieder hinzulegen. Gehirnerschütterung, Unterkühlung – oder eine ernsthafte Kopfverletzung. Aufs Geratewohl schluckte ich weitere Schmerztabletten und versuchte es noch einmal mit Jod. Dass es weniger brannte, wertete ich als gutes Zeichen. Aber meine Beine fühlten sich weich und labbrig an, wie gekochte Spaghetti. Ich öffnete kurz die Tür, damit Tobi sein Geschäft verrichten konnte, selbst dabei wurde mir schwindelig und ich musste mich auf dem Boden zusammenkauern.

Dennoch zwang ich mich, einen halben Liter Wasser aus meinem Rucksack zu trinken und zu warten, bis Tobi wieder hereinkam. Draußen regnete es. Die Scheibe war von einer feinen Eisschicht überzogen.

Anschließend aß ich meine letzte Dose gezuckerte Mandarinen zur Hälfte auf und ließ mich wieder ins Bett fallen. Schlaf. Ich brauchte Schlaf. *Nein*, dachte ich. *Eigentlich brau-*

che ich einen Arzt. Aber der wird nicht kommen. Jemanden, der mich umsorgte. Der sich um mich kümmerte. Helden in Filmen und Büchern standen auch alles allein durch, oder? Das war der feine Unterschied. Es war kein Film, kein Buch, nicht mal eine Netflix-Serie. Es war mein Leben und ich wusste nicht, ob es hier endete. In einem russischen Lkw, vom Fieber übermannt und ganz allein, mit einem Dackel.

Ich hörte die Stimme meiner Schwester. »Ariadne? Ariadne? Geht es dir gut?«

Ihr Gesicht schwebte über meinem, aber ich konnte mich nicht regen. Margaret stand einfach nur da. Vielleicht sprach sie auch mit jemand anderem, doch ihre Stimme würde ich überall wiedererkennen. Wie lang hatte ich mich danach gesehnt?

Dann war da Kylie. Mit ihren pinken Lippen. »Wo bist du nur hingegangen?«, fragte sie mich. Ich konnte ihr nicht antworten, denn ich fühlte mich wie betäubt. »Ich wäre mit dir gekommen, alleine ist das doch viel zu gefährlich. Mitten durch die Sterne zu gehen …«

Ich rief ihren Namen und den meiner Schwester. Dann fühlte ich ein schweres Gewicht auf meiner Brust. Es war Katze, die sich auf mir zusammengerollt hatte, wie sie es immer tat, wenn ich krank war. Ihr beruhigendes Schnurren lullte mich ein und ich war so glücklich, sie zu sehen, dass mir die Tränen die Wange herunterliefen.

Sanghyun fehlte. Er kam nicht. Hatte es ihn vielleicht nie gegeben? War ich wieder zuhause auf meinem wunderbar flauschigen Sofa? Zurück mit Katze und meinen Freundinnen und meiner Familie und allem, was dazugehörte? Kam ein Arzt? Eine Stimme sagte: »… sehr krank.« War das der Arzt? Hoffentlich. Er würde mir Medizin geben. Vielleicht hatte ich mir eingebildet, dass ich allein auf der Welt war, und alles war nur ein Fiebertraum gewesen.

Ich schmeckte den süßlichen Geschmack von Mandarinen. Und dann Wasser auf meiner Stirn. Ich schlief wieder ein.

Als ich die Augen aufschlug, war ich wieder in dem Lkw in Russland. Tobi saß am Bettende und beobachtete mich genau. Er schien nicht von meiner Seite gewichen zu sein. Ich tastete mich vorwärts, mein Kreislauf drohte erneut mit Kollaps, doch ich zwang mich aufzustehen. Mein Körper fühlte sich nicht mehr so heiß an wie zuletzt, als ich in dieser seltsamen Zwischenwelt gefangen gewesen war. Da, wo es Katze und Margaret und Kylie und einen Arzt gegeben hatte. Meine Wasserflasche war leer und auch meine Mandarinendose. Hatte ich sie gegessen und die Flasche ausgetrunken? Ich richtete mich auf und berührte meine Klamotten. Sie waren noch ein wenig klamm, aber größtenteils trocken, wenn auch eiskalt.

Scheiße, wie lang hatte ich hier im Delirium gelegen? Mein Handy war leer, ich bekam es nicht mehr an. Ich wusste nicht einmal mehr, welcher Tag es war.

Ich brauchte bestimmt zwanzig Minuten, um mich anzuziehen – mein Kopf schmerzte immer noch bei jeder Bewegung. Am Ende schaffte ich es, in die Schuhe zu schlüpfen und den Rucksack umzuhängen. Ich musste weiter. Sanghyun wartete auf mich. Nicht die Zwischenwelt. Ob ich vielleicht an dem Tag in der Badminton-Halle gestorben war? Und nun lief ich durch diese merkwürdige Welt und suchte nach jemand anderem – im Jenseits? Vielleicht waren Katze und Tobi auch schon lange tot. Nein, das konnte nicht sein, Katze war gestorben. Meine Theorie klang unsinnig. Änderte das was? Nein. Das war mein Schicksal. Und noch eines war mein Schicksal: Sanghyun. Ich musste weiter. Ich hatte genug Tage verschwendet, sowohl vorher als auch jetzt. Was, wenn er Hilfe brauchte? Ich musste ihn finden. Sonst war alles umsonst.

Ich öffnete die Lkw-Tür und stieg langsam und schwer atmend die Treppenstufen herunter. Tobi sprang hinter mir her, froh, endlich wieder rauszukommen, und tat sich erst einmal an einer Pfütze gütlich. Wahrscheinlich hatte ich ihn in meinem Wahn nicht mehr versorgt.

»Tut mir leid«, sagte ich leise zu ihm. »Wir gehen zu der Stadt und dann essen wir erst einmal was.« Denn ich wusste nicht, wie viele Tage wir ohne Nahrung ausgehalten hatten.

Ich richtete meine Kapuze und Tobis Hunderegenmantel, stellte mich, trotz Schwindel, aufrecht hin und ging los. Weiter. Ins Nichts. Ich hatte keine Ahnung, wo Jekaterinburg lag und wie ich hinkam. Aber ich musste Sanghyun sehen. Das war das Einzige, was jetzt noch zählte. Und dass er in meinem Fieberwahn nicht vorgekommen war, machte mir Angst.

Selbst die Sterne zeigten sich nicht mehr an diesem Abend.

Kapitel 17: #ariadne

Ein Straßenschild erregte meine Aufmerksamkeit. Ich wusste nicht, wie lang ich mittlerweile unterwegs war, ich wusste auch nicht, wie ich hergekommen war, denn ich aß, schlief und trank und ansonsten ging ich einfach weiter. Wie eine Maschine. Tobi immer neben mir her. Ihm schien die Kälte kaum etwas auszumachen, nur der Regen störte ihn.

Ich fror, ich zitterte, aber ich schleppte mich weiter. Jekaterinburg. Das Wort kannte ich mittlerweile sogar in Kyrillisch. Екатеринбу́рг. Ich hatte es gemalt, wann immer ich konnte, damit ich es auf jeden Fall erkannte.

Doch als ich dieses Schild erblickte, fühlte ich kaum noch etwas. Außer die Kälte. Die ersten Schneeflocken rieselten auf mich herab. Der Schnee blieb auf dem grauen Asphalt liegen und ließ alles noch stiller werden, als es sowieso schon war. Während ich die Straße entlanglief, versuchte ich irgendetwas zu erkennen. Einen Orientierungspunkt. Schilder ... irgendetwas eben. Aber es wurde dunkler und dunkler, beinahe sekündlich. Wie spät es war, vermochte ich natürlich nicht zu sagen. Irgendwie hatte ich plötzlich Gedächtnislücken. Ich hätte nicht sagen können, wie ich hergekommen war. Ganze Tage fehlten mir. Deswegen konnte ich auch nicht sagen, wie lang es gedauert hatte, bis ich in Jekaterinburg angekommen war.

Wie sollte ich in einer so großen Stadt Sanghyun finden? War er hier? War er je angekommen? Unser letztes Telefonat fiel mir wieder ein. Vielleicht war ich Wochen im Delirium herumgeirrt und Sanghyun war weitergegangen, weil ich nicht kam. Weil er angenommen hatte, dass ich tot war. Auch, weil er nie wieder etwas von mir gehört hatte. Ich vermochte nicht zu sagen, ob es hier ein Handynetz gab. Die Akkus aller meiner Handys waren leer. Und Strom gab es in Jekaterinburg keinen. Zumindest hier nicht.

Meine Müdigkeit drängte mich dazu, Rast zu machen. Ich konnte Sanghyun im Dunkeln unmöglich finden. Dennoch begann ich, seinen Namen zu rufen. Tobi kläffte ebenfalls ein bisschen, als ein fernes Jaulen zur Antwort erklang, verstummte er abrupt. Wahrscheinlich war ihm die letzte Hundebegegnung auch zu viel gewesen.

Vor mir standen dutzende Autos. Eines davon war weiß und hatte eine schmuddelige Schleife an der Motorhaube. Eine Hochzeitsgesellschaft wahrscheinlich. Ich sah ein bisschen Gestrüpp, die Überbleibsel der Blumensträuße.

In der Ferne entdeckte ich die verlockende Silhouette einer Tankstelle, die sich so ziemlich überall ähnelte. Und sie versprach immer Wasser und Nahrung. Wenn ich Glück hatte, auch welche für Tobi.

Ich beschleunigte meinen Schritt und kreuzte die Straße, um das Gelände der Tankstelle zu betreten. Die Tür war offen. Glöckchen klimperten, als ich sie aufriss und eintrat. Es roch muffig hier drin, wenigstens war es warm und es gab noch Getränke und ein paar abgepackte Dinge wie Kekse, Chips, Proteinriegel, ein paar Dosen mit irgendwas. Ich wählte etwas aus, das wie Fleisch aussah, und kippte es in die Kleingeldschale an der Kasse, um es Tobi zu servieren, der sich gierig darauf stürzte. Hundefutter konnte ich hier lange suchen. Ich selbst aß die Riegel und spülte das Ganze mit einer Coca-Cola herunter. Ein bisschen Zucker schadete meinem Kreislauf nicht. Dieses undefinierbare Schwindelgefühl war nie verschwunden. Wahrscheinlich hätte ich eine längere Ruhezeit benötigt. Aber was sollte ich tun? Ich wusste nicht, wie lang Sanghyun auf mich warten würde. Wenn er es überhaupt tat.

Zu meinem Glück entdeckte ich in einem kleinen Kabuff neben der Kasse allerhand Zeug. Unter anderem eine Taschenlampe mit dicken Batterien, die problemlos funktionierte. Erleichtert schaltete ich mir ein bisschen Licht ein und begann den Rest der Tankstelle nach brauchbaren Dingen zu durchsuchen.

Hinter dem Kabuff ging es weiter. Ich schob mich durch einen schmalen Gang und befand mich mit einem Mal in einer Autowerkstatt. Im Lichtstrahl entdeckte ich eine große Halle mit einer Hebebühne, auf der sich sogar noch ein Auto befand. Eine Ratte huschte vor mir davon, aber Ratten waren so ziemlich das Letzte, vor dem ich mich fürchtete. Die konnten mich jedenfalls weder umwerfen noch totbeißen.

Ich ging ein paar Schritte durch die Halle, bis ich vor großen Türen mit dem Plastiksichtschutz stand, die mit einem Schloss gesichert waren. Werkzeuge lagen ordentlich auf Tischen, Regale waren sorgfältig eingeräumt. Nun ja, wer sollte es auch durcheinanderbringen?

Ich fuhr mit den Fingern über staubige Schraubenschlüssel und ging dann zurück zu den Verkaufsräumen. Wieder ein Rascheln in der Halle, sodass ich mich noch einmal umdrehte. Bitte keine Hunde. Lass es nur die Ratte sein.

Der Lichtstrahl meiner Taschenlampe huschte über den Boden, dann in Richtung der Fenster. Das Plastik ließ das Licht kaum hindurch, denn es war staubig und verkratzt. Dennoch konnte ich ein Graffiti dahinter erkennen. Und es weckte meine Aufmerksamkeit. Ich lief hinüber zu den Werkzeugen, griff nach einem Bolzenschneider und knackte das Schloss, bevor ich schwer atmend die Werkstatttür aufschob und endlich das Graffiti lesen konnte. Es war nicht kyrillisch. Es war mein Name. *#ariadne.* In leuchtend großen Buchstaben, knallpink, mit neongelbem Rand.

Sanghyun, dachte ich. Sanghyun musste das getan haben.

»Tobi!«, rief ich so laut wie möglich und hoffte, mein kleiner Reisebegleiter würde mich hören. Das vertraute Tapsen seiner Tatzen – dann ein »Wuff«.

»Komm schnell raus«, sagte ich zu ihm, doch als Tobi den mittlerweile liegengebliebenen Schnee entdeckte, winselte er.

»Wir gehen jetzt zu Sanghyun«, erklärte ich ihm und nahm ihn auf den Arm. Die Taschenlampe hielt ich in der anderen Hand.

Vorsichtig tastete ich mich durch die Dunkelheit. Meine Müdigkeit und mein Schwindel waren wie weggeblasen. Wenn Sanghyun noch in Jekaterinburg war, würde ich ihn finden. Koste es, was es wolle.

Ich lief also hinaus in den Schnee und behielt mit der Taschenlampe die Häuserwände im Auge. Was nicht einfach war, denn wie in jeder Stadt gab es hier überall, gerade in den Hinterhöfen Graffiti. Ich ging weiter und weiter, und dann entdeckte ich es wieder. Auf der Plane eines Lkw, der in einer Seitenstraße stand. *#ariadne.*

Ich stolperte vorwärts, ließ Tobi schließlich runter, weil er mir zu schwer wurde, und sah zu, wie seine kleinen Füße Spuren in der zarten Schneedecke hinterließen, als er ein paar unsichere Schritte vorwärtsmachte. Aber dann streckte er die Nase in den Schnee und schnüffelte begeistert.

»Du musst Sanghyun suchen«, sagte ich ihm.

Tobi nahm die Nase aus dem Schnee und legte den Kopf schräg.

»Such Sanghyun.«

Ich hatte keine Ahnung, ob er überhaupt Witterung von irgendetwas aufgenommen hatte, als er unter einem geparkten, roten Auto verschwand und auf der anderen Seite wieder rauskam. Aber er lief nun zügiger. Ich folgte ihm. Wie ein Schlafwandler.

Der Morgen graute. Wahrscheinlich war es schon weit nach neun Uhr, denn hier dauerten die Nächte wirklich lang. Aber da ich schon seit einiger Zeit keine Uhr mehr besaß, war es bloß eine Vermutung.

Die Stadt war riesig. Wie dumm waren wir gewesen. Wie sollten wir uns hier wiederfinden? Wir konnten ewig nacheinander suchen und uns doch nie über den Weg laufen. Ohne meine Karte und ohne mein Handy den McDonalds zu finden, den wir beide als Treffpunkt ausgemacht hatten, war unmöglich. Und ich wusste es.

Hochhäuser zeigten sich in der Ferne, eine moderne, einst pulsierende Großstadt, voller Elektromärkte und anderer Annehmlichkeiten. Riesige Busse und Straßenbahnen standen als eisige Mahnmale da. Immer wieder sah ich auch Hunde und Rehe, denn ich kam an einigen Parks vorbei, wo es trotz des Schnees Schwäne oder andere Tiere gab. Und ich fand die Graffitis. Viele. Ich hatte keine Ahnung, wie lang Sanghyun sich in der Stadt befunden hatte, oder ob er sich noch dort befand, aber er hatte tausende davon an die Wände und verschiedene Oberflächen geschmiert.

Kurz blieb ich über Nacht in einem alten Auto sitzen, um mich ein wenig auszuruhen, denn mein Körper streikte, doch ich blieb nicht lange, weil ich Angst hatte, Sanghyun zu verpassen. Und dann wollte ich mich wieder verkriechen, denn wenn ich mich bewegte, fand er mich nicht.

Ich lief also in den erstbesten Baumarkt und holte mir ebenfalls Sprühfarbe. *#sanghyun*. Warum nicht?

Immer wieder hielt ich an und sprühte seinen Namen, bis ich so müde wurde, dass ich sogar im Stehen einnickte. Ich musste der Realität ins Auge sehen, ich hatte kaum etwas gegessen oder getrunken, war die ganze Nacht ich durch den Schnee gelaufen und brauchte dringend ein wenig Schlaf. Weil sich keine Wohnhäuser in meiner näheren Umgebung befanden, musste ich mit Tobi erneut in ein Auto kriechen.

Wir kuschelten uns auf den Fahrersitz, den ich zurückklappte, und schliefen prompt ein. Doch nicht für lang. Als ich aufwachte, dämmerte es. Deswegen lief ich mit Tobi weiter. Zwischendurch rief ich nach Sanghyun. Es hatte wieder zu schneien begonnen, sodass mir auch eventuelle Fußabdrücke nicht aufgefallen wären. Außerdem wurde es zunehmend dunkler.

Ich musste meine Taschenlampe anschalten, doch während ich durch die Straßen irrte, fand ich kein Graffiti mehr. Fluchend und zitternd stopfte ich meine freie Hand in die Jackentasche und lief noch ein Stück weiter. Wenn ich auf der nächsten Kreuzung nichts fand, musste ich umdrehen und zum letzten Graffiti zurückkehren. Warum hatte Sanghyun, der Idiot, nicht einen Treffpunkt draufgeschrieben? Ach, richtig – keiner von uns hatte eine Ahnung, wo hier irgendwas war ... Was nützte mir eine Adresse? Lesen konnte ich sowieso nichts.

»Sanghyun?«, rief ich und das Echo meiner Stimme hallte durch die leeren Häuserschluchten. Was für eine große Stadt. In meiner Vorstellung hatte Jekaterinburg ganz anders ausgesehen. Nicht so wie Klein-Moskau. Mehr so ... ach, keine Ahnung. Anders. Vielleicht hätte ich schlichtweg Google Maps bemühen müssen? Wir hatten uns immer auf den Weg konzentriert. Auf das Ziel hatten wir nie unser Augenmerk gerichtet. Wenn wir erst da waren, dann würden wir uns finden. Ich sah nun ein, wie falsch das war.

Ich trat auf die Kreuzung mit den ausgeschalteten Ampeln. Das Licht der Taschenlampe sprang hierhin und dorthin. Bis ich schließlich die Fassade einer Reklametafel anleuchtete. *#ariadne.* Ein Pfeil nach links.

Ich dachte nicht mehr nach, ich rannte. Immer die Lampe im Anschlag, bereit, sofort abzubiegen, wenn ich eine neue Nachricht fand. Tobi sauste hinter mir her, bis ich Seitenstechen bekam, dann überholte er mich und bog nach links auf eine große Straße ein, neben der sich nicht mehr viele Gebäude befanden. Dahinter schien ein Park zu sein. Da war er sicher nicht.

Ich drehte mich im Kreis, fand erneut einen Pfeil und *#ariadne* auf einem weißen Auto, beinahe vom Schnee verborgen.

»Sanghyun?«, brüllte ich.

Tobi rannte los, in die Richtung des Pfeils und auch ich mobilisierte meine letzten Kräfte, stand mit einem Mal in einem Kreisverkehr. Dahinter zeichneten sich die Mauern eines riesigen Gebäudes ab. Was immer es war, es war genauso finster wie der Rest der Stadt.

»Sanghyun?«, schrie ich noch einmal.

Und dann sah ich es. Bestimmt noch hundert Meter vor mir. Ein Flackern zwischen den Schneeflocken, die immer dichter wurden. Aber es war da. Und Tobi schoss genau darauf zu. Ich ignorierte das Flehen meines Körpers nach Ruhe. *Nicht jetzt. Du kannst später ruhen, wenn ich ihn gefunden habe!*

Mehr stolpernd als laufend kam ich näher, ich rutschte und schlitterte auf dem Schnee, die Lampe fiel mir aus der Hand, aber ich lief einfach auf das andere Licht zu. Tobis Gebell klang wie in weiter Ferne. Und dann mein Name. Ausgesprochen von einer vertrauten Stimme. »Ariadne?«

In einer dicken Daunenjacke, die Kapuze mit Fell übergezogen, im Lichtkegel meiner verlorenen Taschenlampe stehend. Sogar seine ungleichen Augen konnte ich erkennen.

»Sanghyun«, wisperte ich.

Mit letzter Kraft fiel ich ihm um den Hals. Er schlang seine Arme um mich und zog mich so fest an sich, dass mir die Luft wegblieb. Bevor ich mich von ihm lösen konnte, schlossen sich seine Hände um mein Gesicht und er küsste mich. Wie er es versprochen hatte. In meinem Leben war ich noch nie so geküsst worden. Hatte sich noch nie ein Kuss so gut angefühlt. Ich merkte, wie heiße Tränen mir die Wangen herunterliefen. Direkt über Sanghyuns Hände, die von der

Kälte vermutlich zerschunden waren. Aber seine Lippen waren warm und weich wie in meinem Traum. Perfekt.

Als er mich losließ, umklammerte ich immer noch seinen Kragen.

»Scheiße«, stieß ich hervor. »Du lebst noch.«

Er lächelte. Dieses verflucht süße Lächeln. »Enttäuscht?«

»Nein. Glücklich.«

Eine Weile sahen wir uns einfach nur an. Unfähig, ein Wort zu sagen. Während er Schnee auf uns herunterfiel und unsere Jacken mit einem feinen Flaum aus Eiskristallen überzog und Tobi kläffend um uns herumsprang.

Sanghyun strich über mein Ohr, als könne er nicht glauben, dass ich vor ihm stand. Als er die Wunde an meinem Hinterkopf berührte, zuckte ich zusammen.

»Was ist passiert?«, fragte er besorgt.

»Hunde. Bin auf den Kopf gefallen.«

»Erzähl mir das später«, sagte er leise. »Lass uns reingehen. Es ist so kalt.«

»Wo rein?«

Er deutete hinter sich. »Du wolltest doch was von McDonalds, oder? In dem Einkaufscenter ist einer.«

»Da gibt es keinen Strom.«

»Keinen richtigen Strom. Notstrom gibt es sehr wohl.«

Er lächelte wieder dieses verflucht süße Lächeln.

»Nein, danke. Echt, von Fleisch habe ich seit der Schnitzelnummer die Schnauze voll.«

Sanghyun legte seinen Arm um mich und lachte. »Okay. Wir finden da so ziemlich alles. McDonalds zum ersten Date ist sowieso armselig.«

Ich griff seine Hand und wir näherten uns einer großen, offenstehenden Schiebetür.

»Einkaufscenter«, meinte er. »Riesig. Da gibt es alles, sogar ein Möbelhaus. Wir schlafen heute Nacht in den weichsten Betten der Welt.«

»Was ist denn das für ein erstes Date? Du sprichst direkt vom Bett? Du willst wohl nur das eine«, ärgerte ich ihn, worauf Sanghyun schallend zu lachen begann.

»Weißt du, was ich toll finde? Dass du im realen Leben nicht anders bist als im Internet.«

»Ja, ist quasi ein stinknormales Blind-Date. Nur dass wir dafür 4500 Kilometer durch die Weltgeschichte gelaufen sind.«

»Und wir haben noch einiges vor, oder?«

Sanghyun blieb stehen und beugte sich zu Tobi herunter, um ihn zu streicheln. »Von dir habe ich schon ganz viel gehört.«

Sachte legte er wieder den Arm um mich und zu dritt schritten wir durch die Glastür. Ich war am Ziel. In Sanghyuns Armen. Ich war allein durch die Sterne gegangen und hatte am Ende ihn gefunden ... Und wie wir so durch die Tür schritten, sah ich Sanghyun an. Und er mich. Ich lächelte.

Kapitel 18: #sanghyun

»Ariadne? Ariadne? Honey? Alles in Ordnung mit dir?«

»Was?«, entfuhr es mir.

»Du stehst da wie ein Ölgötze und glotzt Löcher in die Luft. Geht es dir gut? Du atmest so schwer.«

Unwillkürlich schnellten meine Finger Richtung Hinterkopf. Alles normal. Kein Schorf. Nur mein glattes, sauber geschnittenes Haar. Ich war nicht in Jekaterinburg. Sondern stand in unserer Badmintonhalle. Kylie hatte die Hände in die Hüften gestemmt, während Daisy neben ihr die Schläger hielt.

Was zum ...?

»Was für ein Tag ist heute?«, verlangte ich zu wissen.

»Was?«, entfuhr es Kylie. »Hast du dir den Kopf gestoßen?«

»Wahrscheinlich.« Hatte ich das wirklich? Alles nur ein Traum? Aber Sanghyun ... er war so real gewesen.

»Kylie, ich muss weg. Ich ruf dich später an.«

Ich wirbelte herum und riss die Hallentür auf, die zurück in den Umkleidebereich führte. Hörte noch, wie Daisy fragte: »Was ist denn mit der los? Tampon vergessen?«

Dann schlug die schwere Tür zu und ich war wieder in der Umkleide. Aber nicht allein. Zwei junge Frauen standen dort neben den Spinden und unterhielten sich.

Wo zum Teufel hatte ich meine Sachen gelassen? Dann erinnerte ich mich an Spind 703, gab den Code ein und riss ihn auf.

Da waren sie. Meine Sachen. Mein Handy. Sanghyun. Ich musste Sanghyun anrufen. Wie eine Irre sauste ich durch mein Adressbuch, ich checkte meine Google Drive-Dateien, dort, wo wir die Tabellen angelegt hatten. Nichts. Wie war das ...?

Die Tür öffnete sich hinter mir, dann hörte ich Kylie. »Süße, ist mit dir wirklich alles in Ordnung? Brauchst du Hilfe?«

Ich schüttelte den Kopf. »Ich kann grad echt nicht. Wir reden wann anders darüber.«

Ich ließ Kylie einfach stehen. Wie hätte ich ihr das erklären sollen? Doch das war eigentlich meine kleinste Sorge. Meine größte Sorge galt Sanghyun! Ich packte meine Klamotten in die Sporttasche, zog mich nicht um und rannte nach draußen, Madame Tibeaux musterte mich verstohlen von der Kasse aus, weil ich rausstürmte, als würde das Gebäude brennen.

Draußen auf dem Parkplatz fand ich mein Auto vor. Und die dutzenden Autos auf der Straße, die sich langsam dahinschoben, wie an jedem gottverdammten Dienstag. Dienstag. Es war Dienstag. Ein Dienstag im Juni, so wie an dem Tag, als alle Menschen verschwunden waren. Nur waren sie das gar nicht. Oder ich war zurück. Oder ...

Ich sprang in mein Auto, parkte aus und reihte mich verkehrswidrig und hupend ein. Sollten sie mich alle für irre halten. War mir egal. Vielleicht war ich es längst.

Der Weg zu meiner Wohnung kam mir unendlich weit vor, obwohl ich das Auto direkt vor der Einfahrt geparkt hatte. Ich rannte den Steinweg entlang und erreichte den Gang mit den Erdgeschosswohnungen, der auch hinüber zum Treppenhaus für die höhergelegenen Etagen führte. Auf dem Gang kam mir eine gutgekleidete Frau entgegen. Mit einem Dackel an der Leine.

»Tobi«, entfuhr es mir.

Der Dackel hob den Kopf. Wedelte mit dem Schwanz. Ansonsten ließ er sich nicht anmerken, ob er mich kannte. Wenn er mich denn je gekannt hatte.

»Ach, kennen Sie unseren Hund?«, fragte mich die Frau.

»Äh ... ja«, antwortete ich. »Ich habe die Kinder mal mit ihm getroffen.« Eine Lüge. Hatte Tobis Familie Kinder gehabt? Doch, ja ... ich erinnerte mich an die Kinderzeichnung, die mir seinen Namen verraten hatte.

»Der ist ein ganz braver«, sagte die Frau lächelnd und ging dann weiter.

Der Hund sah mir nicht nach. Er folgte mir auch nicht zur Wohnungstür. Er ging einfach mit der Frau davon.

Ratlos schloss ich auf. Da hing auch nicht mehr das Schild: *Ariadne Martell, Königin von alle.* Nur noch *Martell.* Ein Stück laminiertes Papier aus dem Unidrucker.

Ich schob meine Tür auf. Die Wohnung lag so da, wie ich sie kannte. Nicht staubig, nicht heruntergekommen. Schuhe standen kreuz und quer im Flur, eine Jacke lag auf dem Boden.

»Miau?«

»Katze!« Ich raste los ins Wohnzimmer und da saß sie. Auf meiner Sofalehne. Katze. Ihre gelben Augen fixierten mich empört, weil ich so laut trampelte. Ihr rotgetigertes Fell glänzte in der Sonne, die durch das Terrassenfenster hereinschien.

Ich nahm sie in die Höhe und drückte sie fest an mich. Jetzt waren die Tränen wieder da. Tränen des Glücks.

»Du bist wieder da«, flüsterte ich. »Du bist wirklich wieder da. Du bist die tapferste Katze, die ich kenne. Und du darfst niemals mit mir nach Russland gehen.«

Katze gab ein ersticktes Mauzen von sich, bevor sie sich freistrampelte und ich sie wieder absetzte. Dafür strich sie mir gleich wieder um die Beine und begann zu schnurren, sodass ich mich aufs Sofa fallen ließ und wartete, bis sie zu mir kam. Was dauerte. Katzen ließen sich nicht auf jedes

Angebot sofort ein. Aber als sie ihren Kopf an meine Brust schmiegte und ich ihren warmen, dicken Körper spürte, war ich unendlich erleichtert. Nur um kurz darauf zu erkennen, dass damit auch Sanghyun rückgängig gemacht worden war. Wir kannten uns in dieser Wirklichkeit nicht.

Ich klappte den Laptop auf, der auf meinem Wohnzimmertisch lag und begann zu suchen. Wie hieß Sanghyun mit Nachnamen? Und wie hatte er auf Twitter geheißen? Es war nicht sein richtiger Name gewesen, so viel wusste ich noch. Aber der Rest? Der war weg. Würde er aus meinem Gedächtnis verblassen? Wie ein Traum, der nach dem Aufstehen noch präsent war, aber den man am Nachmittag bereits vergaß?

Ich suchte und suchte. Doch da war nichts. Ich fand kein Profil, das dazu passte. Es gab dutzende Menschen, die sich Sanghyun nannten oder hießen und keiner sah ihm ähnlich.

Mein Telefon klingelte – Kylies Nummer – und ich ignorierte den Anruf. Gerade wollte ich alleine sein. Was schon an sich kurios genug war.

Der Kuss – den konnte ich mir nicht zusammenfantasiert haben, oder? Den Weg bis nach Jekaterinburg hatte ich allein geschafft. Aber an meinem Körper befand sich keine Spur davon. Keine Wunden, keine Schrammen, kein Dreck, nichts. Ich war wieder zurück in der richtigen Welt. Oder war ich ins Koma gefallen, nachdem ich mit Sanghyun in das Einkaufscenter gegangen war? Und fantasierte mir das hier alles zurecht? So wie in meinem Fieberwahn im Lkw? Nein, das war nicht richtig. Das hier fühlte sich vollkommen real an. Das war meine Wohnung. Mein Sofa. Meine Katze.

Ich wollte gerade den Laptop zuklappen, als mir noch eine letzte Idee kam. Ich setzte in jedes meiner Social Media-Profile ein Bild von Katze und mir. Und ich versah sie alle mit *#Sanghyun #youarenotalone #alleindurchdiesterne.*

Wo zum Teufel war ich? War das wirklich echt? Mein Handy. Meine Schwester. Ich rief Margaret an. Wenn das hier die richtige Welt war, dann existierte meine Schwester wieder.

Es knackte und rauschte in der Leitung. Dann: »Weißt du, wie spät es ist?«

Die träge Stimme meiner Schwester ließ mich erneut aufschluchzen.

»Ist was passiert?«, fragte Margaret alarmiert und ich hörte sofort, dass sie hellwach war.

»Nein ... ich bin nur so froh, dass du rangehst.«

»Hast du angerufen? Habe ich was verpasst?«, antwortete sie verwirrt.

»Nein«, wiederholte ich. »Margaret mir ist was ganz Abgefahrenes passiert. Irgendwie gab es keine Menschen mehr. Auf der ganzen Welt. Du warst weg.«

»Hast du getrunken?«, fragte meine Schwester mich nun völlig verwirrt. »Brauchst du Hilfe? Soll ich meinen Freund anrufen, damit er nach dir schaut?«

»Nein ... ich ... es ist alles wieder gut. Jetzt jedenfalls.«

»Ariadne, du machst mir ein bisschen Angst.«

»Es ist wieder in Ordnung. Sorry, dass ich dich aufgeschreckt und geweckt habe.«

Stille am anderen Ende der Leitung.

»Bist du so, weil morgen Mamans Todestag ist?«

»Nein«, schniefte ich. An meine Mutter hatte ich in letzter Zeit nicht gedacht. Sie war schließlich schon lange tot. Und irgendwie hatte ich damit auch abgeschlossen. Ohne Margarets Erinnerung hätte ich es nicht gewusst. Aber sie hatte immer mehr an Maman gehangen als ich. Mehr Zeit mit ihr verbracht.

»Ich ... ach, keine Ahnung, kann schon sein«, schob ich vor, damit meine Schwester sich keine Sorgen machte. »Ich hatte so Angst, dass du auch plötzlich weg wärst, für immer.«

»Ich bin nächsten Monat wieder da, dann gehen wir zusammen Essen und stoßen auf sie an«, sagte meine Schwester warm.

»Das wäre schön. Du fehlst mir sehr.« Wie sehr sie mir in den letzten Monaten gefehlt hatte, konnte sie nicht erahnen.

»Darf ich noch ein bisschen weiterschlafen?«, fragte sie mich.

Ich nickte und antwortete dann: »Ja. Tut mir leid.«

»Alles gut. Aber nächstes Mal, wenn du quatschen willst, ruf zu einer anderen Zeit an.«

»In Ordnung«, versprach ich. Wir verabschiedeten uns und Margaret legte auf.

Nun, da ich das getan hatte, war ich mit meinem Latein am Ende. Also blieb mir nichts anderes übrig, als zu warten. Wie an dem Tag, als ich das erste Mal versucht hatte, mit irgendwem Kontakt aufzunehmen. Bevor ich wusste, dass außer mir nur noch eine einzige Person existierte. Sanghyun.

Ich stand auf, lief zum Kühlschrank und entdeckte ein Viertel Wassermelone, dass ich umgehend verputzte. Obst! Fuck, wie hatte ich das vermisst. Obst, das nicht aus der Dose kam und total überzuckert war. Geil. Echt. Anschließend fraß ich den Käse direkt aus der Aufbewahrungsbox und aß ein Stück Camembert obendrauf, während Katze bereits neben mir bettelte.

»Du kriegst alles, was du willst, meine Süße«, sagte ich zu ihr und füllte den Napf auf. Kurz stockte ich, weil ich automatisch nach dem zweiten suchte. Aber Tobi wusste nichts von mir oder unserer Reise. Er lebte bei seiner kleinen Familie und wurde dort gehätschelt. Auch er würde mir fehlen. Mein tapferer Beschützer, der die wilden Hunde in die Flucht geschlagen hatte.

Weil ich immer noch Hunger hatte, füllte ich eine Schale mit Müsli, goss frische Milch darauf und kehrte zurück ins Wohnzimmer.

War meine Reise nach Jekaterinburg doch nicht real gewesen? Das hier kannte ich. Das hier war die richtige Welt. Das andere war eine Dystopie. Oder eine Utopie, je nachdem, wen man fragte. Warum war ich wieder hier?

Noch einmal klingelte mein Handy. Kylie. Schließlich ging ich ran.

»Süße, was ist mit dir los?«

»Mir ist was ganz Komisches passiert«, sagte ich.

»Und was?«

»Ich ... darüber kann ich gerade nicht reden. Erklär ich dir ein anderes Mal.«

»Du bist einfach abgehauen und jetzt postest du Fotos mit komischen Hashtags. Bist du in einer Sekte oder so?«

»Nein, das hat was damit zu tun, was passiert ist.«

»Sekte?«

»Ich bin in keiner Sekte, Kylie.«

»Drogen?«

»Nein.«

Oder hatte ich irgendetwas genommen und halluziniert? Bis auf meinem Absturz in der Apotheke, hatte ich nie harten Mist genommen. Vielleicht hatte mir jemand was ins Getränk geschüttet? Ich konnte mich nicht mal erinnern, wo ich gestern gewesen war. Also gestern in dieser Welt. Weil ein halbes Leben zwischen gestern und heute lag. Und die Sterne.

»Süße, ich mache mir echt Sorgen«, meinte Kylie. »Soll ich nachher vorbeikommen?«

»Ja ... aber erwarte nicht, dass ich dir erklären kann, was los ist. Ich weiß es gerade selbst nicht.«

»Geht in Ordnung. Versprich mir nur, keine Dummheiten zu machen«, erwiderte sie.

»Das tue ich nie«, antwortete ich brüsk und verabschiedete mich anschließend.

Ich ließ mich mit meiner Müslischale auf dem Sofa nieder und starrte meinen Fernseher an. Schaltete ihn ein. Mittags-

Nachrichten mit mir unbekannten Meldungen. Schaltete ihn aus. Alles war wieder völlig normal. Das, was ich erlebt hatte, war nicht normal. Aber warum wusste ich noch, wie man Екатеринбу́рг malte, wenn es nur ein Traum gewesen war?

Wenn der Hund mich nicht kannte – dann waren Sanghyun und ich Fremde, die sich niemals begegnet waren. Die sich niemals geküsst hatten. Die niemals durch die halbe Welt gelaufen waren, um zusammen glücklich zu sein. All das war umsonst gewesen. Jetzt war er nicht mehr der letzte Mensch auf Erden für mich. Sondern nur ein Fremder. Dabei er war mein Ziel! Er war alles, was ich wollte.

Mein Handy blinkte auf und summte. Panisch ließ ich das Müsli auf den Glastisch krachen und hastete zum Smartphone.

Eine WhatsApp-Nachricht. Von einer unbekannten Nummer. Zwei Bilder, die das Programm nicht anzeigte, denn die Person, die sie mir geschickt hatte, war nicht in meiner Freundesliste.

Ich bestätigte und erstarrte. Das erste zeigte feine goldene Linien auf einem Stein. Zwei Menschen. Ein Mann und eine Frau. Um sie herum die Sterne. Und ein Torbogen.

Das Zweite war ein Flugticket. Nonstop. Shanghai – Paris. Für heute Abend.

Während ich noch auf das Display starrte, wechselte der Bildschirm in den Anrufmodus und mein Klingelton schrillte durch die Wohnung.

»Ja?«, stieß ich atemlos hervor.

»Du hast ja eine feine Art, dich nach dem ersten Date zu verabschieden.«

Oh, mein Gott. Es war Sanghyun. Ich erkannte seine Stimme unter Tausenden.

»Ariadne?«, fragte er, weil ich immer noch nichts gesagt hatte. »Bist du noch dran?«

»Ja, ich bin noch dran«, stieß ich hervor. Und zum zweiten Mal an diesem Tag kamen mir die Tränen. »Ich wusste deine Nummer nicht und ich habe dich auch nicht mehr bei Twitter gefunden und als Tobi mich nicht mehr erkannt hat, dachte ich, das wäre alles nie passiert«, weinte ich. Es war, als hätte jemand einen Staudamm geöffnet. Plötzlich flossen die Tränen ungehemmt. »Ich bin so froh, dass du echt bist.«

»Glaubst du ernsthaft, ich hätte dich vergessen können? Nachdem ich dich gerade erst gefunden habe?«

»Nein, aber ...«

»Ist es wichtig, ob es wirklich passiert ist? Eigentlich ist es mir egal. Ich habe dich gefunden. Irgendwo. Zwischen den Sternen, wie auf diesem Bild. Außerdem konnte ich deine erste Nummer auswendig. Ich habe sie gelernt, als ich mitbekommen habe, dass da noch jemand ist.«

»Wie kommt es, dass du das Bild noch hast?«

»Ich hab keine Ahnung. Es ist das einzige Bild, was noch da ist. Weder eins von denen, die du mir geschickt hast, noch die anderen, die ich gemacht habe. Aber dieses ist noch da. Datiert auf den 19. Oktober diesen Jahres. Mein Handy ist verrückt geworden, als ich es öffnen wollte.«

Dann begriff ich erst, was das Flugticket bedeutete. »Du kommst hierhin?«

»Klar. Es sei denn, du überlegst es dir anders, jetzt, wo du wieder mehr Auswahl hast. Ich bin das gewöhnt, das weißt du doch.«

»Nein«, erwiderte ich lächelnd. »Niemals.«

»Gut. Wäre peinlich am Flughafen geworden. Außerdem ist das ein One-Way-Ticket. Mehr Kohle habe ich gerade nicht.«

»Ist mir scheißegal. Sei hier. So schnell du kannst. Ich werde warten. Ganz egal, wie lang es dauert.«

»Und dann?«, fragte Sanghyun.

»Und dann? Was für eine dumme Frage.«

»Wir wollten nach Italien.«

Ich wischte mir die Tränen von der Wange. »Italien klingt wundervoll.«

Es klingelte an meiner Tür, aber ich ignorierte auch das. Bestimmt Kylie, die nach mir sehen wollte.

»Sanghyun?«, fragte ich zaghaft, weil er nichts mehr sagte.

»Hm?«

»Sei einfach da. Wie in Jekaterinburg. Komm her. Wie du es versprochen hast.«

»Genau das hatte ich vor.«

»Dann hätten wir das geklärt.«

»Ich dachte wirklich, ich hätte dich wieder verloren«, sagte er dann ernst.

»Ich auch.«

Epilog: #neverleaveme

Ich stand vor dem Ankunftsterminal und wartete. Das Blond war aus meinen Haaren noch nicht so herausgewachsen, wie Sanghyun es von mir kannte, und ich trug ein Sommerkleid, etwas, das er auch nie an mir gesehen hatte. Würde er mich noch mögen, wenn ich leibhaftig vor ihm stand? Wenn nicht die ganze Welt im Chaos versank und wir um unser Leben kämpften? Ich hatte keine Ahnung. Das Gefühl war mir völlig fremd. Sonst war ich mehr als nur selbstsicher gewesen und hatte mich nie gegrämt, wenn ein Mann genug von mir hatte. Aber in meinem Kopf und in meinem Herzen gab es gerade nur Sanghyun. Und ich hätte es nicht verkraftet, ihn zu verlieren.

Es war früh am Morgen, Sanghyuns Flieger war am Abend in Shanghai losgeflogen und ich hatte seinen Flug im Halbschlaf am Flight Monitor verfolgt. Irgendwann hatte ich es nicht mehr ausgehalten und war in den Schnellzug gesprungen, um ihn am Flughafen Charles de Gaulle abzuholen.

Nun war er gelandet. Befand sich irgendwo hinter den Türen, durch die man nicht hindurchsehen konnte.

In meiner Hand befand sich ein Rollkoffer, in meinem Rucksack die letzten Reste meines Ersparten. Katze war bei Kylie, die immer noch nicht verstand, was zum Teufel mit mir los war, als ich behauptete, ein ziemlich weit entferntes Tinder-Match getroffen zu haben.

»Das muss aber eine schwere Form von Verliebtheit sein«, hatte sie gesagt und mit den Schultern gezuckt. »Mach du deine Flitterwochen, Honey, ich hüte die Katze.«

Ich hatte ihr nicht wirklich mehr erklären können. Ich verstand es ja selbst nicht.

Die Türen des Zollbereichs öffneten sich endlich und eine schnatternde Großfamilie kam heraus. Franzosen. Die ersten Asiaten, sodass mein Herz losstolperte und dann raste. Nervös wippte ich mit dem Fuß und begann den Koffer hin und her zu drehen. War das völlig bescheuert? Viel zu viel? Aber ich dachte, wenn schon Italien, dann sofort. Ich hätte sogar Tickets gekauft, wenn ich Sanghyuns Nachnamen gekannt hätte.

Wieder öffneten sich die Türen und ein großes Hallo brach unter den Wartenden aus, als ein paar ältere Damen fröhlich ihrem Begrüßungskomitee entgegensprangen.

Sie waren so laut und umtriebig, dass ich von meinem Warteplatz vertrieben wurde, weil sie sich ausgerechnet an mir vorbeiquetschen mussten.

Als sie endlich weg waren, sah ich ihn. Sanghyun. Direkt vor mir, nur vom Metallgitter des Zolls getrennt. Die zweifarbigen Augen, das breite, süße Lächeln – von Angesicht zu Angesicht. Das ebenso blond gefärbte Haar. Die leichten Bartstoppeln. Die Narbe am Kinn. Er war es wirklich. Er rannte los, durchquerte das Gitter, ließ den Koffer auf den Boden fallen und hob mich hoch, um mich zu küssen. Es war dasselbe Gefühl wie in Jekaterinburg. Perfekt. *Schmetterlinge*, dachte ich. Das sind die berüchtigten Schmetterlinge im Bauch. Nur noch viel wilder und toller.

»Ich kann nicht glauben, dass du hier bist«, sagte er.

»Ich war immer hier. Nur du nicht.«

Sein Blick fiel auf meinen Koffer. »Was ist das?«

»Italien«, antwortete ich.

»Jetzt?«

»Wann denn sonst? Ich habe ein bisschen Angst davor, dass du wieder verschwindest. Wäre nicht das erste Mal. Da dachte ich: Lieber gleich als gar nicht. Bevor wir dem Happy End erneut hinterherlaufen müssen …«

Er griff nach meiner Hand und lächelte mich an. Es war so merkwürdig, seine zweifarbigen Augen live vor mir zu sehen. Obwohl ich sie schon hundert Mal per Videochat betrachtet hatte. »Was für einen beschissenen Humor das Universum hat. Erst nimmt es uns alles weg, dann schickt es uns auf eine Reise und dann soll es kein Happy End geben?«

»Ich hasse normalerweise Happy Ends«, entgegnete ich.

»Aber wir haben uns eins verdient. Findest du nicht?«

Ich nickte. »Das Happy End haben wir uns verdient. Scheiß auf das Universum.«

Ende